RONSO KAIGAI MYSTERY

THE ADVENTURE OF THE MURDERED MOTHS

AND OTHER RADIO MYSTERIES VOLUME 2

論創海外ミステリ84

シナリオ・コレクション

死せる案山子の冒険

聴取者への挑戦Ⅱ

Ellery Queen
エラリー・クイーン

飯城勇三 訳

論創社

THE ADVENTURE OF THE MURDERED MOTHS
AND OTHER RADIO MYSTERIES Volume 2
by Ellery Queen

Published by arrangement with the Frederic Dannay Literary Property Trust,
the Manfred B. Lee Family Literary Property Trust and their agent,
JackTime, 3 Erold Court, Allendale, NJ 07401, USA
through Tuttle-Mori Agency, Inc., Tokyo

目次

〈生き残り《ラストマン》クラブ〉の冒険

The Adventure of the Last Man Club

「〈生き残りクラブ〉の冒険」は、エラリー・クイーン劇場の最初期の一編であり、一九三九年六月二十五日に放送された。本作に盛り込まれているプロット上の道具立ては、クイーンたちがお気に入りの一つである。その〈トンチン年金〉は――投資家たちが共同で基金を設立し、最後に生き残ったメンバーがすべての金を受け取る方式は――他のメンバーを一人、また一人と消していく動機としては、申し分のないものだろう。

登場人物

探偵の　エラリー・クイーン
その秘書の　ニッキイ・ポーター
被害者の　ビル・ロッシ
その母親の　ママ・ロッシ
〈生き残りクラブ〉の　ジョー・サリヴァン
〈生き残りクラブ〉の　アーニー・フィリップス
〈生き残りクラブ〉の　ルシール・チェリー
百万長者の　デヴィッド・W・フレイザー
〈66クラブ〉のオーナーの　シド・パラモア
ニューヨーク市警の　リチャード・クイーン警視
ニューヨーク市警の　プラウティ博士
ニューヨーク市警の　トマス・ヴェリー部長刑事
警官、救急医、預かり所の娘、バーテンダー、二人組のならず者

舞台　ニューヨーク市。一九三九年

このシーンの間はずっと道路の騒音やざわめきを流す。交通量は少ない。

エラリー　きみを一日中こきつかって、本当に申し訳ないと思っているよ、ニッキイ。でも、連載小説の今月分を清書しておかなければならなかったんだ。
ニッキイ　「ニッキイ・ポーター、フリーの秘書——笑みを絶やさずお仕えします。休日の割り増しは請求しません」。（からかうように）あなたの原稿は、わたしの今日のデートと引き替えにする価値はあるのかしらね、クイーンさん。
エラリー　ニッキイ！　どうしてそのことを言ってくれなかったんだ？　だったら——きみの家までのんきに歩いたりしないで、タクシーを呼ばなければ。たぶん、まだ間に合うよ——
ニッキイ　（すばやく）気にしなくていいわ。わたしのデートのお相手は、プリンストン大学出の財界の大立者だったのだけど……。まあ、この陽の中をあなたと歩く方が楽しいから、別にかまわないわ。
エラリー　（そっけなく）とてもそうは見えないけどね。ぼくのアパートを出てからずっと、足を

引きずっているじゃないか。

ニッキイ　わたし、そんなこと！……ええ、そうよ。これはおろしたての靴なの。あなたって、何にでも気づくのね。違う？

エラリー　（くすくす笑って）気づく価値のあるものは何にでも、ね。

ニッキイ　あなたは、他のことには気づかないのかしら……足をいためたこと以外は？

エラリー　かまをかけているのかい。ところでニッキイ、歩き方といえば——あの通りを横切っている殿方について、きみはどんな推理ができるかな？

ニッキイ　どこにいる人？

エラリー　そこだよ——今さっき、浅黒くて背の高い男が、向こうの小さなレストランから飛び出してきたじゃないか。

ニッキイ　ああ、あの人ね。ちょっと待って……わかったわ！　彼は恋をしているのよ！

エラリー　（くすくす笑う）恋を？　どうしてそんな結論に達したのかな？

ニッキイ　ええと、あの人は通りを横切って向こう側に行こうとしているわ。そうでしょう？でも、道路の反対側には郵便ポストしかないわ。そうでしょう？　ということは、あの人は手紙を出すために走っていることになるわ。ラブレター以外にはあり得ないでしょう？

エラリー　（笑いながら）論理の学徒、ニッキイ……。生徒君、きみは間違っているよ。

ニッキイ　そう言うと思っていたわ！　で、わたしのどこが間違いなのかしら？

エラリー　なぜならば、あの男は手紙のたぐいを持っていないからだよ。

ニッキイ　でも、あの人は郵便ポストに近寄っていくじゃないの、うぬぼれ屋さん！

エラリー　おっと、確かにそうだ。……いや、ぼくが正しかったよ。見えないかい？　彼は郵便ポストに駆け寄って、まじまじとポストを見つめて、向きを変えて――ほら、また駆け出して行く！　通りを走って行く！

ニッキイ　わかったわよ。では、教えてちょうだい――あの人は何を探して走っているのかしら？

エラリー　データが足りないな。ほら、彼は走って通りをまた横切って――

ニッキイ　（あわてて）エラリー！　車が！

エラリー　（どなりつける）気をつけろ、そこの間抜け！　車に轢かれるぞ！　止まれ！

セリフの最後と重なるように、猛スピードの車が近づき、通り過ぎる音がする――ブレーキの金属音はしない――男のかすれた叫び声――どさりという音が続き――車はスピードを落とさずに走り去る。

ニッキイ　（悲鳴を上げて）あの人、大けがをしたわ！　あの車が――はねて行ったわ！

エラリー　しかも、停まりもしないで！　ニッキイ――行こう！

短い間奏曲――救急車のサイレン――そこに興奮した野次馬たちが騒ぐ声が割り込む――「下がれ！」「けが人のまわりを空けろ！」「医者の手当の邪魔をするな！」などなど。

警官　（ぞんざいな口調で）あんたら二人が事故を見ていたんだな？　おまえさんの名前は？
エラリー　エラリー・クイーンだ、おまわりさん。西八十七番通り二一二のA。
警官　そっちは、お嬢さん？
ニッキイ　ニッキイ・ポーター――
警官　ニッキイ？　どんな綴《つづ》りなんだ？
エラリー　N‐I‐K‐K‐Iだ。住所はぼくのと同じでいいよ、おまわりさん。ミス・ポーターはぼくの秘書だからね。
警官　おや？　あんたは殺人課のクイーン警視の息子さんかい？
エラリー　そうだ。
警官　（口調を変えて）それなら話は別です。ねえクイーンさん、あなたはこんな事件にかかわるべきじゃ――
エラリー　でも、ぼくはかかわり合いたいのさ、おまわりさん。轢き逃げをするようなやつは気にくわないのでね。
警官　車のナンバーは見ましたか、クイーンさん？
エラリー　いや。だが、ナンバープレートの色からすると、ニューヨーク州の車だと思うよ。黒のセダンだ。
ニッキイ　あの車の運転手は、まるで――最初から殺そうとしていたみたいだったわ。そう、まさにそうよ！

警官 実際にそうだったかもしれんな、お嬢さん。失礼させてもらうよ、他に目撃者はいそうにないが、念のために探してみないと……（声が離れていく）

ニッキイ エラリー、あの人――重傷なの？

エラリー そこに救急医がいる。先生、彼はどうですか？

救急医 絶望的です。内臓破裂に出血多量……。動かすことさえもできない。あと数分の命でしょう。（被害者のうめき声）おっ！ 意識を取り戻しましたよ。おまわりさん、この人に聞きたいことがあったら、急いだ方がいい。

警官 よし、わかった。そこを通してくれ――。聞こえるかい、あんた！ あんたをはねたのは誰だ？ あんたを轢いたのは誰だ？

被害者 （弱々しく）ジョー――はなしてくれ……

警官 こいつは頭をやられたようだな。

エラリー 違うよ、おまわりさん。きみに何かを伝えようとしているのだ。

警官 ジョーに話してくれ、か？ ジョーって誰だ？

被害者 （弱々しく）ジョー――ジョー・サリヴァンだ――〈66クラブ〉の――

警官 よし、〈66クラブ〉のジョー・サリヴァンだな……そいつに何を伝えればいい？

被害者 （弱々しく）伝えてくれ――他の者にも……気をつけるように……

警官 他の者にも――気をつけるように……か。何に気をつけるのだ？

被害者 （これまでよりはっきりと）殺人に……（咳き込む）

エラリー　殺人だと！
ニッキイ　エラリー、この人、本気で――
警官　（興奮して）殺人？　あんたは故意にはねられたのか？　誰がやったんだ？　誰があんたを殺そうとしたんだ？

間。

救急医　息を引き取りました。

沈黙。そこに息を切らせながらすすり泣く女性の声が割り込む。人混みをかきわけながら近づいてくる様子。

ママ・ロッシ　それはあたしのグリエルモだよ――それはあたしのビルだよ（イタリア名「グリエルモ」は英語の「ウィリアム」に当たるので愛称は「ビル」になる）……あたしのビル……あたしの息子……
警官　（困ったように）ちょっと待ってくれ、おばさん。邪魔をしないで――
ママ・ロッシ　（叫ぶ）あたしは、そこの〈ロッシ・レストラン〉のママ・ロッシ。これは息子のビルだよ！　ビル！（むせび泣く）
警官　（どなる）そこを空けてやれ！　おまえら全員だ！
ニッキイ　血も涙もない計画殺人だわ。こんなの生まれて初めてよ――
エラリー　（静かに）〈66クラブ〉のジョー・サリヴァンか……。ぼくたちは、サリヴァン氏と少しばかりおしゃべりをすべきだと思うな、ニッキイ。――新聞が彼にその牙を突き立てる前に！

音楽、高まる……ダンス音楽の演奏と、かすかなざわめきが割り込む。

預かり所の娘　帽子をおあずかりします。

エラリー　頼むよ、お嬢さん。ジョー・サリヴァンはいるかな？

預かり所の娘　ジョーですか？　もう少ししたら来ると思います、お客さま。九時にもう一人のバーテンダーと交代して仕事に就きますから。

エラリー　ありがとう。

ニッキイ　ナイトクラブにはバーテンダーが一人いるわね。あの人がギャングだという方に賭けてもいいわ。

エラリー　静かにしてくれ、ニッキイ。そら、止まり木に腰かけよう。（テーブルを叩いて）バーテンダー！

バーテンダー　はい、お客さま。何になさいますか？

エラリー　きみは何を飲みたいかな、ニッキイ？

ニッキイ　値段の高いものを。そうねえ……バーテンさん、そこに並んでいる背が高くて細身のカットグラスのボトルは何かしら？

バーテンダー　こいつはコーディアル（果実で色と風味をつけた蒸留酒。リキュールと同じ）です、お嬢さん——世界一有名な銘柄……ブーシェールです。

ニッキイ　どれもみな、うさんくさいと思わない、エラリー？　ラベルさえ貼ってないじゃないの！

バーテンダー　銘柄は見えないように底に彫ってあります。コーディアルを飲んだあとは、ボトルをデカンターとして使えるようになっているので。

ニッキイ　じゃあ、それがいいわ！　値段の高さは保証してくれるのでしょう？　コアントロー（オレンジのコーディアル）をお願い。

エラリー　ぼくにはスコッチ・ソーダを頼む。

バーテンダー　はい。（遠ざかりながら）やあ、ジョー！　もう来ないかと思っていたぜ。殿方にはスコッチ・ソーダ、お嬢さんはブーシェールのコアントローだ。おれはひと勝負してくるからな。

サリヴァン　わかった。（酒を用意する音）

エラリー　（さり気なく）きみはジョー・サリヴァンで間違いないかな？

サリヴァン　そんな名ですよ、お客さん。氷は多めにしますか？

エラリー　多くしなくていい。きみの名はビル・ロッシに聞いたんだ。

サリヴァン　へえ？　あなたはビルの知り合いですか？

エラリー　ある意味では。最近、ビルに会ったことは？

サリヴァン　ああ、ビルは毎日のようにここに来ていますよ。どうぞ、お客さん。やあ、アーニー。

フィリップス　（登場）やあ、ジョー。シド・パラモアはいるかな？
サリヴァン　わからんよ、アーニー。こっちは今、来たばかりなんだ。ボスに何の用事だい？
フィリップス　彼の方がおれに会いたいのさ。スコッチをダブルだ、ジョー。
サリヴァン　はいよ。それはそうとアーニー、おまえはシドにいくら借りているんだ？
フィリップス　（うんざりしたように）山ほど。
エラリー　ところでサリヴァン、ビル・ロッシは今日、事故にあったよ。
フィリップス　何だって？　ビルが事故に？
エラリー　おお、あなたもビル・ロッシを知っているのですね？
サリヴァン　そう。そいつはアーニー・フィリップスっていいます。事故ですって？　ビルには昨日会ったばかりだというのに――
フィリップス　ひでえ話だ。何があったんだ？
エラリー　轢き逃げされたのです、フィリップスさん。
フィリップス　車に轢かれたのか！　おまえさんは知っていたか、ジョー？
サリヴァン　いいや。お客さん、ビルは重傷なんですかい？
エラリー　（淡々と）これ以上の重傷はない。彼は死んだのだ。（グラスの落ちる音）
サリヴァン　（つぶやくように）ビル・ロッシが――死んだって？
フィリップス　（だみ声で）スコッチのおかわりをよこせ、ジョー。
エラリー　死ぬ前に、ロッシはきみに伝言を残したんだ、サリヴァン。

サリヴァン　あたしに？　何と言ったんですか？

エラリー　彼はこう言った。「ジョーに気をつけるように伝えてくれ――」

サリヴァン　（いぶかしげに）気をつける、ですかい？

エラリー　そうだ。彼はこうも言った。「他の者にも伝えてくれ」

フィリップス　他の者！（間）間違いなくそう言ったんだな――他の者って。

エラリー　彼はそう言いましたよ、フィリップスさん。

サリヴァン　ビルは他にも何か言いましたかい？

エラリー　死に際の伝言を聞いた警官が、きみや他の者は何に注意すればいいのか尋ねると、こう答えた。「殺人」と。そう言ってから彼は死んだ。

フィリップス　（だみ声で）殺人だと？（グラスを叩きつける）おい、ジョー――シド・パラモアに伝えておいてくれ。おれは――今、取りかかっている広告の件でアートディレクターに会わなきゃならないって……。（退場）

エラリー　（少し間を置いてから）ところで、きみの友達は、どうしてアートディレクターに会いたがるのかな？

サリヴァン　ああ、アーニー・フィリップスのやつは、広告専門の画家なんですよ。……ビルは言ったんですね――「殺人」って？

エラリー　ああ。彼が何を言いたかったのかわかるかい、サリヴァン？　普通なら言わないような言葉だ。

サリヴァン　（こわばった声で）想像もつきません。たぶん――たぶん、あいつはうわごとを言って……。失礼しますよ、お客さん。誰か来たようなので……（退場）

ニッキイ　（少し間を置いて）もう、あの二人は話してくれそうにないわね。そうでしょう？

エラリー　ぼくは、話してくれそうな人を知っていると思うよ、ニッキイ。――死んだ男の母親さ！

音楽が高まり、そこに――

ママ・ロッシ　（生気の失せた声で）何しに来たんだい？　あたしのビルを救えるとでも言うのかい？　あの子は死んじまったんだよ。

エラリー　（やさしく）あなたの悲しみを踏みつけにする気はありません、ロッシの奥さん――。

ママ・ロッシ　あんたらは、ママ・ロッシが泣くところを見たいのだろう、ええ？

ニッキイ　いいえ、違うわ！　そんなことのために来たわけでは――

ママ・ロッシ　あたしは泣いたりなんかしないさ。泣いたって何にもならないからね……。（不意に）あんたはpoliziotti《ポリツィオッティ》なのかい？

エラリー　警察官のことですね？　まあ――そうです。

ママ・ロッシ　だったら、あんたに言っとくよ。あたしのビルは、あの子は――あんたらの言葉で何て言ったっけ――殺害されたんだよ……。

エラリー　どうして息子さんが殺害されたと思うのですか、ママ・ロッシ？

ママ・ロッシ　ビルはいっつも言ってたんだよ。「ママ、待っていてくれ。もうちょっとだけ待っていてくれないか。お金ががっぽり入ってくるのさ。そうしたら、もうスパゲッティなんて作らなくてすむからね」って。いっつも、自分の手に入るお金の話をしていたんだよ。こうも言ってたね。もしお金が手に入らなくなるとしたら、それは自分が死んだときだ、って……。そうしたら、あの子は死んじまった。あの子は殺されて、お金が手に入らなくなっちまったんだ。

エラリー　なるほど。息子さんは、どんな種類の金が手に入ることになっていたのですか、ママ・ロッシ？　話したことはありませんでしたか？

ママ・ロッシ　ビルは、いつの日か〈クラブ〉からその金を手に入れると言ってたよ。

エラリー　〈66クラブ〉ですか、ママ・ロッシ？

ママ・ロッシ　ええと。そのクラブじゃなかったね。もっと妙な名前のクラブだよ。――ジョー・サリヴァン、あの人も入っていたね――

エラリー　（すばやく）それでは、アーニー・フィリップスという名前の男も？

ママ・ロッシ　ああ、あの人もそうだ。それから――それから、お金持ちの男だったと思うけど――名前は……フレイザーだよ。確かフレイザーっていう名前だった。それに、娘っ子も――チェリーだ。ルシール・チェリー。あの娘《こ》は――あんたらの言葉じゃ何と呼んでたっけ――女物の服の絵を描いているんだ。

ニッキイ　この人、ファッション・デザイナーのことを言っているのよ。マジソン・スクエアに婦人服のデザインをしているルシール・チェリーという人がいるわ。

エラリー　ふーむ。不思議な話だな、ニッキイ。彼女が挙げたフレイザーという男は、化学薬品会社社長にして大富豪のデヴィッド・W・フレイザーのことじゃないのかな？

ママ・ロッシ　そう、その人さね！　毎年、その〈クラブ〉はパーティを開いているんだ——ママ・ロッシのレストランでね。一年に一回こっきりだけど。

エラリー　その〈クラブ〉の名前は何というのですか、ママ・ロッシ？

ママ・ロッシ　おかしな名前でね。〈生き残り《ラストマン》クラブ〉だよ。

ニッキイ　〈生き残り《ラストマン》クラブ〉ですって！　女の人《ウーマン》もいるのに？

エラリー　不吉な響きだな。ママ・ロッシ、そいつはどんな種類のクラブなのですか？　何をしているのですか？

ママ・ロッシ　知らないね。あの人たちは、食べて、飲んで、おしゃべりするだけさ。せがれのビルもね。あたしが思うに、あれは海軍関係の集まりだよ。ビルは以前、アメリカ海軍で水兵をしていたことがあるんだ。

エラリー　本当ですか？　ありがとう、ママ・ロッシ。必要がない限りは、もう二度と、あなたの心をかき乱したりはしませんから。（椅子が床をこする音）

ママ・ロッシ　（語気を荒げて）あんたがビルを殺したやつを見つけてくれたら——お金を払うよ！

エラリー　（やさしく）そんな必要はありませんよ、ママ・ロッシ。

ママ・ロッシ　（もぐもぐと）さようなら《アッリヴェデルチ》……（外に出ていく足音）
ニッキイ　これからどうしますか、名探偵どの？
エラリー　（むっつりと）ビル・ロッシは誰が運転していたかわからない車に轢き逃げされて――彼は大金がからむ不思議なクラブに属して――会員には女性もいて――クラブの背後には海軍があって――
ニッキイ　アメリカ海軍を調べたら、何もかもわかるわ！
エラリー　（てきぱきと）ニッキイ、これは市井《しせい》の事件なのだよ！　デヴィッド・W・フレイザーとファッション・デザイナーのルシール・チェリーの連絡先を調べてくれないか。明日の朝十時にぼくのアパートに来るように、二人に伝えてほしい！

音楽、高まる……そこに呼び鈴の音が割り込む。

エラリー　二人のどちらかが来たぞ、ニッキイ！
ニッキイ　きっと、大物ぶったフレイザーだわ。昨夜の電話、あなたも聞けばよかったのに……（退場）

ドアが開く音。足早だが重々しい足音が近づく。ドアが閉まる。

フレイザー　（そっけなく）きみが探偵のクイーンだな？　私はデヴィッド・W・フレイザーだ。それで、これは一体、何のまねかな？

エラリー　お座りください、フレイザーさん。

フレイザー　遠慮する。時間がないのだ。オフィスに向かう途中なのでね。それで？

エラリー　そういうことならば、単刀直入にいきましょう。あなたはビル・ロッシの知人ですか？

フレイザー　ああ、わかったぞ。そう、知り合いだ。彼は昨日、事故で死んだと聞いたよ。まあ、われわれはみな、遅かれ早かれ死ぬものだがな。ビルと私は、二十年前に海軍で同じ軍艦に乗っていたのだ。

エラリー　お二人が同じ団体に――〈生き残りクラブ〉に――属しているというのは事実なのですね？

フレイザー　うむ、そうだ。若かりし頃の、ナンセンスな会だ。ここ十年ほどは、会合にも出ていない。言うまでもないが、今の私には似つかわしくないのでね。（短く笑う）

エラリー　フレイザーさん、そのクラブの目的を具体的に――

フレイザー　いいかね、クイーン。何年も前に忘れてしまったセンチメンタルな些事《さじ》のために、長々とくだらん会話をしている暇はないのだ。何を知りたいのかな？　私は忙しいのだよ。

エラリー　ビル・ロッシは死ぬ前に、こう言いました――殺人、と。

フレイザー　殺人？　ばかばかしい！

エラリー　彼はジョー・サリヴァンに警告も残しました――あなたはジョーもご存じですよね？

フレイザー　うむ。だが――

エラリー　――そして、「他の者たち」にも警告したのですよ、フレイザーさん……。ビルが、その「他の者たち」の中に、あなたも含めていたということは、あり得ませんか？

フレイザー　殺人――警告――ばかげた話だ！（立ち去りながら）いいかね、私はいかれた頭が生み出した探偵小説の話で、時間を無駄にするわけにはいかないのだ。失礼する！

ニッキイ　でも、フレイザーさん――（ドアがバタンと閉まる）

エラリー　行かせていいよ、ニッキイ。彼について調べておいてくれたかい？

ニッキイ　ええ。あの人はどっさりお金を持ったわんぱく小僧で、家出して戦争中は海軍に入隊。戦後に父親が亡くなって、何百万ドルも相続。あと、絵画の蒐集家でもあるわね。余暇のほとんどは、昔の巨匠の作品を買いあさることに費やしていて、そういった絵画についての文章も書いているわ。それから――（呼び鈴が鳴る）

エラリー　出てくれないか、ニッキイ。今度はルシール・チェリーに違いない。（離れた位置でドアが開く音）

ニッキイ　（離れた位置で）あら、お入りください、チェリーさん。（ドアの閉まる音）クイーンさんがお待ちかねです。

エラリー　はじめまして。腰を下ろしてもらえますか？

ミス・チェリー　（登場）ありがとうございます、クイーンさん。あたしは好奇心に駆られて来たのですよ。あなたのような人が、あたしにどんな用があるのか、皆目見当がつかなくて。昨日はビル・ロッシが交通事故で亡くなって、今日は偉大なるエラリー・クイーンが、あたしのご

と き取るに足らない女を呼ぶ。理由を聞いてもよろしいかしら？

エラリー　チェリーさん、ビル・ロッシの母親は、息子が計画的に轢き逃げされたと信じています――殺人だと。

ニッキイ　（やきもちをやいて）ふふん、あなたのファンの一人みたいね、ミスター・クイーン。

ミス・チェリー　どうしてそんな――あり得ない話ですわ、クイーンさん！

エラリー　あり得ないかあり得るかは別にして、ビルは死ぬ前に警告を残しました。ジョー・サリヴァンと「他の者」に。ぼくは、あなたがその「他の者」の一人だと確信しているのですが。

ミス・チェリー　でも、あたしにはわかりません。どうしてビルがそんなことを――あたしの言いたいのは、どうしてあたしにわかると思うのですか？　わかるとすれば、せいぜい――

エラリー　何です、チェリーさん？

ミス・チェリー　（少し笑って）こう言いたかったのです――せいぜい、〈生き残りクラブ〉に関係があることくらいしかないって。というのも、ビルとあたし――と他の人たち――の間に存在する唯一の接点が、そのクラブなのです。

エラリー　あなたはその〈生き残りクラブ〉と、どんな関係があるのですか、チェリーさん？

かなり興味をそそられるのですが。

ニッキイ　（小声で）そうでしょうねえ。

ミス・チェリー　ええとクイーンさん、あたしの父のギルバート・チェリーは、戦争中、潜水艦の艦長だったのです。一九一九年に南カリフォルニア沖で沈んだＬ‐５艦の艦長でした。全乗員のうち、助かったのは十一人しかおらず、彼らは沈没の際に英雄的な行動をとった父のおかげで命拾いしたと感謝していました。父は彼らを救って死んだのです。

エラリー　なるほど。

ミス・チェリー　十一人の生存者は、クラブを作りました。父が彼らの英雄だったので、母とあたしが終身名誉会員に選ばれました。母は数年前に死に、クラブの中ではあたしがチェリー一家の最後の一人に――そして、唯一の女性に――なったのです。

エラリー　それでは、純粋に記念のための団体なのですね？

ミス・チェリー　そうとも言えないのです。というのも、フレイザーさん――あなたもご存じの、化学薬品会社社長のデヴィッド・W・フレイザーさんです――も、生き残った乗組員の一人だったのです。それで、フレイザーさんのお父さまが、あたしの父の犠牲に報いるために、信託基金を設立して、それをクラブに寄贈したのです。

エラリー　そうだったのか！

ミス・チェリー　贈られた基金は、今では十二万ドルの額に達しているはずです。計画では、基金を設立して二十年たった時点で、クラブの現存する会員で均等に分けることになっています。それで――

エラリー　すみません、ちょっと待ってください！　二十年たった時点、と言いましたね？　ということは、お金が分配されるのは今年になる！

ミス・チェリー　ええ。あと一ヶ月かそこいらで。（息を呑む）おお！　考えてもみなかったけど……

エラリー　どうしました？

ミス・チェリー　あり得るかしら？　それが原因で、ビルが――死んだなんて。あたしが言いたいことは――お金が手に入るのは、今から一ヶ月後まで生きている会員だけなんです。会員の相続人では駄目で……いいえ、それはばかげているわ！　そんなことは絶対に信じないわ！

エラリー　現存する会員は何人いますか、チェリーさん？

ミス・チェリー　（神経質に）あたし、ジョー・サリヴァン、それにアーネスト・フィリップスです。ビル・ロッシも会員でしたが、もう死んでしまったので、今では――あたしたち三人だけです。

エラリー　フレイザーはどうしたのですか？　彼もあなた方と分け合うのでしょう？

ミス・チェリー　あら、違いますわ。フレイザー家はお金持ちなので、彼のお父さまは息子を除いたのです。もっとも、基金そのものは、フレイザーさんが所有していますけど。

エラリー　かなり光明が見えてきましたよ。チェリーさん、ぼくたちはもっともらしい動機を手に入れたように見えます。あなた方の誰かが死ねば、その人物は十二万ドルの分配にあずかる権利を失い、それによって、残りの者の分配額が増えることになります。あなた方は三人しか残っていないわけですから、現在の分配額は一人につき四万ドルというわけですね。しかし、もし一ヶ月が過ぎるより前に、チェリーさん、あなたが死んだならば、サリヴァンとフィリップスは――

ミス・チェリー　いいえ！　そんなことはあり得ません！　あり得ません！

エラリー　（容赦なく）サリヴァンとフィリップスは、それぞれが四万ドルではなく、六万ドルを手に入れることになります。そして、その二人のどちらか一方が死んだならば……

ミス・チェリー　（神経質に）あたしは、子供のころからあの人たちを知っています。あたしにとっては、父親みたいなものなんです。何かの間違いですわ、クイーンさん――どこかにとんでもない間違いがあって――

エラリー　（そっけなく）確かに、間違いはあるでしょうね。チェリーさん、〈生き残りクラブ〉の年に一度の会合は、次はいつ開かれるのですか？

ミス・チェリー　二週間後です。ママ・ロッシの店で。毎年そこで開いているのです。

エラリー　そして、さらにその二週間後には、十二万ドルのメロン（「多額の配当金」の意味あり）が切り分けられるのですね？　チェリーさん、あなたに忠告をさせてもらいましょう。来月まで、くれぐれも用心してください。

ミス・チェリー　（かっとなって）ナンセンスだわ！　あたしをおびえさせようとしているのでしょう！（間――それから声を落として）それで――それで全部ですか？

エラリー　それで全部ですよ、チェリーさん。（間）さようなら。（ドアの開く音）

ミス・チェリー　さようなら……（ドアの閉まる音）

ニッキイ　あんなに明るい服を着ているというのに、死ぬほどおびえてしまったみたいね。

エラリー　誰もがおびえてしまったな――あの女性も、バーテンダーのサリヴァンも、広告画家のフィリップスも、それに百万長者のフレイザーさえも。さあてニッキイ、今から二週間後には、その面々が年次会合で一堂に会するわけだ！

ニッキイ　あなたは何をするつもりなの？

エラリー　ぼくもその場にいるのさ——ただし、彼らに気づかれることなく！

音楽、高まる……そこに皿のカチャカチャという音が割り込み、さらにスプーンが床に落ちる音が。

フィリップス　今夜のおれは、どうしちまったんだろうな。ママ・ロッシ、新しいスプーンだ！

ママ・ロッシ　あいよ、シニョール・フィリップス。（スプーンを置く小さな音）

サリヴァン　あたしの方は、今夜は神経質になっちまってるよ、アーニー。おそらく、原因は——

ミス・チェリー　（たしなめるように）ジョー——いけないわ。ママ・ロッシがいるのよ。

ママ・ロッシ　聞こえたよ。原因はせがれのビルなのでしょう。ママ・ロッシはわかっているわ。

ミス・チェリー　（つらそうに）本当のことを言うと、あたしたちは今年は中止にしたかったのよ、ママ・ロッシ。

ママ・ロッシ　（静かに）別に気にしないさ、チェリーさん。

サリヴァン　これが最後の会合でよかったな。この集まりは——毎年、あまり楽しいものではなかったし、その上、他の誰かが——死んだことを知らされるとあってはな。

フィリップス　おれは、なぜ今夜ここに来たのか、自分でも不思議でならないよ。
ミス・チェリー　あたしは、なぜみんながここに来たのか、自分でも不思議でならないわ。
フィリップス　いつもの乾杯を済ませて、ここを出ようや！
ミス・チェリー　今年は、いつものようにあたしの父に乾杯するのではなく、ビル・ロッシのためにするのはどうかしら？
サリヴァン　（無理して陽気にふるまう）そいつはいいアイデアだ！　ママ・ロッシ、クラブのためにとってあるいつもの酒は、まだ残っていただろう？
ママ・ロッシ　ああ。地下蔵には一本だけ残っているよ。最後の一本だね。あんた方、せがれのビルのために乾杯してくれるのかい？
フィリップス　そうだよ、ママ、そうだ。ボトルを取ってきてくれないか？
ママ・ロッシ　（喜び勇んで）はい、はい、フィリップスさん。（退場）
サリヴァン　あの老婦人の気持ちを傷つけたくはないが、あたしは今夜は乾杯の酒は飲めないんだ。
ミス・チェリー　ジョー！　どうして駄目なの？
サリヴァン　医者の指示でね。心臓の調子が悪いそうだ。
ミス・チェリー　そうだったの、ジョー。ごめんなさいね。じゃあ、ママ・ロッシのために、飲むふりをしてちょうだい。これは最後の会合だし、それに――
ママ・ロッシ　（登場）ボトルを持ってきたよ。でも、おかしいんだよ、サリヴァンさん。

サリヴァン　おかしい、だって？……おい、これはクラブの酒じゃないぞ！　こいつは緑色だから、クレームドマント（はっか入りリキュール）だ！

ママ・ロッシ　あたしが言いたかったのも、それさ。このボトルは色が違うんだよ。

ミス・チェリー　どうしてかしら？　クラブのお酒は、チェリー・リキュールしかないはずなのに。

フィリップス　不思議だな、ルシール。ボトルは同じブーシェール印だし、背が高くて細身のカットグラスなのも同じだが……。

ママ・ロッシ　見つかったのは、その一本きりなんだよ。

ミス・チェリー　あら、きっと、チェリー・コーディアルの中に、クレームドマントのボトルがまぎれ込んでいただけよ。ジョー、開けてちょうだい。ビルのために飲みましょう。

サリヴァン　よし。（封を切る音、ガラスのデカンターの栓が抜かれる音）

ママ・ロッシ　グラスをどうぞ、サリヴァンさん。

サリヴァン　ありがとう、ママ。（酒を注ぐ音）これはあんたにだ、アーニー。これはルシールに——。ママ、あんたもどうかな？

ママ・ロッシ　あたしは飲まないよ。あんたらがビルのために飲むのを見てるから。あんたは飲まないのかい、サリヴァンさん？

サリヴァン　うん——ああ、そうだな、ママ。よし！　こいつがあたしの分だ。

ミス・チェリー　みなさん、いいですか。グラスを掲げてください。ビル・ロッシのために——

（グラスの触れ合う音）

エラリー　（すばやく――登場）待て！　その酒を飲むんじゃない！（グラスが手からはね飛ばされて砕けるような音）

ミス・チェリー　どうしたの、クイーンさん！　どこから――どうやって――

サリヴァン　二週間前に〈66クラブ〉で、あたしらに根ほり葉ほり聞いていた野郎じゃないか。

フィリップス　（怒って）きさまは何をしたいんだ？　どうして飲んじゃいけないんだ？

エラリー　どうしてかというと、このクレームドマントには毒が盛られているからです！

音楽、高まる……人々のざわめき。

警視　ふむふむ、わかった。きみたちはもうしばらくここにいてくれたまえ。わしはすぐ戻るから。（ドアをバタンと閉める）エラリー、プラウティ博士はまだ来ておらんのか？　おお、そこにいたか、がみがみじいさん。ボトルの奥に秘められたものは何だったかな？

エラリー　プラウティはまだ分析を終えていませんよ、お父さん。

警視　急いでくれ、博士。わしらは来年まで待ってておられんのだ。

プラウティ博士　おい、手綱を締めたまえ、警視。それはそうと、どうしてわしをここに呼んだのかわからんな。こいつはどこから見ても、市の毒物学者の仕事だぞ。おそらく、わしでは充分な検査はできんと思うよ。ニューヨークで殺《や》られた浮浪者連中にメスを突き立てる仕事とは

かけ離れておるからな。……ようし、来たぞ。そうだ。こいつだ。けっこうけっこう。（グラスをチンと鳴らす）

エラリー　（意気込んで）何です？　クレームドマントのボトルには、何が加えられていましたか？

プラウティ博士　青酸だ。馬一頭を殺せるだけの。

エラリー　青酸か。ふむ。いい推理だったな。

警視　ふうむ、青酸だと？　ロッシを轢き殺し、お次は毒でまとめて片づけようとしたわけだな……。これで殺人課のなわばりに入ってきたというわけか。よかろう！

プラウティ博士　そう、おまえさんの担当だ。（立ち去りながら）わしのじゃない。わしはポーカーゲームの決着をつけるために、家に帰るとするよ。おやすみ！（ドアをバタンと閉める）

エラリー　そちらは何か見つかりましたか、お父さん？

警視　大してないな。二十年前のクラブの設立時には、チェリー・コーディアルが二十本あったらしい。すべてブーシェール印だ。――それを一年にひと瓶ずつ空けて……

エラリー　どうしてチェリーなのでしょうね？

警視　どうしてかというと、連中の英雄ギルバート・チェリー――あの女の親父だよ――の名前が「チェリー」だからだ。それが理由になるのか？　子供の秘密クラブじゃあるまいし。それはともかく、今夜は二十周年なので、最後のボトルというわけだ。

エラリー　ママ・ロッシの地下蔵では、専用の棚に保管されていたのですか？

警視　うむ。それに、昨年の集まりからずっと、誰もその棚を見たことがないと言っておる。
エラリー　だとしたら、このブーシェール印のクレームドマントは、いつでも毒を盛ることができたし、この一年の間に、いつでもブーシェール印のチェリー・コーディアルとすり替えることができたということになりますね。確かに大して役に立つものはない。
警視　おかしな話だ。何から何まで。さてと、あの連中を解放してやった方がいいようだな。これ以上ここに引き留めても、得点できそうにはないからな。
エラリー　彼らの様子はどうです？
警視　神経質になっておるな。アーニー・フィリップスは爪をかんで、バーテンのジョー・サリヴァンは禁酒法時代の怪しげな酒でも飲んだみたいで、ルシール・チェリーという娘は失神する気まんまんだ……。ところで、いつもおまえを悩ませておるニッキイはどこに行ったのだ？おまえのそばをうろちょろしとらんようだが――
エラリー　今夜はここに近づかないように、きつく言っておいたのです。彼女は想像力がありすぎますからね。台なしにするか、もめ事を起こすかの、どちらかしかできないでしょう。
警視　そうか。（ドアを開く）みんな、もういいぞ。家に帰ってもかまわん！
エラリー　（いかめしく）それと、みなさん全員に、ぼくからの忠告です――気をつけてください。

音楽、高まる……通りに面したドアの閉じる音。

サリヴァン　（神経質に）それじゃあ……さよなら、アーニー。さよなら、ルシール。あたしは――
あたしは少しぶらついてから家に帰るよ。（足早に退場）

ミス・チェリー　（小声で）さ――さようなら、アーニー。

フィリップス　（つぶやくように）たぶん、おれが――きみを家まで送った方がいいんじゃないかな、ルシール。もう遅いし――

ミス・チェリー　（いそいで）いえ。心配しなくていいわ、アーニー。タクシーを拾うつもりだから。（タクシーのドアを開く）

フィリップス　さよなら。（タクシーのドアが閉まる。タクシーは走り出し、遠ざかっていく――それから男の足音が歩道に響く。ゆっくり歩いている。不意に足音が停まる。フィリップスが驚きの声を上げる）おい！　な――何だ――

ニッキイ　（まとわりつくように）フィリップスさん――

フィリップス　（腹立たしそうに）おい、人の背後から忍び寄ることより、もっとましなことを知らないのか？　失せな、ねえちゃん！

ニッキイ　（懸命に）わたしはニッキイ・ポーターです！　フィリップスさん、わたし――わたしは今夜、あなたがママ・ロッシの店を出てから、ずっと後を尾《つ》けてきたの。それで――

フィリップス　（不快そうに）おれを尾けてきただと？　いい度胸をしてるじゃないか！

ニッキイ　待ってちょうだい！　あなたは気づいていないけど――わたしの他にも、あなたを尾けている人がいるのよ！

フィリップス　（弱気になって）なん――だって？　おれを尾けている、だと？
ニッキイ　そうよ。黒い大型のセダンが。あなたを尾けていることがわかったので、警告をした方がいいと思って――きゃっ！（馬力のある車が近づく音、ブレーキがきしむ音、車のドアがすばやく開く音）
ならず者1　（乱暴な口調で）フィリップス――おまえだ！　この車に乗りな！
フィリップス　（怖がって）何を――何を――（走って逃げる足音）
ならず者2　（車の中から）その娘っ子も引っ捕らえろ！　逃がすんじゃねえぞ！
ならず者1　（どなりながら走る）おい、おまえ！　戻ってこい！　わからねえのか！
ニッキイ　あっち行ってよ、このゴリラ！　助けて！　あっち行ってよ！（もみあう音。車の中に引きずり込む音、ドアがバタンと閉まる音、エンジンが速度を上げていく音。ニッキイの声が遠ざかっていく）助けて！　エラリー！　助けて！

音楽、高まる……そこにタイプライターをおぼつかない手つきで叩く音が割り込む。

エラリー　こんちくしょう！（呼び鈴の音）ようし、やっと来たか！　入りたまえ、ニッキイ！（ドアが開いて閉じる）いま何時だと思って――（がっかりして）なんだ、きみだったのか、部長。
ヴェリー　そう、あたしだったんですよ。誰だと思ったんですかい――小公子ですかな？　どうしたんです？　いらいらしてるように見えますぜ、クイーンさん。

エラリー　してるさ！　ぼくの秘書が朝から姿を見せないんだ。よりによって、彼女にタイプしてほしい大事な原稿があるときに！

ヴェリー　（奥歯に物がはさまったかのように）あなたの言っているのは、ニッキイ・ポーターのことですかい？　いっつもあなたに迫っている、ちっちゃな可愛い娘っ子の？

エラリー　（むかっときて）くだらないな、ヴェリー。親父みたいに、何でも色事に結びつけて……。それで、どうしたんだ？　何があったんだ？　ぼくの恋愛運を占うために、朝の十一時にここに寄ったわけじゃないんだろう！

ヴェリー　（ゆっくりと）警視に伝言を頼まれて、センター街から来たんですよ。

エラリー　伝言？　どんな伝言だ？

ヴェリー　アーニー・フィリップスが消えました。

エラリー　〈生き残りクラブ〉のフィリップスが？　消えただと？　いつなんだ？

ヴェリー　昨夜です。警視が連中をママ・ロッシのレストランから解放した直後に。拉致されたんです。

エラリー　（うろたえて）さらわれたのか！　ぼくがあれほど注意するように言ったのに！　いったい、何が起こっているんだろう？

ヴェリー　あなたの著名なるおつむに考えを吹き込もうなんて毛頭思ってないですが——昨夜、あなたの秘書は自宅で眠れたんでしょうかね？

エラリー　（間髪容れず）どういう意味だ？

ヴェリー　（言いづらそうに）そのう、タクシーの運転手が一人、昨夜の出来事を見ていたんでさあ。フィリップスがロッシの店から出たところから。黒い大型のセダンが近寄ると、フィリップスを引きずり込んで、走り去ったんです。運ちゃんはナンバープレートは確認できなかったそうですがね。
エラリー　だが、それがニッキイとどうかかわるんだ？　教えてくれないか？
ヴェリー　（相変わらず言いづらそうに）そのう……フィリップスが拉致されたとき、女の子が一人、一緒にいたらしいのです。それで、連中はその女もさらったんです。それで……ええと、あなたの秘書みたいに、ちっちゃな元気いっぱいの娘っ子だったそうです。赤い羽根をつけた緑の帽子をかぶっていて。それで、警視はこう考えたのです……
エラリー　（うめく）ああ、おばかさん！　愚かで向こう見ずのおばかさん！　もちろん、その女はニッキイだ……そんな帽子も持っていたよ。ニッキイが――誘拐犯の手に落ちたのか！
ヴェリー　（相変わらず言いづらそうに）もちろん、同じ色の帽子をかぶった別の女の子だということも――
エラリー　いやいや、そいつは同じ色の帽子をかぶったぼくの秘書を務めている女の子だよ、部長。間違いない。昨夜は家に帰るようにきつく言っておいたのだが、素直に聞くはずもなかった。それで彼女は、自分で捜査をしていたんだ。それがニッキイさ。思い知らされたよ。で、ぼくたちは何をすればいいのだろう？　ぼくたちは彼女を見つけ出さなくちゃならない。ぼくたちは――

ヴェリー　（心配そうに）やあ、あなたはそこまで彼女に惚れ込んでいたんですかい？

エラリー　げすの勘ぐりはよせ！　ぼくは――ぼくは危機におちいっている女の子に対して、誰もが抱く気持ちしか持ってないさ。いいから、そこでいつまでも大口をあけて突っ立っているんじゃない。何かするんだ！

ヴェリー　（あっさりと）何を？

エラリー　（うろたえて）ぼくにわかるか。かわいそうに。やつらが彼女に何をするか、わかったものじゃない――彼女はまだ子供なんだぞ、ヴェリー――。何もかもぼくのミスだ――彼女を思い留まらせるべきだったんだ――（電話が鳴る）ひょっとして、親父が何かつかんだのかも！（電話をひったくる）もしもし！　もしもし！

ニッキイ　（くぐもった声で――甘えるように）エラリー・クイーンさんのお宅かしら？

エラリー　（叫ぶ）ニッキイ！（電話を離して）ヴェリー、電話はニッキイからで――声からすると、無事なようだ。（電話に向かって）ニッキイ、無事か？　ケガはないか？　どこにいるんだ？　何があったんだ？　ニッキイ、しゃべってくれ！

ニッキイ　（くぐもった声で）しゃべるわよ。しゃべる暇をいただけるなら。わたしのこと、心配していたのかしら、ミスター・クイーン？

エラリー　（叫ぶ）心配していたとも！　気も狂わんばかりだったよ！　どこにいるんだ？

ニッキイ　（くぐもった声で）なんてすてきなお方だこと――わたしを心配してくださるなんて！　ほんと、さらわれてよかったわ。わたし、さらわれちゃったのよ。ご存じかしら？

エラリー　（自分を抑えて）ニッキイ、聞いてくれ。大ニューヨークのすべての警官が、きみとフィリップスを探し回っているんだ。説明できるのか？

ニッキイ　（くぐもった声で）はい、ダーリン。わたしはシド・パラモアのなわばりにいて、キューバリーブレ（コーラとラム酒とライムジュースを混ぜた飲み物）を飲みながら、キザなギャングたちといちゃついているところなの。他の人たちもここにいるわ――

エラリー　「他の人たち」だと？　誰たちのことだ？

ニッキイ　（くぐもった声で）あら、ルシール・チェリーにジョー・サリヴァン――それにもちろん、フィリップスさんも。……待って、パラモアさんがあなたと話したいそうよ。

エラリー　シド・パラモアか。あのゴロツキが――

パラモア　（くぐもった声で――うんざりしたように）もしもし！　クイーンか？　おれは〈66クラブ〉のシド・パラモアだ。おい、この赤い羽根をつけた緑の帽子のちっちゃな女《アマ》っこだが――おまえの秘書だと言い張っているぞ。そうなのか？　ニッキイなんとか……

エラリー　（むすっとして）ちっちゃな可愛い子ちゃんなら、ぼくの秘書だ。それで？

パラモア　（くぐもった声で）いいか、こっちに来て、彼女をおれの手の中からひっさらってくれ。わかったか？　もう、こいつにはうんざりだ！（電話を切る）

ヴェリー　あなたは「シド・パラモア」って言いませんでしたか？　ひょっとして、ニューヨークで最高の賭け金が動く〈66クラブ〉をやっている、ずる賢いギャングにして、タフなやつのことですかい。

エラリー　明らかに、ニッキイに耐えられるほどタフではなかったようだがね。

ヴェリー　あそこに行くんですかい？――一人きりで。

エラリー　当たり前だ！　そして、二つのことをやるつもりだよ――ニッキイ・ポーターをひっぱたくこと、それにパラモアがビル・ロッシや〈生き残りクラブ〉とどうかかわっているのかを突き止めることを！

音楽、高まる……そこにドアの開く音が割り込む。

ならず者　なんの用だ、きさま？

エラリー　（登場）ああ、邪魔をしないでくれ。……きみがシド・パラモアか？

パラモア　そうだ。通してかまわんぞ、ルイ。おまえがクイーンだな？　ほら、おまえさんの赤ん坊だよ。――それじゃあ、おまえの幸運を祈るぜ！

ニッキイ　（はしゃいで）こんにちわあ、クイーンさん！

エラリー　きみへのお仕置きはあとだ。（鋭く）さてパラモア、きみがミス・チェリーとサリヴァンとフィリップス、おまけにぼくの秘書を拉致したことはわかっている。誘拐はきみの本職ではなかったはずだが？

パラモア　（平然と）誤解しているようだな、小僧。アーニー、おまえさんは誘拐されたのか？

フィリップス　（神経質に）いや。そうじゃない。シドは――おれの友だちだからな。

パラモア　わかったか？　ジョー・サリヴァンの方は、おれのためにバーで働いているし、チェリー嬢はちょっと前に自分の足でここに来たのさ。

エラリー　本題に入ってくれ。

パラモア　いいとも。アーニー・フィリップスとは、おれの仕事上の結びつきがあるのさ。アーニー、このシド・パラモアがどうかかわっているか、クイーンに教えてやれ。

フィリップス　おれは――おれはシド・パラモアの〈66クラブ〉で、かなりの金をすってしまったんだよ、クイーン。どうしようもない額だ。それで、おれはお手上げになった。だから、バクチの借金を返すために、〈生き残りクラブ〉の基金の自分の取り分をシドに譲渡するサインをしたんだ。三ヶ月前にな。

ミス・チェリー　ああ、アーニー――なんて馬鹿なことをしたの！

フィリップス　そうするしかなかったんだ、ルシール。おれには――他に払える金がなかった。だが、おれの取り分は今では四万ドルになっているし――

エラリー　パラモアにはいくら借りているのかな、フィリップス？

フィリップス　（のろのろと）五――万ドルだ。

パラモア　そうだ、アーニーはおれに五万ドルもの借りがある。だから、基金が分配されたあとに、おれがアーニーの取り分を回収しても、まだ一万ドルの借金が残るわけだ。――そうだな、アーニー？

フィリップス　そうだ。その通りだ、シド。おれは――おれは、残りの額も何とかするつもりだ。

パラモア　（ずるがしこそうに）間違いなく、おまえはそうするさ。（ドスの利いた声で）クイーン、おれは〈生き残りクラブ〉に投資したわけだ――わかったな？　来月の支払いの前に、もしアーニーがやられちまったら、おれは現ナマ《ドウ》を失うわけだ。支払日に生きているやつだけが受け取れることになっているからな。

エラリー　ぼくにはまだ、このささやかなお茶会の意味がつかめていないのだが。

パラモア　このフィリップスの野郎が、おれの大事な赤ん坊だからさ――わからないか？　おれはこいつを守っているのさ！　ここにいる間抜けどもの一人が、ビル・ロッシを殺し、昨夜は残りの面々を毒殺しようとした。だからおれは、自分の投下資本を守るためにしゃしゃり出たわけだ……わかったか？　おれは、おまえら全員に警告しているんだぞ！

サリヴァン　シド、あなたは――あなたは、あたしがそんなことをするなんて、思っていませんよね――

パラモア　おれは、おまえにも警告しているんだぞ、ジョー。

ミス・チェリー　あなたは、あたしが人殺しだとほのめかしているのかしら、パラモアさん？

パラモア　おれは、ほのめかしてなんかいないよ、ミス・チェリー。おまえらにこう言っているだけだ。これから二週間の間、貯えを分ける前にフィリップスを殺そうとしたやつがいたら、長生きはできないことになる、と。さあ、もう出て行っていいぞ。

ニッキイ　（ほれぼれしたように）あの人、迫力あると思わない、エラリー？　映画の中のエドワード・G・ロビンソン（大物ギャング役を数多く演じた）みたいだわ！

パラモア （ほえる）それから、その女《アマ》も連れていってくれ――おれが素手で締め上げる前にな！

エラリー パラモア君、お悔やみを申し上げるよ。ニッキイ――きみも……来るんだ……ぼくから……離れるんじゃないぞ！

音楽、高まる……そこに皿がカチャカチャいう音が割り込む。

ニッキイ （口いっぱいにほおばったまま）あなたって、とんだ英雄だわ。乙女がならず者に侮辱されるがままにしているなんて――偉大なるエラリー・クイーンが！

エラリー 静かにしてくれないか、やかまし屋さん――ぼくは考えをまとめようとしているのだから。

ニッキイ （まだ口にほおばったままで）それに、もっとひどかったのは――あいつの侮辱に同意し、い、いたことよ。もしわたしがフィリップスさんの後を尾けなければ、もしわたし自身も誘拐されなければ、もしわたしがあなたに電話をかけなければ、あなたはどこを捜せばいいのか見当もつかなかったくせに……。ママ・ロッシ！ スパゲッティのおかわりをお願い！

ママ・ロッシ あいよ、お嬢《シニョリーナ》さん。

ニッキイ その上、わたしをこのママ・ロッシの店まで引っぱってきて……。はいはい、わかっているわよ。自分の食べた分は自分で払いますから。けちんぼさん。もしわたしが腹ぺこだったら、あなたの役に立てないでしょう？

エラリー　（考えをめぐらすように）どこかに失われたガスケット（隙間を埋める充填材）があるんだ。小さなガスケットが一つだけ……

ニッキイ　わたしの話を聞いてさえいないのね！

エラリー　何だって？　ああ。もちろん聞いていないよ。ニッキイ、どこにあるのかな？

ニッキイ　どこにって、何が？

エラリー　失われたガスケットさ。最後の環だ。ろばの背を折る一本のわらだ。それがどこかに隠れているというのに、ぼくには場所の見当もつかない。

ニッキイ　誰がボトルに毒を入れたかを見抜こうとしているなら、どうしてビル・ロッシ殺しから始めないの？

エラリー　そこに何もないからさ。親父は全員を調べたんだ。ロッシが死んだときのアリバイを持っている者は一人もいなかったし、黒いセダンの特定もできていない。つまり、誰もが轢き逃げをすることができたわけだ。

ニッキイ　わかったわ。でも、轢き逃げをしようとしていたまさにその瞬間《とき》に、ビル・ロッシが通りを横切ることを、殺人者はどうしてわかったのかしら？

エラリー　（うめくように）ニッキイ……。犯人はただ単に、機会を待っていただけさ。そして、ロッシが駆け出したその瞬間《とき》を捕らえたわけだ！

ニッキイ　でも、わたしはそうは思わないわ。わたしは、ビル・ロッシは死地におびき出されたのだと、レストランの外におびき出されたのだと思うの――。

エラリー　マタ・ハリ（ドイツの女スパイを務めた踊り子）にでもおびき出されたのかな？
ママ・ロッシ　（登場）スパゲッティだよ。
ニッキイ　ママ・ロッシに聞けばいいわ！　この人なら知っているはず――
ママ・ロッシ　あんたら、あたしのビルを殺したやつを見つけ出したのかい？
ニッキイ　ママ・ロッシ、息子さんのビルが……事故にあった日のことだけど――
ママ・ロッシ　（がんこに）事故じゃないよ。せがれは殺されたんだ。
ニッキイ　ビルは伝言を受け取らなかったかしら？――手紙とかメモとか電話とか、何かそういったものを――通りに駆け出す前に。
ママ・ロッシ　いいや。手紙も電話もなかったよ。
ニッキイ　（声を落として）もう、そんな意地の悪い目つきをするものじゃないわ！（声を戻して）でもママ・ロッシ、もし伝言を受け取っていないのなら、どうして息子さんは通りに駆け出したのかしら？　かなり急いでいたように見えたけど。
ママ・ロッシ　あたしがビルを外に出したのさ。
ニッキイ　あなたが？
ママ・ロッシ　ああ。火が出たもんでね。
エラリー　何ですって？　火が出たって？　何の火です？
ママ・ロッシ　ここの厨房がちょっとした火事になったんだよ――。
エラリー　（興奮のあまり声がうわずっている）厨房が火事に？　火事に？　いつ火が出たのです

か?

ママ・ロッシ　わからないね。気づいたら燃えていたんだよ。

エラリー　（興奮して）なるほど、なるほど。それで、どうなりました?

ママ・ロッシ　ビルに消防車を呼びに行かせたんだ。でも、その後すぐ、あたしらだけでボヤは消すことができたのさ。ルイジとあたしでね――。（苦々しげに）でも、せがれは、あいつは車に轢かれて死んじまった。もし火事になんなきゃ、ビルはまだ生きていたんだ。……失礼するよ。厨房に行かなくちゃ。（奥に引っ込む足音）

エラリー　（いつもの声に戻って）なんと、きみはこれを知っていたんだな! ニッキイ、前言を撤回するよ。きみは宝石だ。きみはすばらしい。きみはまさに適切な質問をしたんだ――。

ニッキイ　今、わたしが何をしたというの?

エラリー　あり得ない。あり得ないことだ。しかし、それでも――そうなのだ。それが真相なのだ。小さなガスケット。失われた重要な環……

ニッキイ　（緊張して）エラリー! 何かわかったのね! 何か見つけたのね!

エラリー　「何か」だって? ぼくは何もかもわかったのさ。

ニッキイ　でも、どうしてわかったの? あの人が言ったことって、火が出て――

エラリー　それが神の火だったのさ!

ニッキイ　どういう意味なの?

エラリー　それが、事件のすべてを解き明かしてくれたのさ!（音楽、高まる）

聴取者への挑戦

番組は〈解答者のコーナー〉に移り、そこではゲスト安楽椅子探偵が自分たちの解決を披露する。エラリーはいつも、この〈解答者のコーナー〉について簡単に紹介するのだが、「〈生き残りクラブ〉の冒険」の場合は、以下の通りである。

エラリー　紳士淑女のみなさん。この時点で、これまでに提示された事件の手がかりに基づき、ぼくは解決にたどりつくことができました。……われらが安楽椅子探偵たちの推理に耳をかたむけましょう。彼らの解決は、ぼくの解決と一致しているでしょうか？　ぼくは疑わしいと思っているのですが。

音楽、高まる。

警視　けっこうなことだな。わしは関係者全員を警察本部に集め、集まった連中はうんざりするほど吠え立てていて、わしは彼らがそうすることをとがめる気は毛頭ない！　一体、これは何なのだ、エラリー？

エラリー　話をしたい気分になりましてね。

ニッキイ　この人、数時間前からずっとこうなのよ、警視さん。わたしもう、わめきちらす準備は整っているわ！

警視　わしの方は、何年も前に声が枯れてしまったよ、お若いの。それで、おまえは話したい気分になった、と。何をだ？

エラリー　彼らにはしばらく待ちぼうけをくわせておきましょう。そしてあなたには、単純にしてすばらしいものをお見せしますよ。まずは――動機です。われわれは動機については一致していますね？

警視　うむ。ブーシェール印のクレームドマントに毒を入れたのが誰にせよ、そやつはクラブの仲間を殺し、十二万ドルの基金の分配を独り占めしようとしたのだ。

ニッキイ　でも、わたしたちみんな、そんなことはわかっているじゃないの。取引所《リアルト》に何か新しいことはないの？（『ヴェニスの商人』第三幕第一場の台詞のもじり）

エラリー　一つございます。毒を盛った人物は、なぜチェリー・リキュールのボトルに青酸を入れなかったのでしょうか？　彼らはいつも、会合ではチェリー・リキュールで乾杯し、それを飲むというのに。犯人は、なぜクレームドマントのボトルに毒を入れたのでしょうか？

ニッキイ　そういえば、おかしいわね。

警視　わしも、そいつにずっと悩まされておる。

エラリー　これが何を意味するのか、わかりませんか？　ぼくたちも知っているように、あのブーシェール印のボトルは、どれも一目でわかるような目印がありません。銘柄とかそのたぐいのものは、ガラスの底に刻まれているだけなので、パッと見ただけではわからないのです。これらのボトルの中身を外見だけで見分けるには……色しかありません！　カットグラスを透かして見えるコーディアルの色しか！

ニッキイ　ちょっとちょっと。どうやったら犯人が色を見間違えたりするの？　チェリー・コーディアルは赤だし、クレームドマントは緑なのよ。

エラリー　どうやって犯人が色を見間違えたと思う、ニッキイ？　ただ単に、犯人は赤と緑の区別がつかなかっただけだよ！　犯人が色盲だったら、そうなるだろう。

ニッキイ　色盲！

警視　それだ！　それで説明がつく！　犯人《ホシ》は色盲――赤緑色盲なのだ！

エラリー　ちょっと待ってください、お父さん。何をしようとしているのですか？

警視　何を、だと？　連中に色盲のテストをやらせるに決まっておるだろうが！　テストをやって、連中の中から色盲の者を見つけ出せたならば、わしらはビル・ロッシを殺し、他の会員に毒を飲ませようとした犯人《やつ》を手に入れることになるわけだ！

エラリー　ああ、でも、その必要はありませんよ。ぼくはもう、知っていますから。

警視　（いらいらして）馬鹿を言え――。連中の誰が色盲なのか、どうしておまえに分かるというのだ？　言っておくぞ、わしらはテストをやるからな！（間）それに、いいか――わしはテストのやり方くらいは知っておるからな！

音楽、高まる……そこに――

ヴェリー　（息を切らして）ガキの飲み物を十本、用意しましたぜ、警視。パーティでも開くのですかい？

警視　（息を切らして）これでよし、と。ヴェリー、ご苦労。今度はこいつをわしのデスクの上に並べてくれ。（何本もの瓶を並べていく音）一列に並べるのだ。そうだ。さてと、これでチェリー・ソーダが八本にライムが二本、並んだことになる。赤が八本に緑が二本！

ヴェリー　ですが、どうしてあたしにラベルを剥がさせたのですかい？

警視　中身がわからないようにするためじゃないか、この間抜け！　これで、連中がわしに、ライムがどの瓶かを教えるには、緑の色で見分けるしかないわけだ――。

ヴェリー　あたしには理解できないことが起きているようですな。

エラリー　わが一族には奇人の血が流れているのさ、部長。

警視　（上機嫌で）よしヴェリー、われらが友人たちを、一度に一人ずつ連れてこい。まずはシド・パラモアだ。

ヴェリー　あなたが責任者ですからな。（ドアが開く）おい、パラモア！　入ってこい！

ニッキイ　警視さん、何かがわたしにささやいているわ。あなたが負け馬に乗ろうとしているって。

パラモア　（登場）まったく、おれをいつまでここに引き留めておくつもりだ？　おれには人権があるんだぞ！　税金も払っているんだぞ！　アメリカ国民として――

警視　確かにおまえはそうだよ、パラモア。ヴェリー、ドアを閉めろ。（ドアが閉まる）さてパラモア、一つだけ質問をするぞ。そうしたら帰ってよろしい――うまくいけばな。

パラモア　質問ひとつのために、たっぷり一時間も待たせたのか？　何をやるつもりなんだ？おれには仕事があるんだぞ！

警視　ソーダの瓶が十本見えるな？

パラモア　（疑い深げに）それで？

警視　ライムの瓶を選べ。

パラモア　（ぽかんとして）へ？

警視　緑色の瓶を選べと言ったのだ！

パラモア　これは何かの冗談か？

警視　（やさしく）そうさ、わしらはゲームをやっておるのさ。（きびしく）さっさとやれ！

パラモア　（うさんくさそうに）緑の瓶は二本ある――三本めと、それから――四、五、六――それから七本めだ。

警視　（しばらく間を置いてから）こいつを出してやれ、部長。

パラモア　（退場しながら）頭のいかれたおまわりめ。ソーダの瓶を選べだと――ソーダ（「カモ」の意味あり）か……（ドアが閉まる）

エラリー　（のほほんと）パラモアが色盲でないことは、ぼくがあなたに教えてあげられたのですよ。今朝、彼が電話でぼくと話したとき、ニッキイに対して「赤い羽根をつけた緑の帽子をかぶった女」という表現を使いました。これで彼は除外できるわけです。

警視　けっこう。これでやつは除外できたわけだ。ヴェリー、アーニー・フィリップスを入れろ！

ヴェリー　（ドアを開けながら）フィリップス！

フィリップス　（登場——神経質に）なんだ？　呼んだか？　おれならここにいるが……

警視　ここに並んでいる瓶が見えるな、フィリップス？　どれが赤い瓶なのか、おまえに教えてほしいのだよ。

フィリップス　赤い瓶を？　緑の瓶をあんたに教える方が楽だな。三本めと七本めが緑だ。どうしてこんなことを？

警視　何でもない。ちょっと知りたかっただけだ。もういいぞ！

ヴェリー　出ていっていいぞ、フィリップス。（ドアが開いて閉じる）

エラリー　フィリップスが色盲ではないことは、気づいて然るべきでしたね、お父さん。彼は広告専門の画家ですよ。色盲の男が色彩を使う仕事をできるはずがないでしょう。

警視　バーテンダーのサリヴァンを入れろ！（何か思いついたように）瓶を並べ替えた方がいいな。ひょっとして、やつらは立ち聞きしとるかもしれん。緑の瓶は五本めと六本めにしよう。

エラリー　お父さん、あなたもご存じのように、サリヴァンは……

警視　ああ、サリヴァンか。入れ。緑の瓶を選べ！

サリヴァン　何をしろって？
警視　瓶を選べ！
サリヴァン　わかりましたよ。これと――この二本です。
警視　ヴェリー、あの女を連れてこい――ええと……ルシール・チェリーだ！
ヴェリー　（ドアを開けながら）ミス・チェリー……
ミス・チェリー　（登場）警視、あたしは抗議しなければなりません……
警視　苦情はのちほど聞かせてもらおう。今はまず、ここにある瓶の中で、一本だけある緑色のソーダ水がどれなのかを教えてくれたまえ。
ミス・チェリー　失礼ですが、今、何と？
警視　聞いた通りだ。一本ある緑の瓶を選んでほしい。
ミス・チェリー　何をくだらないことを。緑の瓶は二本あるわ。他は赤。
警視　賢いですな、そうでしょう？　緑色の瓶は、どれとどれですかな？
ミス・チェリー　どうしてそんな――五番めと六番めですわ。
警視　（おだやかに）ありがとう。これで終わりだ、ミス・チェリー。きみもだ、サリヴァン。外に出してやれ、部長。
ヴェリー　（うんざりした様子で）こっちへ。
ミス・チェリー　（退場）酔っ払って仕事をするような人が、どうしてあんな地位に留まっていられるのか、見当もつかないわ……

サリヴァン　しかも、頭がいかれるまで飲んだに違いないな。（ドアが閉まる）

エラリー　（いたずらっぽく）ぼくが警告したように、何もかも必要なかったのですよ、お父さん。もし相談してくれたならば、教えてあげたのですけどね。ぼくはサリヴァンは除外しました。というのも、会合が行われた夜、ママ・ロッシがボトルを取ってきたとき、サリヴァンは「こいつは緑色だから、クレームドマントだ！」と言って注意をうながしました。ボトルを開けて味わう前にですよ。もし彼が棚にあった赤いボトルと緑のボトルを取り違えたならば、そのあとで見分けることができるはずはありません。

ニッキイ　だったら、チェリーさんはどうなの？　あなたが彼女を除外した理由として考えられるのは、瞳の色がお気に召したことくらいだけど――

エラリー　違うよ、ダーリン。彼女がファッション・デザイナーだという理由さ。色盲の女性が、色のついた布を使った創造的な仕事をできるはずがないだろう。それはともかく、きみの瞳の色の方が、ぼくの好みなのだけどね、ニッキイ。

ニッキイ　本当？

警視　わかった、わかったから、お二人さん！　サリヴァンとミス・チェリーは除外された。（間を置いてから、興奮して）そして、これでわしらは犯人《ホシ》を手に入れたわけだ。動機はわからんが、あいつが当確だ。

ニッキイ　誰のことを言っているの、警視さん？

警視　（いかめしく）大立者のフレイザー――デヴィッド・W・フレイザーだ。唯一残った容疑者である彼が、犯人《ホシ》でなければならん。むろん、やつは基金の分け前にはあずかれないのだが……わかったぞ！　基金はやつが管理していたのだったな。おそらく、誰にも知られてはおらんが、やつは財政的に苦しくなったのだ。それで、十二万ドルを使い込んでしまったわけだ。こうなると、やつは他の会員を殺す——殺そうともくろむことになる。なぜならば、来月まで生き残った会員がいなければ、基金の分け前を受け取る者がいなくなるので、その金がとっくになくなっていることは誰にも気づかれないからだ……。ヴェリー、フレイザーを入れろ！（ドアが開く）

ニッキイ　フレイザーさんが犯人？　あり得ないと思うけど。

エラリー　お父さん、フレイザーをここに呼ぶ前に、指摘しておきたいことがあります。

警視　いいか、エラリー……わしは自分が何をしているかぐらいはわかっておる……。（離れた位置に向かって）フレイザー！　入ってこい！

フレイザー　（登場）警視、私は説明と謝罪を要求する！　警察に協力するのにやぶさかではないが、きみの息子さんに話したように、この子供じみたクラブとは、何年も前からかかわっていないのだ。それなのに、他の連中と同じようにここに閉じこめられるとは、どういうことだ——。

警視　（静かに）フレイザー、おまえをビル・ロッシの殺害、およびルシール・チェリー、ジョセフ・サリヴァン、アーネスト・フィリップスの殺人未遂の罪で逮捕する。

フレイザー　（心底びっくりして）何だと？

警視　警告しておくが、おまえがこれから話すことは、すべて——

エラリー　（やれやれといった感じで）お父さん。フレイザー氏をいきなり牢にぶち込む前に、あなたのお気に入りの視力検査を受けさせることをお勧めしますよ。

フレイザー　（まくし立てる）逮捕だと——この私を——殺人の罪で——この私を！

警視　わかった。最後まできちんとやるとするか。フレイザー、そこに並んだ瓶が見えるな？

フレイザー　（当惑して）何だと？　瓶だって？

警視　緑色の瓶を四本選べ。（指を鳴らす）さっさとしろ！

フレイザー　緑色の瓶を四本だって？（かみつくように）だが、これは、警視——

警視　（楽しげに）ごまかす気かな、フレイザー？

フレイザー　（かっとなって）誰がこんなことをするか！　こんな愚劣きわまりない真似を！　今すぐ、弁護士に電話をする許可を私に与えたまえ！

警視　（おだやかに）今すぐ与えてやるとも、フレイザー。だが、まずは四本の緑色の瓶を選ぶのだ。

フレイザー　（口泡を飛ばしながら）どうして——どうしてそんな——緑色の瓶は二本しかないじゃないか。五本めと六本めだ。他はどれも赤色だ。これは何だ——冗談か？（沈黙。それから恐ろしい声で）何とか言ったらどうだ、警視？

警視　（弱々しく）そうそう、冗談なのだ、フレイザー君。ここ——警察本部なんてところは、うっとうしくて気が滅入るところだからな。（無理に笑おうとする）だが、あんたはしゃれのわかる男なのだろう。デイブ・フレイザーは冗談のわかる男で——みんながそれを知っておる。だろう、フレイザー君？

フレイザー　（ぴしゃりと）きみは救いようのない低脳だな！　さよなら！（ドアをバタンと閉める）

エラリー　（悲しげに）お父さん、もしぼくに聞いてくれたなら――

警視　（怒って）これは何もかもおまえのミスじゃないか、エラリー！

エラリー　（無視して続ける）――ぼくはあなたに、フレイザーが色盲ではないことを教えてあげられたのに。彼は有名な絵画の蒐集家で、絵画に関する批評を書くほどの通人です。絵画の愛好家が色盲のはずがないでしょう。

警視　だが、そうなると、あり得んことになってしまうではないか！　待て――待てよ。ひょっとして――そうか、わかったぞ。あのイタリアのばあさんだ。

ニッキイ　（息を呑む）ママ・ロッシのこと？　自分の息子を殺したというの？　警視さん！

警視　違う！　ビルを殺したのは他の誰かだが、ボトルに毒を入れたのはあの女だ。息子を殺したのはクラブの誰かだと考え、頭がおかしくなって、彼ら全員を片づけようとしたのだ――。

ニッキイ　（忍び笑いを浮かべて）まあ、警視さんったら。

エラリー　（くすくす笑う）違いますよ、お父さん。ママ・ロッシじゃない。いいですか、彼女がクレームドマントに毒を入れたと仮定します。その場合、会合の夜に地下蔵からボトルを取って来たときに、「でも、おかしいんだよ」などと言うでしょうか？　あのボトルに注意をうながしたのは、彼女が最初だったのですよ。これは、彼女が犯人だとすれば、絶対にやらないことではないですか！

ニッキイ　でもエラリー、わたしにはわからないわ——そうなると、誰も残らないじゃないの！　誰も、よ！

警視　ああ、わしは狂気の支配する事件に取り憑かれてしまったようだな。誰も残っていないというのは、まぎれもない事実だ。コーディアルに毒を入れたのは誰もいないわけだ。それが解決というわけか。こいつが夢で、目覚めると何もかもがなかったことになればいいのに！

エラリー　（明るく）もしお許しをいただけるなら、このぼくが、誰がクレームドマントに毒を入れたのか、あなたに教えてさしあげますよ。

警視　いいか、動機を——理論上の動機も含めて——持つ生き残りは、六人しかいない。そして、その全員が除外されてしまったわけだ。

エラリー　まごうかたなき事実です。

警視　だったら、何を教えてもらえるというのだ？

エラリー　質問が一つ——なぜあなたは、毒を盛った人物が生き残った者の中にいると言い切るのですか？

ニッキイ　（間を置いてから）エラリー！　あなた、ひょっとして——ああ、そんな！

エラリー　事実が指し示すところによれば、毒を盛った者は死んでいる者の中にいることになります。犯人は二週間以上前に死んで埋葬された……ビル・ロッシなのです。

警視　（息を呑む）ロッシ！　ロッシだと？

ヴェリー　ちょっとくちばしをはさませてもらいますぜ。ロッシですかい？　頭がいかれてしまったようですな、クイーンさん。だって、ロッシは殺害されたんですぜ！

エラリー　誰がそう言った？　ぼくは一度もそう言ってないじゃないか。彼はただ単に、轢き逃げに遭遇しただけだったのです。みんながロッシは殺害されたと決めつけたのは、ママ・ロッシがそう思い込んだからに過ぎません。それにまた、彼が死に際にジョー・サリヴァンや他の会員に気をつけるように言って――「何に気をつけるのか？」と問われたときに、苦しい息の下から「殺人……」と答えて死んだからに過ぎません。彼が言いたかったのは、自分が数ヶ月前に、会合の夜に飲まれるとわかっているボトルに毒を入れておいたことだったのです。彼は、今や死が間近に迫り、基金の分け前を受け取るまで生きられないことをさとりました。そこで、自らの良心に安らぎを与えるべく、警告を発したのです。二週間後に行われる恒例の乾杯によって毒殺されることになる犠牲者たちに対して。しかし、そこまで説明する前に、彼は息を引きとりました。ロッシが犯人であることは間違いありません。

ニッキイ　でも――でも――

エラリー　ビルはおそらく、〈66クラブ〉からクレームドマントのボトルを盗んだのでしょう。ニッキイがあそこで一杯注文したことがあるので、〈66クラブ〉がブーシェール印を扱っていることは明らかです。それに、ジョー・サリヴァンが自分の口からぼくたちに教えてくれたのですが、ビル・ロッシは毎日のように〈66クラブ〉に来ていたそうです。しかし、色盲だった上に、ボトルにはラベルが貼っていなかったので、ロッシは緑と赤のコーディアルを間違え、それに気づくことはなかったのです。

警視　ロッシか……なるほどな！　ぴったり合うな。だが、彼が色盲だということは、どうして確信が持てるのだ？　死体を掘り出したところで、証明はできんぞ。

エラリー　ほんの数時間前、ニッキイと一緒にママ・ロッシからあることを聞くまで、ぼくはわかっていませんでした。ビルが死んだあの日、ぼくたちはたまたま、彼がレストランから駆け出して通りの向かいにある郵便ポストに近づく姿を注意して見ていました。彼は郵便ポストに近寄り、足を停め、まじまじと眺めると、別の方向に向かって走り出したのです。

警視　それが色盲とどう結びつくのだ？

エラリー　ぼく自身も、ママ・ロッシから教えてもらうまで、わかりませんでした。彼女によると、厨房が火事になったので、火災報知器を鳴らすために、ビルを外に行かせたそうなのです。言い換えるならば、ぼくたちが走る姿を見たとき、ロッシは火災報知器を捜していたのです。にもかかわらず、彼はまっ先に郵便ポストに向かいました。明るい真っ昼間にですよ。どうして彼は火災報知器と郵便ポストを間違えたのでしょうか？　ある程度離れた位置で、裏側から見たならば、あなたもこの二つを間違えてもおかしくありません——色の違いがわからないとすればね。すべての郵便ポストは緑色で、すべての火災報知器は赤色です。それでぼくは、ビル・ロッシは赤と緑の区別がつかないことがわかり、彼が色盲であることがわかり、彼がボトルに毒を入れたことがわかり——そして、彼がこの二週間の間、ぼくたちが探し求めていた犯罪者であることがわかったのです。

ヴェリー　いやあ、びっくら仰天とはこのことですなあ！

警視　（力なく）魔術《マジック》だ。正真正銘の魔術《マジック》だ。

エラリー　（くすくす笑いながら）違いますよ、お父さん。論理《ロジック》です。正真正銘の論理《ロジック》です。ニッキイ、行こうか?

ニッキイ　（尊敬の念を込めて）おお、ミスター・クイーン……

エラリー　（まじめくさって）何だい、ニッキイ?

ニッキイ　サインをくださらない?

音楽、高まる。

死を招くマーチの冒険

The Adventure of the March of Death

一九三〇年代の探偵作家は、そのお気に入りのプロット上の工夫によって知られている――ジョン・ディクスン・カーなら密室、アガサ・クリスティーなら最もそれらしくない犯人、ドロシー・L・セイヤーズなら奇抜な殺害方法、フリーマン・ウィルス・クロフツなら難攻不落と思われるアリバイ、そしてエラリー・クイーンならダイイング・メッセージ――被害者が彼または彼女を殺した人物を指し示すために残した判じ物めいたメッセージ――によって。一九三九年十月十五日に放送された「死を招くマーチの冒険」において、クイーンは、「現ナマ《ドウ》を腐るほど持っている」上に遺言状を書き換えようとしている老人と、その老人の子供たち全員に結びつくように見えるダイイング・メッセージを、聴取者に提供している。

登場人物

探偵の　エラリー・クイーン
ニューヨーク市警の　ヴェリー部長刑事
ニューヨーク市警の　クイーン警視
現ナマ《ドウ》を腐るほど持っている　サミュエル・マーチ
その秘書の　ジャスパー・ベイツ
マーチの息子の　パトリック・マーチ陸軍中尉
マーチの息子の　ロバート・マーチ
ロバートの妻の　エドウィナ・フェイ
マーチの娘の　ロバータ・マーチ
ロバータの夫の　グレーンジ侯爵
マーチの弁護士の　フィッツロイ氏
陸軍大佐、当番兵、各国の電話交換手（フィリピン、アルゼンチン、ペルー、モンテカルロ、プエルトリコ、フランス、アルジェリア、エジプト）、医師

舞台　ニューヨーク市。一九三九年

五番街の道路を走行中の車内……ヴェリー部長（運転中）はアドリブで陽気に歌っている……。

エラリー　（不機嫌そうに）ずいぶんご機嫌みたいだね、部長？

ヴェリー　きらめく太陽の申し子――それがあたしなんですよ。もちろん、あなたもそうでしょうが。（口笛を吹く）

エラリー　（かみつくように）ほほう？　ぼくが何だって？

ヴェリー　（あわてて）何でもありませんよ、クイーンさん。何でもありません。（口笛を吹く）（何気なく）ニッキイ・ポーターからの便りはまだ来てないのですか？

エラリー　（大声で）来てない！

ヴェリー　ほう、あたしはてっきり――（クラクションを鳴らし……ブレーキの金切り音。ヴェリーは外に向かって叫ぶ）そこの交通違反野郎、人生に疲れ切ったのか？（エンジンの音が大きくなるのと合わせてぶつぶつと独り言）

エラリー　（やんわりと）ぼくがニッキイ・ポーターからの便りをまだ受け取っていないのか、という質問が、どうしてきみの口から出て来るのかな、部長？
ヴェリー　おや？　理由なんてないですよ。ただ聞いてみただけで。
エラリー　（容赦なく）ぼくが便りをもらっていないことを、どうしてきみが知っているのかな？
ヴェリー　どうしてって……ええと……あの娘《こ》が休暇に出かけたことは知ってますし……それで……ええと……あたしは想像したんですよ……
エラリー　（同じ口調で）きみは想像力なんて持ち合わせていないはずだ！　親父がきみに話したのだろう！
ヴェリー　（弱々しく）まあ、たぶん警視がそんなことを言っていたので——
エラリー　（無理してやんわりと）きみは何を知っているのかな、部長？　きみとわが父がそろってゴシップ好きのばあさんだったとはね。
ヴェリー　ですが、クイーンさん、あたしが言ったのは、ただ——
エラリー　（わめき出す）きみが言ったのはわかっている！　そして、そいつはぼくをうんざりさせるのさ！　「ニッキイが出かけてから、あいつはずっと便りを待ち続けているのだ——昼も夜も『ニッキイ、ニッキイ』だ」。彼女がぼくに便りを出さないからどうだというのだ？　そんなことは、彼女の自由じゃないか、そうだろう？
ヴェリー　（あわてて）まごうかたなくそうですな、クイーンさん。
エラリー　彼女はぼくのものなんかじゃない

ヴェリー　（同じ口調で）確かにそうですな、クイーンさん。
エラリー　彼女は単なる秘書で、タイピストで——ぼくに雇われているだけじゃないか！
ヴェリー　まったくその通りですな、クイーンさん。
エラリー　（落ち着いてきて）それなのに、きみと親父ときたら……
ヴェリー　（ため息をつきながら）あたしは、警視とそんなことはしていないつもりなんですがねえ。（すばやく）ここから五番街をどれくらい進めばいいのですかい、クイーンさん？
エラリー　（われに返って）え？　ああ、ここから北に数ブロックだ。
ヴェリー　（和親協商を復旧させようとする）サミュエル・マーチの邸宅だと言いましたよね？
エラリー　言ったかな？　言ったと思うが。
ヴェリー　（ごきげんをとろうとして）あなたは顔が広いですな、クイーンさん。商業界の大立者の家を訪ねるなんて！　あそこの連中ときたら——現ナマ《ドウ》を腐るほど持ってますからな。サム・マーチはどれくらい金持ちなんでしょうな？　かみさんは、いつもあいつのデパートの掛け売りの勘定書をため込んでますぜ。
エラリー　（嬉しくもなさそうに）生まれてこの方、その男には一度も会ってない。
ヴェリー　やあ、事件なんですな、そうでしょう？　あなたはここ数日、事件に取り組んでいないようですからな。
エラリー　（またしてもかんしゃくを破裂させる）どうしてだい？　どうしてぼくが事件に取り組んでいないと思うのかな？　きみと親父は、ニッキイが休暇に出かけたせいだと考えているのだろう――。ぼくはその気がなかったのに、きみはまた、会話にニッキイを持ち込んだのだ、ヴェリー！

ヴェリー　（弱々しく）誰が――あたしがですかい？（あわてて）やあ、着きましたぜ。（車を路肩に着ける）ここがそうだと思うのですがね。番地は合ってます。ですが、まるで博物館みたいに見えますな！（手動ブレーキを引く。エンジンは切らない）

エラリー　（むっつりと）サミュエル・マーチの記念館なのさ。（車のドアを開け……外に出る）ええと、部長。

ヴェリー　（少し離れた位置で）何ですかい、クイーンさん？

エラリー　（気まずそうに）ええと……送ってくれてありがとう。

ヴェリー　かまいませんよ、気にしないでください。狩りの幸運を祈りますぜ！（ブレーキを外す）

エラリー　（同じ口調で）ええと……部長……

ヴェリー　（少し離れた位置で）何ですかい、クイーンさん？

エラリー　（ものすごい早口で）短気を起こして申しわけなかったおやすみ！（車のドアをバタンと閉める。舗道の上を足早に遠ざかる音）

ヴェリー　（マイクに向かっておだやかに）事件とはね、ふふん？　若者よ、おお若者よ、きみ自身が事件になっているではないか！

音楽が高まり、そこに……

ベイツ　（登場……初老の男）エラリー・クイーンさまですか？

エラリー　ええ。マーチさんですか？

ベイツ　いいえ、違います。私はジャスパー・ベイツといいます。お待たせして申しわけありません、クイーンさま。私と一緒に来ていただけますでしょうか？

エラリー　ありがとう。（磨き上げられた床を横切る足音）

ベイツ　（足音にかぶせて）ご了承いただきたいのですが、マーチさまはおかげんが良くないのです――。

エラリー　（ぼんやりと）重い病気でないことを願ってますよ。

ベイツ　いえいえ。ちょっとした風邪をひかれただけです。（足音が停まる）この階段を上がってください、クイーンさま。（足音は立たない）

エラリー　あなたはマーチ家の一員なのですか、ベイツさん？

ベイツ　（笑いながら）とんでもございません！　私は秘書や話し相手や番人やあれやこれやを――そのたぐいのものを何でもこなしております。どうぞ、こちらです。（再び床を歩く音）

エラリー　どういったタイプの事件なのですか、ベイツさん？

ベイツ　申しわけございませんが、マーチさまはご自分の口から話すべきだとお考えになると思います。着きました。（木製のドアを控えめに叩く）

マーチ　（老人の鋭い声が……ドアごしに）入れ、ベイツ、入ってこい！　例のクイーンも一緒か？

（ドアが開く）

ベイツ　こちらがミスター・エラリー・クイーンでございます、マーチさま。

エラリー　初めまして、マーチさん。

マーチ　（うなるように）ベイツ、ドアを閉めろ。（ドアが閉まる）座りたまえ、クイーン。いや、ベイツ、出て行ってはいかん。看護婦、ここから出て行くのだ！

看護婦　（あわてて立ち去る）はい、マーチさん……。

エラリー　ご病気とは知らずに失礼しました、マーチさん。早くよくなることを――

マーチ　わしが病気だからといって、なぜきみがわびなければならんのだ？　きみはわしについて何も知っておらんではないか。時間を無駄にするだけで、何の役にも立たん話だ！

エラリー　（びっくりして）いえ、ぼくはただ単に――（口をつぐんでから笑う）マーチさん、どこから見てもあなたが正しいですね。なぜぼくに会いたいと思われたのですか？

マーチ　（ぶしつけに）わしについて、きみは何を知っておる？

エラリー　あなたがニューヨークで一番大きいデパートを所有していることくらいですね……。

マーチ　（うなるように）クイーン、わしには三人の子供がいる。

エラリー　それで？

マーチ　これからわしの言うことに疑いをはさむな。わしの長男のパトリック、それに双子のロバートとロバータ……きみは、この三人組よりも自己中心的で恩知らずでまったく役に立たない人間を見つけることはできないはずだ！

エラリー　それはお気の毒でしたね、マーチさん。

マーチ　そら、きみはまた時間を無駄にしておる。きみが気の毒に思おうが思うまいが、わしが何を気にするというのだ！　そこでじっとして、わしに話をさせたまえ！

ベイツ　（小声で）これがご主人さまのやり方なのです、クイーンさま。マーチさまは本当はもっと――

マーチ　ぼそぼそ言うのはやめんか、ベイツ！　クイーン、わしはこの三人の子供たちをきみに見つけてほしいのだ！

エラリー　（驚き呆れて）お子さんを探し出すのですか！　あなたはご自分の子供たちがどこにいるのか知らない、と言いたいのですか？

マーチ　（どなりつける）もしわしが知っているならば、きみに探し出してほしいなどと言うかな？（落ち着きを取り戻して）あいつらとはここ数年会っていない。家を出て行ってな。わしから逃げたのだ！　さんざん世話になっておきながら！　まあ、それはどうでもよい。大事な点は「きみは、わしのためにあいつらを探し出すことができるのか？」だ。

エラリー　しかしマーチさん、ぼくにはわからないのですが――

マーチ　しかしもかかしもない！　簡単な質問を一つしているだけではないか。きみは、あいつらを探し出すことができるのか？

エラリー　もちろんできます。ですが――

マーチ　それでけっこう。長男のパトリックはアメリカ陸軍にいる、あるいは「いた」。最後にやつから来た手紙にはそう書いてあったからな――。

ベイツ　ワシントンから居場所を追えると思います、クイーンさん――。

マーチ　（静かに威圧する）ベイツ。

ベイツ　（もごもごと）失礼いたしました。

マーチ　さて。次は双子だ。

エラリー　ですが、マーチさん――

マーチ　口をはさまんでくれ。ロバートは、コンサートで演奏するピアニストのエドウィナ・フェイとかいう女と結婚しておる。ロバートはいつもその女と果てしないコンサート・ツアーに出ておるので、実際問題としては、どこにいてもおかしくない。双子の妹のロバータの方も、腰の落ち着かないやつで……わしの子供たちにとって、世界は広すぎるとは言い難いようだな……（咳の発作をおこす）

ベイツ　（心配して）マーチさま、看護婦を呼ぶことをお許しください――

マーチ　（咳がとまる）ベイツ、わしをいら立たせるな！　どこまで話したかな？　うむ、そうだ、ロバータだ。腰の落ち着かないやつでな。ロバータは貴族と結婚していて――イギリスかどこかの怠け者だ――名は何と言ったかな、ベイツ？

ベイツ　グレーンジ侯爵でございます、マーチさま。

マーチ　そうそう、そんな名だった。おそらく二人はビアリッツ（フランスの海水浴場）かスイスアルプスか、どこかそういった金のかかる場所にいて、わしがロバータに渡した金を使っておるところだろうて。こっちが忘れかけたころになって、金の無心の手紙が届くのだ。

ベイツ　（あわてて）マーチさまが本当におっしゃりたいのは――

マーチ　わしが本当に言いたいことは、クイーンにはわかっておる！　これでいいな、クイーン。以上がきみのデータだ。仕事にかかってくれたまえ。ベイツ、クイーンを送ってやれ。

エラリー　ちょっとした誤解があるのではないかと気にしているのですが、マーチさん。

マーチ　うん？　誤解だと？

エラリー　ぼくは、この調査を引き受けるとはひと言も言っていません。実を言うと、引き受けません。ぼくの専門ではないのですよ。あなたに必要なのは、きちんとした本職の探偵事務所です。（間）

マーチ　きみは「引き受けない」と言っておるのだな？

エラリー　申しわけありませんが。

マーチ　では、おやすみ。ベイツ、別の探偵を見つけてこい。

ベイツ　かしこまりました、マーチさま。こちらです、クイーンさま……。

エラリー　ありがとう。（ドアが開く）おっと、一つ質問があるのですが、マーチさん――。

マーチ　（少し離れた位置で）うん？　今さら何を？

エラリー　ぼくの好奇心を満足させたいのです。何年もの間、離ればなれに暮らしたあとで、急に三人のお子さんの居場所を知りたいと思ったのは、どうしてですか？

マーチ　（間……それから意地悪そうに）わしは今、新しい遺言状を書いているところなのだ。

エラリー　言葉通りにとるならば、ぼくの質問の答えになっていませんね。（声を落として）いや、なっているのか。（声を高くして）それなら、あなたはまだ遺言状を書き換えていないのですね？

マーチ　まだだ。（間）（笑って）そんなことをしたら、台なしになってしまうではないか――儀式が。

エラリー　そうか……。（不意に）マーチさん。気が変わりました。あなたの依頼を受けることにします。

マーチ　（うなる）引き受けるのか。まあ、きみが決めることだからな。よし決まった。ベイッ、彼に手付けを払え。言い値でかまわん。クイーン、忠告しておくぞ。きみが子供らの居場所を突き止めたとしても、戻って来たがらないかもしれん。子供らが家に戻ってこない場合は、きみは充分な謝礼を受け取ることはできないからな！

エラリー　（静かに）彼らは戻って来ますよ、マーチさん。おわかりですか、ぼくは彼らにこう伝えるつもりです。あなたが――死にかけていると。

マーチ　死にかけている、だと？（くつくつ笑う）まさにぴったりじゃないか――ぴったりだ。すばらしい思いつきだな。（突然どなりつける）で、そこで何を待っておるのだ？　取りかかりたまえ。そして、見つけ出すのだ――三人の――くずどもを！

音楽、高まる……「電話・電信」をテーマにした音楽……それから音を下げる。

ニューヨークの交換手　（少しくぐもった声）ニューヨークからワシントンDCへ。パトリック・マーチ中尉の呼び出しです。

ワシントンの交換手　（少しくぐもった声）こちらはワシントンDC。パトリック・マーチ中尉の居場所は不明です。

ニューヨークの交換手　（少しくぐもった声）ニューヨークからフィリピン島マニラへ。合衆国陸軍局のパトリック・マーチ中尉の呼び出しです。

フィリピンの交換手　（かなりくぐもった声）こちらはフィリピン島マニラ。パトリック・マーチ中尉の居場所は不明です。

ニューヨークの交換手　（少しくぐもった声）ニューヨークからプエルトリコのサンファンへ。合衆国陸軍局のパトリック・マーチ中尉の呼び出しです。

プエルトリコの交換手　（かなりくぐもった声）こちらはプエルトリコのサンファン。パトリック・マーチ中尉は合衆国陸軍局にはいません。

ニューヨークの交換手　（少しくぐもった声）ニューヨークからパナマ市へ。合衆国陸軍局のパトリック・マーチ中尉の呼び出しです。

パナマの交換手　（かなりくぐもった声）こちらはパナマ市。パトリック・マーチ中尉ですね。少々お待ちください。相手の方が出ました。

音楽、高まる……合衆国陸軍の軍歌風のものを。そこに（離れた位置で）ドアが開く音が割り込み、軍人らしい足音が続く。

当番兵　パトリック・マーチ中尉が大佐にお会いしたいそうです。

大佐　ああ、待っていたのだ、伍長。中尉を中に入れたまえ。（足音が遠ざかり、かすかな声……。中尉の足音が近づく）

パトリック　（規律正しく）マーチ中尉です。大佐に呼ばれてうかがいました――。

大佐　（あたたかく）楽にしたまえ、中尉。そこに座りたまえ。

パトリック　ありがとうございます、大佐。（書類をパラパラめくる音）

大佐　マーチ、長期にわたってきみがここを離れたいという申請を見つけたのだが。理由は「私事のため」と書かれているな。

パトリック　はい、大佐。

大佐　ふむ。いいかね中尉、われわれが運河の管理のためにここに張り付いていなければならないことは知っているはずだ。世界情勢によっては他国がどう出るか……。ここのように重要な場所は充分な人員を配置しなければならないのだ（当時のパナマ運河は実質アメリカが管理していた）。このようなときに、なぜ離れたいと思うのかね？

パトリック　電報を受け取ったのです。差出人はクイーンという名の男で……私立探偵でした。私の見るところ――ここしばらく彼は、私の父のために私の居場所を突き止めようとしていたと思われます、大佐……。

大佐　（びっくりして）きみの父上はきみがどこに配属されているのかを知らない、と言いたいのかね、マーチ中尉？

パトリック　（恥ずかしそうに）その通りです、大佐。私たちは――あまり良い関係とは言えないのです。事実、父とは五年も会っていません。私はあまり良い息子ではないようです。

大佐　（感情を込めずに）そうは思わないがね。それで？

パトリック　そのクイーンという男が言うには、父が危篤だそうです。

大佐　（感情を込めずに）わかった。大変だな。

パトリック　（低い声で）ありがとうございます、大佐。飛行機を利用できれば、時間が短縮できると思います。そう、ハバナかニューオリンズに飛んで、そこでニューヨーク行きの便をつかまえれば……。父は私に会いたがっているのです、大佐。もし大佐の許可がいただけるのなら――

大佐　（形式張って）ここを離れることを許可する。すぐに通達しよう。これで良いな、中尉。

パトリック　なんとお礼を言ってよいのかわかりません、大佐……。

大佐　（形式張って）退出したまえ、中尉……。

音楽、高まる……「電話・電信」をテーマにした音楽……それから音を下げる。

ニューヨークの交換手　（少しくぐもった声）ニューヨークからリオ・デ・ジャネイロへ。インターナショナル・ホテルのロバート・マーチの呼び出しです。

リオ・デ・ジャネイロの交換手　（かなりくぐもった声）（スペイン風の発音）こちらはリオ・デ・ジャネイロ。ロバート・マーチの居場所は不明です。

ニューヨークの交換手　（少しくぐもった声）ニューヨークからペルーのリマへ。アンバサダー・ホテルのロバート・マーチの呼び出しです。

リマの交換手　（かなりくぐもった声）（スペイン風の発音）こちらはリマ。ロバート・マーチとは連絡がとれません。

ニューヨークの交換手　（少しくぐもった声）ニューヨークからブエノスアイレスへ。コロナド・ホテルのロバート・マーチの呼び出しです。

ブエノスアイレスの交換手　（かなりくぐもった声）（スペイン風の発音）マーチ氏が出ました。

音楽、高まる……そこにコンサートでベートーヴェンの〈ピアノソナタ第31番〉のピアノ演奏が割り込み……演奏が終わり……大勢の聴衆からの拍手がくり返され……「ブラボー」の叫び声も……そこに舞台裏のざわめきと熱烈な称賛の声が割り込む……。

アルゼンチン人　（熱狂的に）おお、セニョーラ・フェイ――すばらしい――圧巻でした！　あの拍手を聞いてください……。セニョーラの手に――この感動と興奮を生み出す手に――キスをさせてもらえますか？

エドウィナ （幸せそうに）大げさですわ、セニョール・ミランダ！　でも、あなたはとても親切ですわね。この町の人も……あなた方みんなが。

アルゼンチン人 ブエノスアイレスでは、これまでこんなピアノ曲を聴いたことはありませんよ！　ベートーヴェンの〈ピアノソナタ第31番〉が……こんなに流麗に、こんなに感動的に、こんなに哀しく……

エドウィナ ありがとうございます、セニョール・ミランダ。あなたのこのすてきな町で演奏できて、とても光栄でしたわ。夫はどこかしら？　あら、そこにいたのね、ダーリン！　あなたは祝福してくれないの？　観客の声を聞いてちょうだい！（離れた位置では拍手が続いている）

ロバート （登場……悩ましげに）

エドウィナ （不安げに）ロバート！　何があったの？　真っ青だわ！　ロバート、病気にでも――

ロバート いや、違う。きみの楽屋に行こう、エドウィナ……今すぐ話をしたいんだ……二人きりで。

アルゼンチン人 （離れた位置で）しかし、セニョーラ――お客さんはあなたに喝采を送っているので――

エドウィナ （苦しげに）セニョール・ミランダ――本当に申しわけありません――お客さまに説明をお願いします――何かあったようなので――（ドアが開く。閉じる。外部の音が遮断される）ロバート！　ダーリン！　何が起こったのか話してちょうだい。

ロバート （ゆっくりと……緊張して）たった今、海外電報を受け取ったのだ――クイーンという名の探偵から。親父が――危篤だそうだ。

エドウィナ ああ、ロバート。（やさしく）かわいそうに。

ロバート （かみつく）「かわいそうに」だと！ きみが本当に言いたいことは、そうじゃないだろう！ きみはここ何年も、親父に対するぼくの態度をさんざん責め立てていたからね。続きを――言ったらどうだ！ ぼくのせいだと！

エドウィナ ロバート、わたしがあなたを責め立てたことがあって？ おお、ダーリン……あなたは混乱しているのよ。もちろん、わたしたちは今すぐニューヨークに戻らなければいけないわね。

ロバート 「わたしたち」だと？ エドウィナ……何を馬鹿なことを。きみの方は、コンサート・ツアーを途中で切り上げるわけにはいかないよ……。

エドウィナ （きっぱりと）いいえ、切り上げるわ。議論しても無駄よ。ロバート、すぐに荷造りして発ちましょう。

音楽、高まる……「電話・電信」をテーマにした音楽……それから音を下げる。

ニューヨークの交換手 （少しくぐもった声）ニューヨークからモンテカルロへ。ラ・ヴィル・ホテルのロバータ・マーチ・グレーンジの呼び出しです。

モンテカルロの交換手 （かなりくぐもった声）（フランス風の発音）こちらはモンテカルロ。ロバータ・マーチ・グレーンジとは連絡がとれません。

ニューヨークの交換手　（少しくぐもった声）ニューヨークからビアリッツへ。一八七、ビアリッツの一八七の呼び出しです。

ビアリッツの交換手　（かなりくぐもった声）（フランス風の発音）こちらはビアリッツの一八七、返事はありません。

ニューヨークの交換手　（少しくぐもった声）ニューヨークからアルジェへ。グランド・ホテルのロバータ・マーチ・グレーンジの呼び出しです。

アルジェの交換手　（かなりくぐもった声）（強いフランス風の発音）こちらはアルジェ。相手の居場所は不明です。

ニューヨークの交換手　（少しくぐもった声）ロバータ・マーチという名で試してください。

アルジェの交換手　（かなりくぐもった声）（強いフランス風の発音）エジプトのカイロにどうぞ。

音楽、高まる……そこにエジプトの踊り子のために流すような地元風の曲が割り込み……背後には地元のカフェでの数カ国語が混じり合った会話の声がいくつも流れている。

侯爵　（気取った話し方）信じられない、まったく信じられないな。

ロバータ　（うんざりして）どこが信じられないのよ、侯爵どの？

侯爵　あの踊り子たちの腰のくねらし方さ。人間離れしているではないかね！　あそこの可愛い娘を見てみたまえ、ロバータ！　驚くではないか……

ロバータ　（関心なさそうに）あたしたち二人分を、あなた一人でたっぷり「見ている」みたいね。ヴィヴィアン、あたしもう、うんざりよ。カイロは文明化された女には過ごし良い場所ではないわ。

侯爵　文明化された男には過ごし良い場所に来たのだがね。（ぴしゃりと）なあ！　きみは何がやりたいのかな？

地元の住民　（登場）すんません。ちょっと。アメリカからグレーンジ侯爵夫人宛てに海外電報です。あっしがここまで――持ってきたんですから――

侯爵　（高飛車に）渡したまえ！（テーブルにコインを投げる）ほら――チップ《バクシーシ》だ。

地元の住民　（つぶやきながら――退場）侯爵さま――奥さま――

侯爵　薄汚い物乞いが。ふふん。（うんざりして）きみにだよ、ダーリン。いつものごとく、きみの親父さんの弁護士からに違いないな。こっちは文無しなのだがねえ。

ロバータ　（封筒の口を破る音にかぶせて）あなたったら、あたしの父さんのお金に何をしたのかしら――食い尽くしたとか？（電報を開ける）（ゆっくりと）ニューヨークのエラリー・クイーンという人からだわ。

侯爵　面倒なことらしいな。（曲が止まる。騒音が大きくなる）へい、今の踊りは――実に良かったよ！（熱狂的な拍手をする）

ロバータ　（弱々しく）ヴィヴィアン。

侯爵 （まだ手を叩いている）何かね、ダーリン？……ブラボー！ ブラボー！

ロバータ （同じ口調で）これ――父さんのことだわ。危篤だって。

侯爵 （拍手をやめる）（のほほんと）危篤？ そいつは妙だな！ 私はつねづね、アメリカ人は九十歳まで生きると思っていたのだが……。（拍手をする）もう一回だ！ もう一回踊ってくれ、そこのきみ――娘さん！ チップ《バクシーシ》だ！（コインを床に投げる）

ロバータ （つぶやく）父さんが……危篤……。（語気を荒げて）ヴィヴィアン、あたしたち、今すぐニューヨークに行かなくちゃ駄目よ！

侯爵 うん？ ああ。そう、そうだな、ダーリン。もちろんさ。（曲がまた始まり――騒音が大きくなる。侯爵は拍手をする）腰をくねらせてくれ、娘さん！

ロバータ （激高して）ヴィヴィアン！ あなた――なんて人なの！ あたしの言ったことが聞こえたの？ ホテルに連れ帰ってちょうだい！ あたしが帰る前に父さんが死んでしまうかもしれないのよ！ そうしたら、あたしは自分を決して許さないわ！（ほとんど泣き叫ぶように）ヴィヴィアン！ あたしの言ったことが聞こえたの？

侯爵 （冷ややかに）声を低くしたらどうかね、まるで――呼び込みをしている女店員みたいだ。

ロバータ （憤慨して）ヴィヴィアン！

侯爵 （皮肉っぽく）名演技だな。きみの父親は、きみを不愉快に思っているし、私に対しても同様ではないか。きみが何を恐れているかはわかっているさ――父親が遺言状を書き換えてしまうこと、そして、きみが書き換えをやめさせるのに間に合わなくなることを恐れているのさ。

ロバータ　人でなし！
侯爵　（おっくうそうに）ああ、何をやらなければならないかという点には同意するよ、ロバータ。数々の恵みをもたらす泉を枯れさせるべきではない、そうだろう？（鋭く）そこのおまえ――地元のやつ！　私の車を持ってこい！　私たちは今すぐここを発つからな！

音楽、高まる……なるべく〈ピアノソナタ〉か〈交響曲「英雄《エロイカ》」〉が良い……そこに広範囲の（怒っている）ざわめきが割り込む……。

ロバート　（怒り狂って）なんて汚い手だ！　人をブエノスアイレスから引っぱってきて！　エドウィナのツアーをキャンセルさせてまで――
エドウィナ　（なだめる）いいのよ、ロバート。お願いだから、ダーリン。騒がないで。あなたのお父さまは――
パトリック　生まれてこの方、親父のこんな元気な姿は見たことがないな。大佐に何と説明すればいいのやら――
ロバータ　（ヒステリックに）あなたとあなたのちんけな陸軍が何よ、パトリック！　あ、た、し、を見てみなさいよ！　ヴィヴィアンとあたしは地球を半周してきたのよ。
侯爵　油断も隙もない国だな、ここは。みんなが長生きできないのも不思議ではない。
ロバータ　何もかもその男の責任よ！　そこのあなた――クイーンとか、そんなふざけた名前だったわね！　よくもあんな電報を――

エラリー　（しれっとして）あなたの父上はペテンに長《た》けているようですね、侯爵夫人。

フィッツロイ　（感情を込めずに）どうか、クイーン君に八つ当たりをしないように。実のところ、彼は諸君のお父上の代理人として行動していただけなのですから。

ロバート　（怒り狂って）この件には口を出すな、フィッツロイ！　親父の企みが何であれ、おそらく、あんたの達者なアイルランド人の手（「狡猾」を表す「達者なイタリア人の手」のもじり）が背後に潜んでいるのだろうな！

フィッツロイ　（辛抱強く）私は単なるお父上の弁護士に過ぎませんよ、ロバートさん。

エドウィナ　お願い、ロバート。落ち着いてちょうだい――

ベイツ　（登場――神経質に）マーチさまがいらっしゃいます。直接こちらに来られるとのことでした。ですから、みなさま方には、どうか――

ロバータ　（金切り声で）それにベイツ！　あなたも同罪よ！　いつも父さんにろくでもない影響を与えて――

エラリー　（のほほんと）ぼくがあなたの父上を見た限りでは、侯爵夫人、ベイツさんが影響を与えるには、催眠術でも使わないと駄目でしょうね。

パトリック　口を閉じろ、ロバータ。親父が来たぞ。（沈黙が流れる）

マーチ　（登場）おお、わが愛しの子供たちよ。（間――陽気に）さてと、おまえたちみんなが腰を下ろしたら、ささやかな家族会議を開きたいと思う。フィッツロイ、準備はすべて整ったか？

フィッツロイ　はい、マーチさん。（三人の息子たちが割って入り、アドリブで問い詰める）
マーチ　（冷ややかに）騒ぐな！（一同、口をつぐむ）わしは、おまえたち三人の罵声を聞くために、ここに来させたのではない。クイーン、見事な仕事ぶりだった。小切手はベイツからもらいたまえ。
エラリー　ありがとうございます、マーチさん。ぼくもここに残ってかまいませんか？
マーチ　うん？（くつくつ笑う）駄目な理由があるかな？　きみも楽しめるに違いないぞ。（ぶっきらぼうに）これから、おまえたち三人に話を聞いてもらう。一度に一人ずつだ。まずはパトリック！
パトリック　（静かに）何ですか、父さん？
マーチ　パトリック、おまえはどうしようもない期待はずれだった。長男としておまえに期待して——学ばせたのだ——マーチ・デパートを与え、わしの仕事を継がせるために。それなのに、おまえは軍に入り、国の傭われ兵になったのだ。
パトリック　（静かに）それはもう終わった話だよ、父さん。おれは自分の職業に誇りを持っているんだ。
マーチ　わしに口ごたえをするんじゃない！　次はロバート！
ロバート　（不快そうに）人を吊し上げるための講義は聴きたくありませんね。ぼくたちをここに集めたのは——お説教をするためですか？
エドウィナ　（苦しげに）ロバート！　ダーリン——お願いだから……

マーチ　（平然と）パトリックがわしを捨てたとき、ロバート、わしはおまえに仕事を継いでもらうことを期待したのだ。だが、デパート事業はおまえにふさわしくなかった――ああ、駄目だった。おまえは自分の名に肩書きを添えることができる職業を手に入れるべきだったのに。

ロバート　ぼくは建築家になりたかったんだ！　それのどこが悪い？

マーチ　わしは許しただろう、違うか、ロバート？　アテネやローマの最高の建築学部のいくつかにおまえを入れてやった。おまえが修士号を得たときは、その手の仕事を与えてもやった。そして、この仕事で、おまえは何をした？

ロバート　（不機嫌そうに）ぼくは最善を尽くした。

マーチ　おまえは仕事を放りだしたのだ、クラゲさながらの骨のなさで！　それからというもの、おまえはまともな仕事に一度たりとも就こうとはしなかった！　そして、おまえを一人前の男にするためにわしが援助を打ち切ったとき、おまえは無脊椎虫さながらの軟弱さを見せ、自分を養ってくれる女性と結婚したのだ！　おまえはジゴロだ、ロバート。おまえは寄生虫で――それが気に入ってもいるのだ。

エドウィナ　（熱を込めて）マーチさん、どうかわかってください。それは正しくありません。ロバートはわたしにとって大きな力添えになっています。わたしのマネージメントをして――ツアーの手配をして――この人の仕事がどんなに大変なのか、あなたにはわかっていないのです、マーチさん――。あなたは本当のロバートを理解していないのです――。

マーチ　（皮肉っぽく）いや、わしはこいつを理解しておるよ、エドウィナ。きみに対しては何もふくむものはないことをわかってほしい。実のところ、わしはきみを称賛しておるのだ。世界中でいろいろと成し遂げておるからな。だが、それでもやはり、きみは愚か者なのだ——きみに養ってもらう気まんまんの男と結婚するような愚か者なのだ！

ロバート　（大声で）ぼくは、ここに突っ立ったまま妻を侮辱されることには耐えられない——

マーチ　わしはおまえの女房を侮辱しておるわけではないぞ、せがれ。おまえを侮辱しておるのだ。さて次は——ロバータ。可愛い可愛い娘よ。おまえの兄たちが期待を裏切ってみじめな姿をさらけ出したあとでは、おまえがわしに幸福をもたらしてくれるのが筋というものではないかね？　だが、おまえは何をした？　貴族と結婚したのだ——没落し、虫食いだらけの、かびの生えた貴族の化石と！

ロバータ　（あえぎながら）父さん！　よくもまあ、グレーンジ侯爵に、そんな——そんなひどいことを言えるものね？

侯爵　（あわてて）かまわないよ、ダーリン——きみのご立派な父君の言うことにも一理ある……。

マーチ　（いやみたらしく）ありがとう、侯爵どの。だからといって、きみがイギリスに帰るための船賃を払ったりはせんがな。ロバータ、おまえはわしに、もっと金をくれという泣き言を書いた手紙以外は一通もくれなかったな。その金はといえば、おまえがヨーロッパの浪費病蔓延地帯をぶらぶらするためのものだった——わしの金を使い、貴族の亭主と練り歩き、皮肉屋で無価値の侯爵が自分のものであることを見せびらかすための……。おまえは愚か者だ。（子供たちによる怒りのアドリブ）

ベイツ　マーチさま、あなたご自身も興奮しておられます。少し御身をお考えになられて——

マーチ　黙れ、ベイツ！（静かに）さて、子供たちよ、おまえたちは機会を与えられ、それを無駄にしてきた。それでも、わしはおまえたちにあらゆる利益を与えて続けてきたのだ。しかし、今からそれを打ち切ることにする。取り上げることにする。おまえたちが痛みを感じる唯一の箇所に傷をつけるつもりなのだ。わしは、おまえたち全員に、一ペニーも与えないことにする。（間——緊迫した雰囲気）そう、おまえたちをここに呼び寄せて伝えたかったことは、これだったのだ。わしが生きている間だけではなく、死んだあとも、おまえたちの誰一人として、わしの金を一セントたりとも手に入れることはできない！（さらに間）明日、わしは新しい遺言状にサインをして、おまえたちを相続人から外すことにする。外すのだ！

ロバータ　（叫ぶ）でも父さん——何もかもなの？　父さんの事業は——

マーチ　デパートは従業員たちに残す。彼らは店を大きくするために必死に働いてくれたので、分け与えられて然るべきだからな。

パトリック　（低い声で）それだと今とあまり変わらないな、父さん……。でも、あんた個人の財産はどうするんだい？

マーチ　必要な税金やら控除やらを済ませれば、三百万ドルほど残るはずだ。それはわしの唯一の友人にして二十年来の話し相手——ジャスパー・ベイツに行くことになる。

ベイツ　（息を呑む）マーチさま！　そのようなことは、ひと言も聞いておりません——。いけません——

パトリック　（静かに）うまくやったな、ベイツ。あんたは卒業前に「もっとも成功すると思われる生徒」に選ばれたに違いないな。

ロバータ　（金切り声で）これは――陰謀よ、共謀だわ！　あたしたちは何一つ手に入らないなんて！　ヴィヴィアン、何とかしなくちゃ――パトリック！　ロバート！

ロバート　（くってかかる）父さん、あなたは頭がいかれている！　狂っているんだ！

パトリック　（語気を荒げて）そんなことを言うのはやめろ、ロバート。

マーチ　（おだやかに）心配せんでもいいぞ、ロバート。わしはその点についても考えておる。精神異常を理由にして、わしの遺言状を無効にすることはできん。精神状態を保証する手続きも踏んでおるからな。そうだろう、フィッツロイ？

フィッツロイ　（感情を込めずに）どんな理由をもってしても、新しい遺言状への異議申し立てはできません。（ロバータはすすり泣く）

マーチ　（冷たく）では、出て行ってもらおうか、おまえたち三人ともだ。もう二度と、おまえたちの顔を見たいとも、声を聞きたいとも思わん。

ロバータ　（語気を荒げて）父さん！　父さん、こんなことできないはずよ――

ロバート　（うわずった声で）これは悪い夢だ。父さん、あなたって人は……

エドウィナ　（やさしく）行きましょう、ロバート。

パトリック　（短く笑って）おれたちが受けるに値しないものなら、大したものではないさ。（ロバータはまだすすり泣いている）では、父さん――さようなら。（吐き捨てるように）行こう、二人

とも！　ここからさっさと立ち去ろうじゃないか！（一同はそれぞれの性格に応じたアドリブをしながら立ち去る）

フィッツロイ　（沈黙。そのあと、書類をカサカサさせて沈黙を破る）これが新しい遺言状です、マーチさん。今、ここでサインをしますか？

マーチ　（首を絞められたような弱々しい声で）いや、フィッツロイ……今はサインはしない……そんな気分ではないのだ……サインは午後にしよう、フィッツロイ。

フィッツロイ　立会人もご自分で用意しますか？

マーチ　（同じ口調で）ああ、そうだ。午後おそくには郵便で出すつもりだ。明日の朝一番に処理してくれ。では、行きたまえ。さあ。きみたち全員だ……。

ベイツ　（小声で）マーチさま、何と言ってよいかわかりませんが――

マーチ　（どなる）ベイツ、わしは行けと言ったのだ！（ユーモアのかけらもない笑い）さて、クイーン、楽しめたかな？　面白かっただろう、ええ？

エラリー　（むっつりと）ぼくにはそう見えませんでしたね、マーチさん。さようなら！

音楽、高まる……続いて短いつなぎの音楽を……。

エラリー　というのが、今朝あそこで起こった出来事です、お父さん。

警視　（新聞をパラパラめくりながら）わしは何をどうすればいいのだ――緊急逮捕を命じろとで

も？　金持ちのゴタゴタごときに！

エラリー　それでも……ぼくは不安なのです、お父さん。そもそもの始まりから、ぼくはこの状況に不安を感じていたのです。ぼくが結局は依頼を引き受けることにしたのは、それが理由でした。

警視　ふん、ばかばかしい！　ニッキイがいないので、別の心配の種が出て来たというわけか。何が不安なのだ、エラリー？

エラリー　これは――危険のお膳立てなのです、お父さん。マーチ老人は、招待状を印刷して発送するところまでにとどめ、露骨にそれを求めることはやるべきではなかったのです！

警視　何の話をしておるのだ？　何の招待状なのだ？

エラリー　（静かに）殺人です。（間）殺人です……。

警視　ああ、頭がおかしくなったようだな。ニッキイに置いて行かれたせいで、おかしくなったわけだ。おまえの方も休暇が必要だな。（再び新聞をパラパラめくる）

エラリー　お父さん……

警視　うん？

エラリー　マーチ家を見張るためにヴェリーを差し向けてくれませんか、どうです？

警視　ヴェリーを差し向ける……一体どうして？

エラリー　やってください、お父さん。ヴェリーに伝えてほしいのです――少なくとも、マーチ老人が新しい遺言状にサインをする午後おそくまで、近くに張り付いて――目を見開いているようにと――。

警視　エラリー、おまえは精神病にかかったようだな。

エラリー　（熱を込めて）それで、やってもらえますか？

警視　（笑いながら――新聞を下ろす）おまえの機嫌を取った方がよさそうだな。（受話器を取り、一度だけダイヤルを回す）交換手。警察本部につないでくれ。

音楽、高まる……前と同じつなぎの曲を――そこに電話の鳴る音が割り込む。受話器を取って……

エラリー　（疲れた声で）はい？

警視　（このシーンは最後までくぐもった声で）エラリー、おまえは午後の間中、一体どこにおったのだ？　ここ何時間も、アパートに電話をくり返したのだぞ！

エラリー　（疲れた声で）今帰って来たところなのです、お父さん。毒薬について調べるために、ずっと図書館にいました。何かあったのですか？

警視　「何かあったのですか」だと！　おまえは夕刊を読んでおらんのか？

エラリー　（ゆっくりと）読んでいませんが。お父さん、ひょっとして――（鋭く）お父さん！

警視　（きびしい声で）サミュエル・マーチ老の招待が応じられたのだ！

エラリー　（うめく）殺されたのですか？　ああ、なんということだ、こんなことになるのはわかっていたのに！　ヴェリーはどこにいたのですか？　マーチを見張らせるために、ヴェリーを差し向けなかったのですか――

警視　ヴェリーはいたのだが、マーチに追い出されて、家の外に張り付くしかなかったのだ。実のところ、最初に死体を見つけたのは、ヴェリーだったのだがな。

エラリー　殺害状況は？　お父さん、教えてください！

警視　ヴェリーは被害者を書斎で見つけた。デスクの前に腰かけ、刺し殺されておった。自分のペーパーナイフでな。たった今、現場検証が終わったばかりだ――。

エラリー　ぼくはなぜ家にいなかったのだろう、ちくしょう！　死体は今、どこです？

警視　もう運び出した。現場を調べたいか？

エラリー　もちろんです！　お父さんはマーチ家から電話をかけているのですか？

警視　そうだ。他の者はもう引きあげさせた。おまえに電話するために、わしだけ引きあげを遅らせたのだ。

エラリー　何か手がかりは？

警視　たった一つだけだが、そいつがすてきでな。あの世に行く前にマーチが何をしたかわかるか？　殺人者の名を書き残したのだ！

エラリー　そんなことをやったのですか？　でも、そんなことって――！　それならば、もちろん、お父さんはぼくの助けなど必要としないはずです。誰だったのですか、お父さん？　彼は誰の名を書いたのですか？

警視　まさにそこが問題でな。わしらには誰かわからんのだ。

エラリー　（うめく）今日はぼくにとって厄日のようですね。被害者は殺人者の名前を書いたけど、お父さんにはそれが読めないということですか？

警視　ちゃんと読めるさ。わしが言っているのは——「わけがわからん」だ！　要するにだな、エラリー、わしに理解できないほど単純なわけだ。

エラリー　じっくり話しましょう、お父さん。マーチは一つの名前を書き残したのですね。その名前は何ですか？　ぼくのために、一文字ずつ読み上げてくれませんか？

警視　M－A－R－C－H。マーチだ。

エラリー　マーチですって！　被害者は自分自身の名前を手がかりとして残したと言っているのですか？　お父さん、すぐそっちに行きますよ！

警視　ああ、急いでくれ。わしは——（頭に何かががつんと当たる音がすると、不意に言葉が途切れる。警視のうめき声。床にどさりと倒れる音——すべて電話の向こう側から聞こえる）

エラリー　（電話機のフックを揺さぶる）お父さん！　何があったのですか？　お父さん！（相手側の受話器がフックに戻される音がはっきりと聞こえる）お父さん！（狂ったようにフックを揺さぶる）交換手！　交換手！

交換手　（くぐもった声で）電話は切られています、お客さま——。

エラリー　（どなりつける）そこに座っておしゃべりしている場合か！　警察本部につないでくれ！　緊急事態だ！

交換手　（即座に――くぐもった声で）わかりました、お客さま！（カチッという音などなど）

警察官　（くぐもった声で）警察本部です……。

エラリー　こちらはエラリー・クイーンだ――リチャード・クイーン警視の息子の！　無線で緊急連絡をしてくれ！　ヴェリー部長をつかまえてくれ！　誰でもいいから差し向けてくれ！　五番街のサミュエル・マーチ邸だ――

警察官　（即座に――くぐもった声で）了解しました、クイーンさん。何か事件ですか？

エラリー　（どなりつける）質問はやめるんだ、ちくしょう！　ぼくにわかっているのは、親父が殺されたということだけだ！

音楽、高まる……サイレンの音……そこにざわめきが割り込む。

エラリー　（心配そうに）もう大丈夫なのですか、お父さん？　本当に大丈夫なのですか？

警視　（いらいらして）おい、人を赤ん坊みたいに扱うのはやめんか、エラリー……いたたた。

ヴェリー　（心の底から）やあ、そんな風に頭を揺すっては駄目ですぜ！（心配そうに）でも、家に帰った方がいいんじゃないですかね、警視――。

警視　（くいしばった歯の隙間から）この手を犯人にかけたら帰るさ……（だんだん声が小さくなり、呪いのつぶやきに取って代わる）

エラリー　（小声で）どう思いますか、先生？

医師　（同じく小声で）後頭部への悪意を持った一撃に他ならないな、クイーン君。耳の後ろだ。後遺症は残らないよ。

エラリー　脳震盪の危険はないと思って大丈夫ですか？

医師　心配しなくていいよ。

警視　今はもう、何ともない。ありがとう、先生……。エラリー！　こっちに来い！

エラリー　落ち着いてください、お父さん。あせらないで――

警視　犯人の方をあせらせてやるさ。どこのどいつか知らんが、わしはやつの姿を見ておらんのだ。幸運なやつめ。おまえと電話で話している最中に、わしにこっそり近づいて来て、がつん！　次にわかったのは、無線パトロールの警官とヴェリーがのぞき込んでピーピーさえずっておったことだ。

エラリー　（何やら考え込みながら）すると、ここはマーチが殺された部屋なのですね……。誰があなたを襲ったのでしょうね、お父さん。

警視　（むっとして）「誰が」だと？　マーチを殺したやつさ、もちろん。

エラリー　どうしてわかるのですか？

警視　どうしてかというと、やつはわしを殴り倒したあと、マーチが残した手がかりを壊したからだ！

エラリー　（ため息をついて）ぼくは最初から始めた方がいいみたいですね。ヴェリー、きみが最初に死体を発見したとき、現場の状況はどうなっていたのかな？

ヴェリー　じいさんは死んでました。デスクの前のあの椅子に座っているのを見つけたんです。眠っているみたいに、頭をデスクに載せてましたな。ペーパーナイフが手の中で——固く握りしめられていました。胸の心臓の真上には、血まみれの深い刺し傷がありました。

警視　プラウティ博士によると、即死ではなかったそうだ。もっとも、殺人者は死んだと思い込んだに違いないがな。

ヴェリー　あたしが殺人者をおびえさせて追っ払ったに違いありませんな。あたしが近くを巡回している物音を聞いて、犯人は一目散に逃げ出したわけです。

警視　ともかく、マーチは死にきってはいなかったのだ。彼はもちろん、自分を刺したのが誰かを知っていた。そこで、手がかりを残そうと考え——殺人者の名を書き記したわけだ……。

ヴェリー　手近にペンも鉛筆もなかったし、引き出しをあさる余力もなかったので——

警視　（いかめしく）ともかく、おいぼれ鳥はやってのけた——そう、超人のようにだ、エラリー。彼は自分の胸からナイフを引き抜き、それを使って書いたのだ！

エラリー　ほう！

ヴェリー　そうです、レターナイフの先端を使って、デスクの上に「マーチ」という名を刻んだのです。

エラリー　（興奮して）そして、そのあとで死んだのですね！　かくして今、殺人者は舞い戻り、自らのナイフで死にゆく男の書き残した名前に上書きして消したというわけか！　これは——ありそうにないことだ。

ヴェリー　あたしなら「ばかげたこと」って言いますな。デスク上面の化粧張りを見てくださいよ！　マーチが単語を刻んだところが、すべて削り落とされていますぜ！
エラリー　しかし、マーチの殺人者は、マーチが書いた単語を削り落として、何のメリットがあるのだろうか？　警察がこれを見てしまったことを知っているはずなのに……。まったくあぜんとするしかありませんね。
警視　それで終わりではないぞ。「マーチ」の名を削り落としたあとで、殺人犯はデスクや部屋の中を探し回ったのだ……。この部屋の荒らされっぷりを見てみろ！　わしらが最初に死体を見たときは、こんな風にはなっていなかったのだ。
エラリー　探し回った……。もちろんそうです！　犯人は新しい遺言状を探し回ったのです――。おそらく、殺人を犯したときは、部長が脅して追い払ったので、その機会がなかったのでしょう。犯人は遺言状を見つけたのかな？
警視　絶対にあり得ん。最初に死体を調べたときに、わしらが見つけてしまったからな。
ヴェリー　そして、あたしが警察本部に戻るときに、一緒に持っていきましたよ。そのとき警視だけ残ったから、犯人はここに来て、一発お見舞いすることができたわけでさあ！
エラリー　サミュエル・マーチは新しい遺言状にサインをしていましたか？
警視　（むっつりと）しておらんかった。
エラリー　ドン・キホーテ顔負けの愚かさですね！　ならば、マーチの遺産は古い遺言状に従って管理されるわけですね？

警視　そういうことになるな。マーチの弁護士のフィッツロイによると、古い遺言状では、遺産は三人の子供たちにきっかり三等分されるそうだ。他に相続する者はいない。ベイツさえもだ。

ヴェリー　（くつくつ笑いながら）ちびのジャスパーにとっては不運でしたな、そうでしょう？誰かさんが彼から三百万の銭《ぜに》をむしり取ってしまったんですからな！

エラリー　お父さん、サイン前の新しい遺言状を見つけていないふりをしてくれませんか？　遺言状がどうなったかわからないし、サインをしたかどうかもわからないふりをしてほしいのです。

警視　（考え込みながら）うまい手だ。誰かさんは動かざるを得なくなるな――

エラリー　そうです。（間）「マーチ」。「マーチ」か。死にゆく者が手がかりとして「マーチ」という名を残した……だが、「マーチ」という名は三人の子供たちの誰にでも当てはまる……パトリック・マーチ、ロバート・マーチ、ロバータ・マーチ……。

ヴェリー　突拍子もない手がかりであることは確かですな。わざとわかりにくくしたようにも見えますぜ。

エラリー　（困惑して）ナンセンスだ、部長。そんなことは探偵小説の中でしか起こらないよ……。

ヴェリー　（冷ややかに）さすが、詳しいですな。

エラリー　（無視して）理由が、理由があるはずなんだ……。

警視　ふむ、いかれたじいさんは三人の子供たちの一人を示したことになるな――「マーチ」の手がかりがわしらに伝えておるところによると。その上、彼の死によって利益を得るのも、三人の子供たちだけだ――。

エラリー　三刀論法（両刀論法のもじり）ですか、なるほどそうですね……でも、ひょっとして……

警視　（間を置いてから）ひょっとして、何だ、エラリー？

エラリー　ひょっとして、刻まれた単語の手がかりは、マーチという名前ではなく――「マーチ」と結びつく別のものを指しているのかもしれません。

ヴェリー　やあ、あり得ますな……あり得ますぜ。

警視　他に何と結びつくというのだ？　エラリー、おまえには何やら考えがあるのだな。

エラリー　（悩ましげに）ぼくの考えは、あまりにも空想的すぎるのです。これが真実なら……。お父さん、マーチ家の生き残り三人とは、もう話をしましたか？

警視　まだだ。今夜のためにとってある。

エラリー　それならば、ぼくの考えを話すのは、そのときにしましょう。

音楽、高まる……そこに一同による控え目な会話が割り込み……ロバータは泣いている。

警視　（きびしい声で）諸君のアリバイは、わしらが時間を割いて検討するに値せんものだな。誰もが犯行は可能だったわけだ。

パトリック　（ふてくされて）少しばかり反論したいな、警視。

ロバート　（むきになって）あんたは自分の言っていることがわかっているのか、おい。

ロバータ　（すすり泣く）それに、父さんは――冷酷なんかじゃないわ。
エドウィナ　（静かに）ロバータ、取り乱してはいけないわ。
侯爵　（熱心に）変人じいさんが新しい遺言状にサインしたかどうか、誰か知らないかな？
エラリー　あなた方善良なる家族は、今回の事件は父殺しの手によるものだという考えを認めないようですね。ならば、あなた方の父親が死の直前にデスクに「マーチ」と刻んだ理由を、どうにかして説明しなければなりませんよ。
ヴェリー　そうですな。どうにかして説明しなければなりませんな、あんたら――すねかじり連中は。
ロバート　（あきれ果てて）あんた、そんなことにいつまでこだわっているんだ。
エラリー　（おだやかに）こだわるべきではありませんか、ミスター・ロバート・マーチ？
ロバータ　（語気を荒げて）死にゆく者が――錯乱しただけよ。――父さんはあたしたちを告発したりはしないわ。
エラリー　父さんはしたのですよ、ミス・ロバータ・マーチ――おや、まことに失礼しました……侯爵夫人。
パトリック　哀れな親父の頭の中に何があったかなんて、誰が説明できる？　親父がおれたちの一人を示すなんてあり得ないね。――おそらく、マーチという名前ではなく、マーチという単語だったのさ。
エラリー　（やさしく）とても明敏ですね、中尉。

ロバータ　ヴィヴィアン。このおかしな人は――何を言いたいの？
侯爵　（お手上げといった感じで）何が何だかさっぱりわからないよ、ダーリン。
エラリー　ならば、教えてさしあげましょうか、親愛なる侯爵どの？　例として、あなたの奥方とその双子の兄を取り上げましょう。ぼくは発見したのですが、二人が生まれた月は、三月《マーチ》だったのです。
侯爵　何とね。そんなことが！
ロバート　阿呆が闇雲に特攻しているみたいだな。
ロバータ　（再び泣きながら）ヴィヴィアン、この人が言ったことを聞いた？
エラリー　そして――ああ、そうです、ミセス・マーチ。それとも、仕事で使っている名前で、ミス・エドウィナ・フェイと呼びましょうか――。
エドウィナ　（ぎょっとして）わたしですか、クイーンさん？　わたしに何を――
ロバート　今度はエドウィナまで引きずり込むのか。この男はいかれているな。
エラリー　ぼくはただ単に、あなたの奥さんについて、ある指摘をしたいだけですよ、ミスター・マーチ。あなたの奥さんは有名なピアニストで、特に有名な演奏は、ベートーヴェンの〈ピアノソナタ第31番〉と〈交響曲「英雄《エロイカ》」〉だということを……。
エドウィナ　（当惑して）その通りだと思いますけど、クイーンさん――。でも、それが何か――
エラリー　（やさしく）この二つの曲は、ミス・フェイ、ベートーヴェンの名高き葬送行進曲《マーチ》ではありませんか？

エドウィナ　（笑いながら）おほほほ……おかしいわ……本当に……おかしいわ。

警視　（小声で）エラリー、こっちに来たらどうだ、ええ？　たぶん、わしらはもっと――

パトリック　（怒って）おい、いいかクイーン、もうたくさんだ。おれたちを呼び集めたのは、きみがいかに間抜けかを証明するためだったのか？　おれはロバートに賛成する方に傾きつつあるな。

エラリー　（平然と）そうなのですか、中尉？

ヴェリー　（興奮して）ねえ。偏屈じいさんが示したのは中尉だったかもしれないですぜ。この人は陸軍にいるんでしょう？　陸軍ではうんざりするくらい「進軍《マーチ》、進軍《マーチ》、また進軍《マーチ》」ですからな。違いますか？

警視　（腹立たしそうに）ヴェリー、おまえまで荷担するんじゃない。エラリー、いいかげんにしてくれんか。

エラリー　そしてもちろん、侯爵の奥方は侯爵夫人（Marchioness）です。そうでしょう？　発音は違いますが、文字はm-a-r-c-hで始まっています。

ロバータ　あたし、もう――頭がおかしくなってきたわ。（けたたましく笑う）

侯爵　（心配そうに）やめるんだ、ダーリン。われわれはここで行われていることが理解できない。スコットランド・ヤードとはえらい違いだ。たぶん――

一同による騒々しいアドリブが巻き起こる……抗議の声が……「軍隊の進軍《マーチ》だと」……「葬送行進曲《マーチ》ですって」……「三月《マーチ》だと」……「侯爵夫人《Marchioness》ですって」……「どれもこれも

くだらない上に、ばかげている」などなど。

警視　（小声で……マイクに寄せて……アドリブにかぶせて）エラリー、気がふれたのか。そんな馬鹿げたことを信じてはおらんだろうな？

エラリー　（同じ口調で）ぼくはもう、何を信じていいのかわかりませんよ、お父さん。わかっていることといえば――死にゆく男が手がかりを残し、ここにいる連中の一人を示そうとしたこと――そして、ぼくたちがこの手がかりの真の意味を突き止めたならば、その一人が誰なのかがわかるということだけです。

音楽、高まる……そこに離れた位置にいるヴェリーのいびきが割り込み……時計の音がするが……これらの音を除けば深い沈黙におおわれている……。

警視　（ふてくされている……独り言のように）わしはどうして警察官なんぞになったのだろうな……？　人生の最良の時期をこんな風に、警察本部のデスクの前で、いびきをかく鯨と聾唖者にはさまれて過ごして。

エラリー　（陰気に……ため息をつきながら）冷静になってください、お父さん。

警視　おまえの話は聞きたくない。まったく。（前と同じ口調で）何もない。何もないのだ。書斎には指紋はなかった――あるいは、指紋はごまんとあったと言うべきか……全員の指紋が。それが何の役に立つというのだ。ナイフに指紋は？　ああ、犯人がそんなしくじりをすると思うのか？　残っているわけがない。ナイフにはマーチじいさん以外の指紋はなかった。利口だ、利口なやつだ……。何とかさんに頭蓋骨をどやされたのが、わしにできた最後のことかもしれんな。ヴェリー、おいヴェリー。いびきを止めんか。アルコール漬けの脳を移植した酔いどれ猿めが。（ほえる）ヴェリー。

ヴェリー　（鼻を鳴らして目覚める）ううーん！　おっと、（あくびをする）（あくびをかみ殺して……興奮している）やあ。たった今、思い出しましたぜ。

エラリーと警視　（即座に……息を殺して）それで。それで？　何を思い出したんだ？

ヴェリー　（もったいぶって）あなたに起こされたとき、ちょうど夢を見ていたんですよ、警視……。夢を見ていて……

警視　（うんざりして）あーあ……

ヴェリー　でも、ちゃんと覚えてましてね。準宝石の夢を見ていたんですよ——緑がかっているような、赤みがかっているような、茶色がかっているような石です。

エラリー　（ゆっくりと）ジャスパー（玉碧）のことを言っているのかな、部長？

ヴェリー　そう、その通り。真昼のようにはっきり見えましたな。で、夢の中であたしは自分に言ったんです。「トム」と言って、「こいつは面白いじゃないか」と言って、「ジャスパーは誕生石の一つじゃなかったかな？」と自分に言ったんです。もちろん夢の中ですぜ。それから目を覚まして——

警視　（うなる）わしはなんという不幸の星の下に生まれたのだ。また寝ていいぞ。いびきをかいてもかまわん。何でもやってくれ。だが、頬によだれをつけるのだけはやめろ。
ヴェリー　（ぶつくさ言う）手助けしようとしたのに――馬鹿よばわりされて――どうしてなんでしょうな？　マリーが言った通り、あたしは海軍に入隊した方がいいかもしれませんな――。
エラリー　（そっけなく）ジャスパーが誕生石になるのは、昔の方式（ユダヤ式ではジャスパーは三月の誕生石）だけだったと思うよ、部長。……お父さん。
警視　（かみつくように）何だ？
エラリー　あなたの部下たちはデスクの上の写真を撮りましたか？――ぼくが言っているのは、戻ってきた犯人があなたをノックアウトして「マーチ」の単語を削り落とす前の状態のことですが。
警視　ちゃんと撮影したぞ。いつものようにな。それがどうしたのだ？
エラリー　特に理由はありません。しいて挙げるならば、手がかりを撮影しておいたことを、われらが犯人は知らないということでしょうか。そこが重要なのかもしれません……。その写真を見せてもらえますか、お父さん……。ぼくが、デスクの上に刻まれた単語の実物を一度も見ていないことは、お父さんもご存じでしょう。（カチャリ）
警視　おいハウイー、サム・マーチのデスク上面の写真を持ってきてくれ、いいな？
声　（くぐもった声で）はい、警視。（カチャリと……警察本部内のインターホンの音が）
エラリー　写真はどんな風に撮ったのですか、お父さん？　文字はきれいに写っていますか？
警視　ああ、大丈夫だ。指紋撮影と同じ方法を使ったからな。白い粉末状の化学薬品でデスクの表面をおおってから吹き飛ばすと、刻まれた溝以外の白粉は飛んでしまうわけだ。写真の中の文字は白くなっていて……（離れた位置でドアが開く）

同じ声　（登場）写真を持って来ました、クイーン警視。

警視　ご苦労、ハウイー。これだ、エラリー。（離れた位置でドアが閉まる）

ヴェリー　（いやみったらしく）「マーチ」って書いてあるでしょう、そう見えませんか？　あたしは学校に行ったし……文字も読めるんですぜ。あたしを信じられないんですかい？

エラリー　うーむ。綴りは「マーチ」で間違いない……大文字のM、大文字のA、小文字のr――ああ……（息を呑む）ああ、なんということだ。

警視　（あっけにとられて）エラリー。何があったのだ？

ヴェリー　おやおや、体の調子が悪いみたいですな。

エラリー　確かに調子が悪かったよ。あらゆる意味で……。どうしてこいつをぼくに教えてくれなかったのかな？（はしゃいで笑い出す）神よ、こんな奇妙なことが、これまであっただろうか――。

ヴェリー　（じれったそうに）このお方に何があったんですかい？

警視　（鋭く）エラリー。よもやこう言ったりはせんだろうな――

エラリー　言いますよ、お父さん。ぼくにはわかりました、と。（警視とヴェリーが息を呑む）あの老人が犯人として告発した人物が誰なのか、ぼくにはわかりました。

ヴェリー　（あぜんとして）写真を一瞥しただけで……。あたしは犬並みですな。どこからどう見たって犬並みです。平巡査からやり直した方がいいみたいですな。

エラリー　ちょっと待ってくれ……（間）そうだ、これでうまくいくはずだ。お父さん、ぼくはマーチを殺したのが誰かわかっただけでなく、そいつを現行犯で逮捕する方法もわかりましたよ。

警視　（首を絞められたような声で）そいつはけっこう。で、どうすればいいのだ。（叫ぶ）どうすればいいのだ？

エラリー　（早口で）ぼくが犯人だと特定した人物に、気づいてほしいのです――今夜のうちに。

警視　何に気づいてほしいというのだ？　何をだ、エラリー？

エラリー　あなたが新たな証拠を――マーチ老人が新しい遺言状にサインしたことを示す証拠を――発見したという事実ですよ。

ヴェリー　ですが、じいさんはサインしていませんぜ、クイーンさん――。遺言状はあたしが手に入れて、このオフィスにありますが――サインはされていませんぜ。

エラリー　ぼくたちは老人がサインをしていないことを知っているけど、部長、殺人者は知らないのさ。ぼくは犯人に思い込ませたいのです。サインがされたと、そして、それがマーチの弁護士フィッツロイの手に入ったら、即座に遺言が実行されると。

警視　（明るく）乗ったぞ。どんな話をでっちあげればいいのだ、エラリー？

エラリー　ただ単に、こう言うのです。老人は殺される前に新しい遺言状にサインして、正式な立会人によるサインも終えたあとで、フィッツロイ宛てに郵送した、と。殺人が起きたのは今日の午後なので、今から話せば、犯人は信じるはずです。今夜遅くには、遺言状を同封した手紙は郵便局に届き……明日の朝の最初の配達で、フィッツロイのところに届くということも。わかりましたか？

警視　（すかさず）わかった。だが、すばやくやらねばならんな——夜も更けてきた。で、そやつは誰だ、エラリー？　わしがその根も葉もない話をすべき犯人は？

エラリー　こっちに顔を寄せてください、お父さん。ぼくはあなたのオフィスの壁には耳がないことを確信していませんので——。

ヴェリー　（あわてて）へい、待って……あたしも仲間に入れてくださいよ、クイーンさん。（椅子をひっくり返す）いたたた。いいですよ、話してください。

警視　（熱を込めて）名前は何だ、エラリー？　誰がやったのだ？

エラリー　（小声で）犯人の名は——

音楽、高まる……そして解答者のコーナーへ。

聴取者への挑戦

エラリー　（くすくす笑いながら）さて、ぼくがこの時点で、ほとんどすべてを明らかにしたことを信じてもらえますか？　ぼくは本当に、誰が老マーチ氏を殺したのかがわかったのです……。さあ、われらが安楽椅子探偵たちが、解決をめぐってああだこうだと騒いでいる姿が見えてきました。

早朝のダウンタウンを走る道路の騒音……。

警視　（用心深く）犯人の気配はないか、ヴェリー？

ヴェリー　（同じ口調で――登場）まったくないですな、警視。

エラリー　お父さん、ここがフィッツロイの事務所宛ての手紙を配達する集配局だということは、確かですか？

警視　間違いない。大丈夫だ。

ヴェリー　まだ郵便配達夫が朝一番の配達に出てないことを祈りますな。そうでなかったら赤っ恥だ――。

警視　彼らはまだあと数分は集配局から出ないはずだ。（考え込むように）犯人がひっかかるかどうかの方が不安だな。

エラリー　われらが友人にうまく伝わりましたか、お父さん？　マーチが三人の子供たちを外した新しい遺言状にサインして、立会人もサインして、殺される直前に郵送したという知らせを。

警視　大丈夫だ。みじんも疑われずにやってのけたと信じてかまわんぞ。だが、わしにわからんのは――わからんのは――

エラリー　（自信たっぷりに）犯人は食いつきますよ、お父さん。必ずひっかかります。犯人にとって唯一のチャンスですからね。犯人はこう考えるはずです。マーチの新しい遺言状が同封された手紙をフィッツロイが受け取る前に取り上げて破棄することができれば、遺産は自分たちのものとなり、そして――

ヴェリー　そうですな。郵便配達夫をホールドアップするしかありませんな、クイーンさん。でも、公務員を巻き添えにしてまで……

エラリー　（冷淡に）人の命を奪うような輩《やから》は、部長、合衆国の国家公務員に対して犯罪を行うことに、何のためらいも持たないさ――。（マイクから離れた位置でざわめきと足音が……遠ざかっていく）

警視　（鋭く――小声で）黙れ！　出て来たぞ！

エラリー　誰が？

警視　郵便配達夫連中が！

ヴェリー　めいめいが郵便袋を持って出て来ましたな。

警視　見つからない位置まで下がれ、このベヒモス（聖書に登場するカバのような巨大な獣）！　目を離すなよ……。

エラリー　われらが郵便配達夫は先頭を切ってスタートしましたね、お父さん。それでは後を尾《つ》けるとしましょうか……。

ヴェリー　あの中の誰を尾けるんですかい？

警視　背の高い赤毛だ……よし……（舗道を歩く足音）建物の陰になるようにしろ。

エラリー　あの赤毛の郵便配達夫がフィッツロイの事務所に手紙を配達するというのは間違いありませんか、お父さん？

警視　（くつくつ笑いながら）間違いないと自信を持って言える――あやつはブルックリン管区の刑事だからな。本物の郵便配達夫を危険な目にあわせるわけにはいかんし、わしの部下を使うわけにもいかんのでな。わしの部下のほとんどはマーチ邸にいたので、われらが「友人」が正体を見破るかもしれんのだ。（間）

ヴェリー　（神経質に）犯人はまだ姿を見せませんかね？　あたしは鳥肌が立ってきましたぜ。

次の場面はできるだけ早いテンポで演じること。

エラリー　お父さん！（足音が停まる）誰かがあそこの戸口から出て来て、偽の郵便配達夫の背後に忍び寄っています。見てください！

警視　（叫ぶ）あやつ、偽の配達夫を殴り倒しおった！（走り去る足音）

エラリー　（足音にかぶせて）ちくしょう！　郵便袋をひっつかんで行ったぞ！

警視　（どなる）そこのおまえ！　止まれ、さもなくば撃つぞ！

ヴェリー　あたしが撃ちます、警視。（二発の銃弾が空気を切り裂く。離れた位置から車が近づいてくる）

エラリー　あいつ、通りを渡って逃げようとしている――逃がしちゃ駄目だ！

警視　おい、気をつけろ――車だ！

ブレーキの金属音――人の倒れる音――離れた位置で見物していた男の叫びと見物していた女の悲鳴。あっという間に野次馬のざわめきが大きくなる。

エラリー　なんと、犯人が車に轢かれてしまった！

警視　（野次馬の声が大きくなると同時に――足音が近づいて停まる）みんな、下がってくれんか……。

ヴェリー　（荒っぽく）邪魔するな！　聞き耳を立てるんじゃないぞ、おまえら！　これから大事な話をするのだからな！――。おい、おまえ！　あたしの声が聞こえるか？

エラリー　拳銃はしまった方がいいよ、部長……犯人は死んだ。

音楽、高まる……そこに……

ヴェリー　（くつろいで）いやあー、実に楽しい気分ですなあ。あなたもわかりますよね？　次の殺人事件が起きるまで、何も心配しなくていいなんて……。どうしたんですかい、クイーンさん？　あなたは楽しくないのですかい？

エラリー　（むすっと）ああ、ぼくは大丈夫だよ、部長。ちょっと元気が出なくてね。

警視　（心を込めずに）確かに元気がなさそうだな。

ヴェリー　（心を込めて）確かにそうですな……。おや……ねえ、あなたが飲んでいるのはブランデーじゃないですか、そうでしょう、クイーンさん？

エラリー　何だって？　ああ、そうだよ、部長。ブランデーだ。
ヴェリー　（がっかりして）ブランデーがあったんですかい？
警視　飲みたければ自分で用意するんだな、ヴェリー。エラリーの心は誰かさんのいる山の中にあり、だ。
ヴェリー　ごちそうになりますぜ、警視。お言葉に甘えて。（コップのカチャンという音……酒を注ぐ音）
エラリー　（むっとして）お父さん、またあのことで冷やかすつもりですか……。
ヴェリー　（あわてて）おめでとさん！（間）ふーう！　こいつはいけますな。やあ、そういえばクイーンさん、あなたはどうやって突き止めたんですかい？……へえ、こいつはなかなかいい酒ですな、このブランデーは。なかなかいい酒です。
エラリー　（突然笑い出して）もう一杯どうだい、部長。（前と同じくコップの音と注ぐ音）申しわけありませんでした。ぼくはまったくもって親切心に欠けていましたね。
警視　もしおまえがちょっとでも明かしてくれたならば、もっと親切になれるぞ。わしは今日一日ずっと、首に記者連中をぶら下げておったのだ。それなのに、連中に話すことができたのは何だと思う？　おまえがわしに教えてくれたことだけだ。だいたい、おまえは〝犯人が誰か〟ということ以外、何一つ教えてくれなかったではないか！
ヴェリー　（再び前と同じ音）そうですな、警視。こいつはとびきりのブランデーだ……。
警視　いいか、ヴェリー。わしは、おまえがわが家のブランデーを飲むことを気にしたりはせん。

だが、風呂にも入らずに酒を飲むのは別だ。おまえには、家で待っている女房がいるだろうに！

ヴェリー　（けんか腰で）そんなことを言うのですかい？　そんなことを言うのですかい？　おかげであたしは気が滅入ってしまったじゃないですか、警視。くたばれ食ー道ー！（ぐいっと飲む）

エラリー　（うわの空で）わかりきったことですが、すべての解決は、サミュエル・マーチが死ぬ前にデスクの上に刻んだ手がかりの……「マーチ」という単語の……正しい解釈に依っています。

ヴェリー　（今やほろ酔い状態で）本当はこいつじゃなかったんですかい？（〈フランス国歌《ラ・マルセイエーズ》〉を歌い出す）「いざ進め《マーチ》、いざ進め《マーチ》ー……」

警視　黙っておれ、ヴェリー。わしはこっちの話を聞きたいのだ。

ヴェリー　わかりましたよ。ちゃんとわかりましたよ。「マーチ」……それは「マーチ」という言葉。そう、マーチという言葉……。

エラリー　ぼくがすぐにわかったのは、殺人者は二つの包括的なグループのどちらか一方に属するということです。犯人はサミュエル・マーチの一族か、そうではない者か、このどちらかなのです。

警視　おまえは、どちらかわかったのだな？

エラリー　では、犯人がマーチの一族に属さない者だということは、あり得るでしょうか？　あり得ません。なぜならば、死にゆく者が手がかりとして一族以外の者の名前を残そうと思ったならば、自分の一族の名前である「マーチ」という単語は、絶対に選ぶことはないからです。

ヴェリー　もっともだ……もっともですな……（しゃっくりをする）

エラリー　死にゆく男ならば、ただ単に、一族以外の者の名をデスクに刻んだはずです。刻まれた名前は誰が見ても明らかですし、死にゆく者の頭にはまっ先にそれが浮かんだはずです――もし一族以外の者が彼を刺したのならば。

警視　（考え込みながら）なるほど、おまえはそう考えたのか。ならば、マーチじいさんは自分の一族の一人が犯人だと言いたかったわけだな。

エラリー　そうです。そして、マーチの一族には三人の子供たちだけが属していますので、彼はその三人の中の一人が自分を刺したと言いたかったことになるわけです。

ヴェリー　まったくもって、親ー不孝ー者ですなあ。

警視　だが、被害者が示したのが三人の中の誰かということは、どうしてわかったのだ？

エラリー　それでは、こう考えてみてください、お父さん。もし死にゆく者が自分の子供たちの一人の名前を残そうと考えたならば、ラスト・ネーム、すなわちファミリー・ネームだけを書いたりするでしょうか？　言い換えるならば、ファミリー・ネームを書こうなどとわずかなりとも思うでしょうか？　もちろん思いません。普通、被害者はファースト・ネームを書き残すはずです。

警視　だが、被害者はファースト・ネームを書き残したりはしなかった！

エラリー　そうです、しませんでした。従って、被害者にはそれができなかったということになります。

ヴェリー　（くり返す）被害者にはできなかった、できなかった、できなかった、できなかった……

警視　静かにせんか、この酒樽が。で、エラリー、「被害者にはファースト・ネームを書き記すことができなかった」とは、どういう意味だ？　なぜできなかったのだ？

エラリー　なぜならば、被害者にははっきりわかっていたからです。ファースト・ネームでは示したいものが明白にはならないことが――誤って読まれるであろうことが！

ヴェリー　（歌い出す）（「誤って読まれる」の「誤って《ミス》」がきっかけになって）「おおー、人生とー愛のー甘いミステリィィー、ぼくが最後にあなたを見つけてー……（「結婚の夜」より）」

警視　そのロバのいななきを止めてくれんかな？　ボトルをこっちに渡せ！（ヴェリーは歌うのをやめる）

ヴェリー　（酔っ払って）わかりましたぁー……ご主人さま……。

エラリー　何を言いたいのかわかったでしょう、お父さん。ぼくは自分に問いかけました。例えば、マーチ中尉が――パトリック、でしたね――父親が指し示そうとした人物だということはあり得るだろうか？　そもそも、もし犯人がパトリックだとしたら、なぜ父親は「パトリック」または「パット」という名前を書き残さなかったのだろうか？

警視　だが、わしにはまだわからんぞ、エラリー。被害者がメッセージで示したかったのが双子のどちらであるかは、どうしてわかったのだ？

エラリー　すべての謎の答えは、単語の二番めに大文字が使われていることに――文字「A」が大文字で書かれているという事実に――ありました。ぼくはそれに気づいた瞬間に、犯人がわかったのです。なぜ死にゆく男は大文字のAを使ったのでしょうか？　単語の二番めの文字に、ですよ？　言い換えるならば、なぜ被害者は一文字めと二文字めを大文字で書き、三文字めと四文字めと五文字めを小さく――小文字式《ロアーケース》で書いたのでしょうか？　これには一つの理由しかあり得ません。被害者が書いたのは名前などではなかったのです！　大文字、大文字、そして小文字が三つという並びが表すものはただ一つ――略語だけです！（ヴェリーがいびきをかく）

警視　略語だったのか！　だが、何の略語だ？……大文字のM、大文字のA、小文字のr‐c‐h……。

エラリー　（きっぱりと）大文字のMはMasterで、大文字のAと小文字のr‐c‐hは……Architectureです！　Master of Architecture（建築の修士）ですよ！　そして、マーチ老人は三人の子供たちを相続人から外すときに、自らの口で、息子のロバートは建築の修士号を取ったと言いました！　従って、彼が示したかったのはロバートであることが、そして、ロバートが自分の父親を刺し殺したことがわかったのです……。（電話が鳴る）誰だか見当もつかないな。いえ、ぼくが出ますよ、お父さん……

警視　まいった。まいったな……。（受話器を取る音）

エラリー　はい？（相手側の声は聞こえない）ええ、そうです、どうぞ！

警視　誰からだ、エラリー？

エラリー　電報局からで――ぼく宛ての電信が届いているそうです。……ええ、読み上げてください、お願いします！（間）ええ……ええ……（叫ぶ）よーし！（受話器をがちゃんと置く）

ヴェリー　（眠りから覚めて）ううう―ん――何が……何があったんですかい？

エラリー　（大はしゃぎで）何があったか、って？　ああ、大したことではないよ。大したことではない！　今のはニッキイからの電信なんです、お父さん！　ニッキイが帰ってくるそうです！　部長、どんどん飲《や》ってくれ――家《うち》のおごりだ！

音楽、高まる。

ダイヤを二倍にする男の冒険

The Adventure of the Man Who Could Double the Size of Diamonds

一九四〇年五月五日に放送されたエラリー・クイーンの事件は、これまた不可能犯罪である。アナウンサー（バート・パークス）は聴取者にこう語りかけた。「エラリー・クイーンは、彼だけが解くことができたあらたな犯罪を物語り、今回もみなさんに知恵比べをする機会を与えます」

登場人物

神秘の究明者の　ラザルス教授
アメリカ人の投資者の　ケニヨン氏
オランダ人の投資者の　ミンヘル・ヴァン・ホーテン
イギリス人の投資者の　ブライス氏
フランス人の投資者の　ムッシュー・マッセ
ケニヨンの使用人の　ウォルフ
探偵の　エラリー・クイーン
その秘書の　ニッキイ・ポーター
ニューヨーク市警の　クイーン警視
ニューヨーク市警の　ヴェリー部長刑事
医師の　クック博士

舞台　ニューヨーク市。一九四〇年

音楽が高まってから消える。

ラザルス　あなたには空想としか思えんだろうが、わしはダイヤを二倍にすることができるのだ。

（間）

ケニヨン　（声を出して大笑いする）

ラザルス　なぜ笑うのだ、ケニヨンさん？

ケニヨン　（笑うのをやめて……咳払いをする）ごほん！　きみは発明家だと言っていたな、ラザルス教授？

ラザルス　発明家であり、化学者であり、物理学者であり、自然の神秘の究明者なのだよ。ケニヨンさん、あなたはメイデン・レーン（マンハッタンにある宝石商が集まっている地域）の専門家の中でもトップクラスの一人だと聞いておる。

ケニヨン　（いかめしく）ありがとう、教授。それで、きみは――ええと――ダイヤの製造を可能にしたと言うのかね？（笑いをこらえる）

ラザルス　（興奮して）さよう、ケニヨンさん。わしの新製法はダイヤモンド業界に大変革をもたらし――世界の経済構造を変えてしまうのだよ！

ケニヨン　世界の経済構造を変えて――？（笑ってから涙をぬぐう）失礼、ラザルス教授……私は……私はむずがゆくなってね。

ラザルス　（むっとして）人々はレーウェンフック（オランダの博物学者。手製の顕微鏡で微生物等の観察を行った）を、パスツールを、ガリレオを笑った。笑いたければ笑いたまえ！（ぶつぶつと）人々はいつでも天才を笑うのだ……。

ケニヨン　（ぴしりと）いいかね、教授。きみは低コストでダイヤを製造できると私に信じ込ませようとしているのかね？　おとぎ話ではないか！

ラザルス　ケニヨンさん、わしに傷一つないダイヤモンドを渡したまえ。そうすれば、七日以内に大きさを倍にして、あなたにお返ししよう。

ケニヨン　ダイヤの大きさを二倍にする男か！（笑う）

ラザルス　（かっとして）わしを笑うのは間違っておる！　はっきり言おう、わしはそれをやってのけたのだ！

ケニヨン　（心底ばかにして）科学的な奇蹟というやつかな、ええ？

ラザルス　科学的な事実なのだ！　わしは天然ダイヤの大きさと重さを倍にできるのだぞ！　ダイヤを増殖させる方法を見つけ出したのだ。

ケニヨン　（あぜんとして）きみが大真面目だということは信じたよ。

ラザルス　大真面目だと！　わしは人生のすべてをこの研究に捧げてきたのだぞ！（真剣に）ケ

ニヨンさん、方式の完成と装置の開発のために、わしの貯えは底をついてしまった。わしには経済的支援と実験用の傷一つないダイヤが必要なのだ。

ケニヨン （考え込むように）ひょっとして、私は軽率だったかもしれないな、教授。だが——駄目だ、余りにも荒唐無稽すぎる。

ラザルス なかなか信じようとしないからといって、非難したりはせんよ、ケニヨンさん。あなたは商売人だからな。それに、無条件にわしを信じることも期待しておらん。

ケニヨン （驚いて）きみは、自分の製造法を実演する用意があると言いたいのかね、教授？

ラザルス もちろんだとも、ケニヨンさん！

ケニヨン いいいい、いいいい、いいいい私が指定した条件の下でもかね？

ラザルス どんな条件の下でも必ずや！

ケニヨン （大真面目になって——唐突に）ラザルス教授、明日もここに来てくれたまえ！

音楽、高まる……そこにアドリブのちょっとした議論が割り込む……。

ヴァン・ホーテン （オランダなまりで）だから言わせてもらうぜ。何もかもたわごとだ、と！

ケニヨン 見てみるだけなら損はしないさ、そうだろう、ヴァン・ホーテン？

ブライス （イギリスなまりで）ケニヨンが正しいな、ヴァン・ホーテン。きみは長いことアムステルダムのダイヤモンド取引にべったりだったので、古くさい考えが染みついてしまったようだな。やってみようじゃないか、若年寄君！
ヴァン・ホーテン　わかったよ。やってみよう、ブライスさん。ダイヤを二倍にしてみるとするか！（短く笑う）笑うべきか泣くべきかはわからんがね。
ケニヨン　けっこう！　それではきみもわれわれと組むのだね、ブライス？
ブライス　（くすくす笑いながら）信じがたいが、実証するというのであれば、向き合わないとね。それが真のイギリス魂なのさ、ケニヨン。イエスだ、きみやヴァン・ホーテンと組もう。ムッシュー・マッセ、きみはどうかな？
マッセ　（フランスなまりで）あたしは今、考えているところです。
ヴァン・ホーテン　（鼻を鳴らす）マッセは考えている！　みんな、息もするんじゃないぞ。
ケニヨン　われわれが作ろうとしているささやかな組合には、きみはなくてはならないのだ、マッセ。宝石の鑑定家として、きみに並ぶ者はいないからな。詐欺の可能性を見抜くのに、きみ以上の適任者はいやしない。
マッセ　ムッシュー・ケニヨン、そんな花束を差し出されては、嗅がずにいられませんね！　あたし、マッセは組合に参加しますぞ、みなさん！（一同、笑みをこぼす）
ヴァン・ホーテン　それにしても、ダイヤの大きさを倍にするとはな！　その教授は詐欺師さ。きっとそうだぜ。
ブライス　私も空想的なアイデアだということはわかっているのだが……。
マッセ　（考え込みながら）そうですかな？　十八世紀のサン・ジェルマン伯爵は、国王ルイ十五世に実演してみせましたぞ。ダイヤの傷を消し去るのみならず、真珠をひとまわり大きくもしましたからな！

ヴァン・ホーテン （冷やかすように）伝説だろう、マッセ！　民間伝承というやつさ！

ブライス まあ、すぐわかるさ。個人的には、その男ははったり屋だと思っているがね、ケニヨン。

ケニヨン きみたち自身で判断したまえ。さてと紳士諸君、われわれの出す条件については全員が賛同しているね？（同意のアドリブをさえぎるように離れた位置でドアが開く）何だ、ウォルフ？　彼が来たのか？

ウォルフ （離れた位置で）はい、ケニヨンさま。ラザルス教授です。

ケニヨン 中に通してくれ。それと、いいか、ウォルフ――邪魔をするなよ！

ウォルフ （離れた位置で）はい、ケニヨンさま。こちらです、ラザルス教授。

ラザルス （離れた位置で）ありがとう、ありがとう！（ドアが閉まる）

ケニヨン 入りたまえ、教授！　私の商売上の友人を紹介させてもらいたい。われわれはささやかな組合を作ることを決めたのだ……用心のためにね。アムステルダムのダイヤモンド商、ミンヘル・ヴァン・ホーテンに――ロンドンのダイヤモンド業者、ミスター・ブライスに――著名な鑑定家、ムッシュー・マッセだ。

ラザルス 組合だと、ほう？　すばらしい、実にすばらしい。ありがたいことだ！

ヴァン・ホーテン ありがたがってばかりもいられないぞ、ラザルス博士。おれたちは審問会のメンバーで――それ以上のものではないんだ！
ブライス　率直に言わせてもらうと、教授、きみが自分で主張する通りの天才なのか、それとも狂人なのか、われわれは決めかねているのだ。
マッセ　あたしたちが手強いことが、間もなくわかります、ラザルス教授。あたしたちはあなたを信じていない。ですが、あなたが本当に科学上の新たな原理に突き当たったという可能性が、万に一つでもあれば……
ケニヨン　要するに、われわれは見せてもらいたいわけだ。
ヴァン・ホーテン　証拠を見せてほしいのだよ、わが友《マインヘル》。当然のことながら、おれたちが指定した、組合が損をする可能性をなくすための条件の下で行われた実験によってね！
ラザルス　当然、当然のことだ、ヴァン・ホーテンさん。自分たちを守ろうとしなければ、あなたたちは阿呆ということになるからな！
ケニヨン　これで話は決まったな。教授、このオフィスの奥の壁にある鋼鉄製の金庫扉は見えるかね？
ラザルス　見えるが、ケニヨンさん？
ブライス　あの金庫扉はケニヨン氏の金庫室に通じているのだよ。その金庫室はすべての壁が鋼鉄製で、出入り口となるのは一箇所しか――今、きみが見ている盗難防止装置付きの金庫扉しかない。
マッセ　この金庫室の中で、教授《プロフェスール》、あなたにはダイヤを二倍にする試みに挑んでもらいます！

ラザルス　わかった。だが、空気は——わしの呼吸のための空気は——

ケニヨン　私の金庫室には空調設備がある。ついでに言うと、扉の錠の組み合わせ番号は変えておくつもりだ。新しい組み合わせ番号を知っているのは、ヴァン・ホーテンとブライスとマッセと私だけにするわけだ！

ヴァン・ホーテン　理解したかね、教授？　おまえさんは番号を知らないのさ！　毎朝金庫室に入るときも、毎晩出るときも、おれたちの誰かの許可が必要なんだよ！

ラザルス　公正、実に公正だな、みなさんは。ところで、わしも一つ条件を出していいかね？　実験中は、誰にも邪魔されたくないのだ。わしが実験をしている一週間の間、誰一人として金庫室に入ってくることは許さん——実験をしている昼間も、錠が下りている夜もだ！

ヴァン・ホーテン　（うさんくさそうに）ふふん！　何でそんなことをするんだ、教授？

ラザルス　わからんかね、わしも自分を守らねばならんからだよ。わしの製造法の秘密が誰かに洩れることを防がねばならんのだ！（一同、アドリブで「公正だな」「もちろんだ」などなど）

マッセ　ならば、承知しましょう。しかし、あなたに警告しておきますよ、ムッシュー教授《プロフェスール》！　その金庫室はフランス銀行さながらの警備がされることになりますからね！

ブライス　われわれは経験を積んだ警備員に見張らせるつもりだ——（空咳をする）——教授が昼の実験を終えて夜に帰るときに、われわれのダイヤを持ち去らないように。

ケニヨン　警察本部から刑事を四人、まわしてもらうというのはどうだ？　二人は昼に金庫室の前で警備してもらって、残りの二人は夜だ。

ヴァン・ホーテン そしてラザルス、毎晩あんたが金庫室を出るときは、頭のてっぺんから足のつま先まで身体検査をさせてもらうぜ！

ブライス （てきぱきと）それから諸君、出るときにわずかな機会も与えないために――信頼できる医師に立ち会ってもらい――ええと――帰りの身体検査に完璧を期すことを提案したい。

（他の三人からの熱烈な同意）

ケニヨン （冷ややかに）わかったかね、教授、われわれは毛ほどの隙も見せない。全員が高価なダイヤを実験のためにきみに貸すのだからね。私の言葉を信じたまえ――ダイヤを盗むためのわずかな機会も、きみに与えられることはないのだ！

ラザルス 「盗む」だと！ わしは科学者であって泥棒ではないのだぞ！ けっこう。明日、わしが装置を運び込んだら始めよう。だが、覚えておきたまえ。秘密厳守だ！ もし世界がわしらに何ができるかを知ったら、ダイヤの価値は永遠に暴落したままになるぞ！（一同、アドリブで反応）明日、このケニヨン氏のオフィスで、あなたたちは一人一個ずつ、傷一つないダイヤをわしに渡してくれ。そうしたら、あなたたちに約束しよう――一週間で、四個のダイヤが元の大きさの二倍に増殖することを！ （笑う）モンテ・クリスト伯のように――一週間後に、あなた方はこう叫ぶことができるだろうて。「世界はわが手に！」と。

音楽、高まる……そこにケニヨンの話の終わりの部分が割り込む……。

ケニヨン　……というわけで、クイーン君、ラザルス博士はオフィスの金庫室で実験に取りかかったのだ。

エラリー　（考え込むように）驚きました。驚くべき話ですね、ケニヨンさん。

警視　一週間前、あなたが四人の刑事の手配を依頼してきたのは、このためだったのですな、ケニヨンさん！（くつくつ笑う）あなた方まともな紳士方が、ラザルスの誇大妄想の話に舞い上がってしまったのですかな？

ニッキイ　だって、夢みたいじゃないの！　アラビアン・ナイトの物語みたい！

エラリー　あなたはなぜ、ご友人のクック博士も連れてきたのですか、ケニヨンさん？　他意はないのですよ、先生。単なる好奇心ですから。

ケニヨン　クック博士は、毎晩、ラザルスが金庫室を引きあげるときに身体検査をしている医師なのだ。

クック博士　（真面目で――ぶっきらぼうで――無駄のない話し方をする）ケニヨンでなかったら、断っただろうな、クイーン君。昔からの友人なのでね。だが、こいつは何もかもがナンセンスだ！　もう少し待って、話を最後まで聞いてくれたまえ！

ケニヨン　教授が金庫室で謎めいた実験に取りかかってから一週間がすぎ、われわれはその間、詐欺に対するありとあらゆる予防策を実施してきたのだ、クイーン君。そして、今日の午後五時に、いつものように教授を外に出した。七日め――時間切れだ。「それで？」とわれわれは催促した。「二倍の大きさになったわれわれのダイヤを見せてくれ！」と。教授はおどおどしていた……。

警視 ダイヤの大きさを二倍にするとはな！（くつくつ笑う）

ニッキイ もちろん、その人は失敗したのでしょう、ケニヨンさん？

エラリー そして、もう少し時間がほしいと言ったのでしょうね？ よくある展開ですから。

ケニヨン まさにそうなったのだ！ さて、刑事二人とわれわれ五人は――教授の身体検査をして――ここにいるクック博士は特に慎重に調べて――ダイヤを持っていないことを確信してから、その晩は彼を帰した。

クック博士 そして、組合は密議に入ったわけだ。（くつくつ笑う）

ケニヨン 議論の結果、われわれはもう数日、教授の実験期間を延ばすことにした。他の者は立ち去り、私は夕食をとりに出ると……不安が頭をもたげてきたのだ。もしや何かとんでもないことが起こっているのではないか！ 私は他の三人を今回の件に引きずり込み、彼らにも私同様に高価なダイヤを提供させた責任がある……。それで、自分のオフィスに飛んで帰ったのだ。夜間担当の二人の刑事に入れてもらい――金庫室の扉の錠を開けて中に入ると……

警視 （鋭く）まさか、言わんだろうな……

ニッキイ あなた方が実験用にラザルスに渡した四個のダイヤが――

エラリー 金庫室から持ち出されていた、なんて。どうなんです、ケニヨンさん？

ケニヨン （がっくりして）消えてしまったのだ！ 跡形もなく！ 私は金庫室を天井から床まで調べたのだ！ 教授の装置もばらばらに分解したのだ！ それから私は、刑事たちを呼び込んだ。彼らは自分たちの目で確かめるまで、私の頭がおかしくなったと思っていたな。

エラリー　単純すぎるほど単純だと思いますが、ケニヨンさん。ラザルス教授はその一週間の間に、おそらくは一度に一個ずつ、ダイヤをこっそり持ち出していたのです。あなた方の帰りの身体検査では、隠し場所を見つけ出せなかっただけですよ。

ケニヨン　不可能だよ、クイーン君！　われわれは、どんなにありそうもない隠し場所さえも見逃したりはしなかった！　私は今夜、ヴァン・ホーテンとブライスとマッセに「ダイヤが消えた」という伝言を残してから、きみに会うためにここに来たのだが、その途中でクック博士を拾ってきたのは、これを言わんがためだったのだ。

クック博士　きみに言わせてもらいたいのだが、クイーン君——あの男がダイヤを持ち出したとするならば、どこに隠すことができたのか、私には想像もつかないのだ。

エラリー　衣服はどうです？

ケニヨン　毎晩、彼の身につけているものは、縫い目まで徹底的に調べた——われわれ四人だけではなく、刑事たちも調べたのだ！

警視　わしがこの仕事のために送り込んだ連中は、エラリー、身体検査でへまをしたりはせん。全員を信頼しても何の問題もない。

ニッキイ　わかったわ！　ラザルスはきっと、背中にこぶがあるのよ——作り物のこぶが！　そうでなかったら、中が空洞になった木の義足をしているとか、何かそういったものがあるのよ！

クック博士　こぶはない。義足も、義手も、義指も……そのたぐいのものは何もない。

エラリー　髪の毛はどうです、博士？　ひげをたくわえてはいませんか？

クック博士　ひげは生やしていないし、ハゲタカのように禿げていた。

エラリー　口の中はどうです、博士。そこは調べましたか？

クック博士　ラザルスには自前の歯はなかった。入れ歯をしているのだが、それは毎晩、注意深く調べた。どんな形であれ、空洞になった部分はない。耳の穴や鼻の穴に入れて持ち出すこともできなかった。

ニッキイ　ガラスの義眼よ！　賭けてもいいわ！

クック博士　駄目だよ、ポーターさん。二つとも健康な眼だ。

エラリー　ダイヤを小物の中に隠して金庫室から持ち出した可能性がありますね。時計とか——シガレット・ケースとか——

警視　札入れは？　刻み煙草入れは？　指輪は？

ケニヨン　駄目だよ、警視——どれも調べた。

ニッキイ　ひょっとして、杖じゃないの！　空洞のあるステッキよ！

ケニヨン　（ため息をつきながら）教授はステッキは持っていない。きみたちには、あらゆるものを調べたと言わせてもらおう。ペンや鉛筆までも調べたのだ。

エラリー　ケニヨンさん、金庫室には排水口や水道の蛇口はありませんか？

ケニヨン　空調用の排気口と吸気口を除けば、外とは繋がっていないし——その二つも徹底的に調べた。

ニッキイ　それなら、ダイヤを体の内部に隠したという可能性はないかしら、クック博士？

エラリー　（くすくす笑いながら）すばらしい質問だよ、ニッキイ！　どうですか？

クック博士　それを確実に見つけ出せるであろう検査を、考えられる限り実施したよ、クイーン君。——胃鏡や耳鏡や鼻鏡や、そのたぐいのものだ。もしX線や蛍光を使った透視検査が役に立つと思ったら、それも実施しただろうな。ケニヨン氏とその組合のお仲間から、教授にわずかな機会も与えないようにと言われていたからね。クイーン君、医学に携わる者としてきみに言わせてもらいたいのだが——ラザルス教授は、その体の中のどこにも、四個のダイヤを隠してはいなかった！

エラリー　どうやら、ぼくたちは現代最高の独創的な泥棒を相手にしているようですね。そのラザルス教授に会ってみなければ……（電話が鳴る）

ニッキイ　わたしが出ますわ、警視さん。

警視　いや、わしが出よう、ニッキイ。おそらく警察本部の部下から、盗難事件の報告だろうて……。

エラリー　（声を落として）魅力的な難問ではないですか、みなさん！（受話器を取る音）

警視　もしもし！　どちら様かな？

ヴェリー　（くぐもった声で）ヴェリーです、警視！

警視　どうした、ヴェリー？

ヴェリー　（くぐもった声で）ダウンタウンから電話をかけているんです。

警視　どうして家でかみさんと一緒におらんのだ？

ヴェリー　（くぐもった声で）あたしは仕事と結婚してるんですぜ、ご存じでしょう？　警視、こっちにすっ飛んで来てほしいのですが。殺人です。

警視　どうしてやつらはいつも、人がベッドの中にいる時刻に引っ張り出そうとするのだ！　はいはいヴェリー。場所はどこだ？

ヴェリー　（くぐもった声で）東二十四番地の安ホテルで――ジョリーとかジェリーとか、そんな名前です。男が自分の部屋で死んでいるのを部屋係のメイドが見つけました。誰かがこいつの頭をどやしつけたようですな。

警視　すぐそちらに行く。死体の身元はまだわからんのか、ヴェリー？

ヴェリー　（くぐもった声で）ああ、わかってますぜ。部屋の書類によると、頭のいかれた発明家で……

警視　頭のいかれた発明家だと――！（うわずった声で）ヴェリー！　名前は何というのだ？

ヴェリー　（くぐもった声で）おお、あなたはご存じないと思いますよ、警視。いかさま教授です。今、見てみます。ええと……ラザルス――ラザルス教授です！

音楽、高まる……サイレンを鳴らして追跡するときの音楽を流し……そこに騒々しい声が割り込む……。

ヴェリー　（騒々しい声にかぶせて）おい、ホワイティ！　警視が指紋の報告をご所望だぞ！（相手はアドリブで返事）何だと？　そいつはいい！　ご老体はお気に召すだろうな！　……ジョー！　死体は片づいたか？　格闘の跡も撮影しておけよ――血のついたスタンドにひっくり返った椅子、破けた服もだ……こいつは、派手な喧嘩があったに違いないな！

警視　（声をかける）ヴェリー！　プラウティはどこだ？　……おまえたち、静かにしろ！

ヴェリー　（ほえる）静かにするんだ、ハイエナども！（騒々しい声がおさまる）プラウティ先生はもう引きあげましたぜ、警視。特に変わった点はない、と言ってました。この男は、犯人と取っ組み合いの最中に、頭を殴られて死んだに過ぎないそうですぜ。死んだのは今夜です。

警視　大いに役に立ったな！　エラリー、こいつを見たか？

エラリー　（うわの空で）何か言いましたか、お父さん？　ああ、すみません。

ニッキイ　エラリー・クイーン！　これっぽっちも興味がなさそうね！　それは何ですか、警視さん？

警視　見たまえ。

ニッキイ　あら、なんて美しいダイヤかしら。

ヴェリー　うちの古女房は、こんな光り物のためなら右目を失ってもかまわんでしょうな。こいつをどこで見つけたんですかい、警視？

警視　ラザルスの右手の中だ。ケニヨンさん！

ヴェリー　ケニヨン！　こっちに来てくれ、ケニヨンさん！

ケニヨン　（登場——かなり動転している）ああ！　実に恐ろしいことだ。必要な事情聴取が終わったら、さっさと帰してほしいな。

エラリー　（小声で）そのダイヤを見せてください、お父さん……。ううむ……

警視　ケニヨン、このダイヤの見分けがつくかね？（間）

ケニヨン　これはブライスのものだ！　教授の実験のために、ブライスが組合に提供したものだよ！

警視　これで決まりだな。ヴァン・ホーテン、ブライス、マッセ、それにケニヨンだけがラザルスの実験について知っていて——昼と夜の見張りをしている刑事ですら、何が行われているかは知らんのだからな！

ヴェリー　だったら、詐欺師の息の根を止めたのは、組合の誰かに違いありませんな。

ケニヨン　いいいいいいい、われわれの中の誰かだと？　ばかな——！（考え込みながら）いいいいいいい、われわれの中の誰かだと？

警視　あなた方四人の中の誰かが、今夜、ホテルの教授の部屋を訪れ、盗んだダイヤを持っている現場をおさえ、それを取り返そうとしたのだ。ラザルスは抵抗したあげくに、この重い金属製の卓上スタンドで殴り殺された。殺人者はダイヤをひっつかむと、あわてて逃げ出したわけだ。

ニッキイ　でも、興奮していたので、ダイヤを一個だけ見落とした——死体の手の中にあった一つを――。

ヴェリー　あるいは、四個全部を取り返したと思い込んで、逃げ終わるまで三個しかないことに気づかなかったのかも知れませんな――あとで気づいたが、舞い戻るのが怖かった、と。

ニッキイ　でも、大きな疑問があるわ。「組合の四人のメンバーの誰がラザルス教授を殺したのか？」

警視　おまえはどう思う、エラリー？

エラリー　（考え込みながら）三つの秘密がラザルスと共に葬られました。一つめは、彼のダイヤ倍増法です――その信憑性については、ぼくは疑わしいのですが。二つめは、彼を殺した人物の正体です――部屋は充分に明るかったし、格闘の時間も長かったので、ラザルスには襲撃者が誰かわかったはずです。そして三つめは、ラザルスがケニヨンの金庫室からひそかにダイヤを持ち出した手口です――四人のダイヤ所有者と二人の経験豊富な刑事と一人の本職の医師の、疑り深き目と身体検査をする手をかいくぐって！

ニッキイ　それだけあれば、あなたの頭の中をいろいろなものが駆けめぐるでしょうね。わたしの方は、そもそも頭に何も浮かばないけど。

エラリー　今のところ、ぼくも同じだよ、ニッキイ。告白するが――どちらかと言えば、ラザルスを殺した犯人よりも、ラザルスが盗みをやってのけた手口の方を知りたいよ！

ヴェリー　あなたなら、そうでしょうな。

警視　ヴェリー！

ヴェリー　（あわてて）何ですかい、警視？

警視　呼び集めてこい。ヴァン・ホーテン、ブライス、それにフランス人で磨き屋の――磨き屋の――何と言ったかな！――マッセだ。連中をここに引っぱってきて、じっくり取り調べるのだ――早くしろ！

ヴェリー　（立ち去りながら）熱々のタオルを絞るのは、あたしにやらせてくださいよ……！

警視　エラリー、ラザルス教授がどうやって連中のダイヤを盗んだかという謎と戯れるのは、おまえがやればいい――。わしは教授が誰に殴り殺されたのかを知りたいのだ！

音楽、高まる……そこにアドリブの尋問が割り込む……。ブライスは「うむ、それは私のダイヤだよ、警視」と言う。他の者は自分たちの所有物を取り戻すように要求している……。マッセが――「はい。それで、あたしの分はどこにあるのですか？」。

警視　殺人者が持ち去ったのだ！　わしの方が知りたいのは、きみたちが昨夜どこにいたのかということだ。まず、ブライスは？

ブライス　（神経質に）外をぶらついてから……自分のホテルに戻って、ダイヤが盗まれたというケニヨンの伝言を見て……最初は――そう、ジョークだと思ったよ……。

警視　ミンヘル・ヴァン・ホーテンは？　きみは公園で詩でも書いていたのかね？

ヴァン・ホーテン　（叫ぶ）おれはニューヨークのオフィスに戻ったんだ！　そのあとで自分のホ

テルに戻って――ケニヨンの伝言を見つけて――

警視 （やんわりと）そうなると、きみもまた、アリバイがないわけだ。ムッシュー・マッセ、きみはどうかな？

マッセ あたしもそうです、ムッシュー警視《アンスペクトール》――メイデン・レーンにある自分のオフィスに戻ったのです。それから、あたしも同じように――あとになって、ダイヤの盗難についてのムッシュー・ケニヨンの伝言を見て……

ヴェリー どいつもこいつも仕事の虫ですな。こんな連中だから、詐欺師のラザルスに簡単に引っかかったわけだ！

ニッキイ そうね、部長さん。もしこの中の誰かがホテルに押しかけて教授を殺さなければ――そして、ダイヤを盗まなければ――教授はダイヤを持って逃げ切れたでしょうね！

エラリー （おだやかに）静かに、ニッキイ。ここは親父に任せよう。

ニッキイ （むくれて）わかっているわ、エラリー。でも、こんなペテンと、こんな――こんな残虐なことがあったのよ！ それなのに、あの人たちはみんな、何の責任もない顔をしようとして！

ヴァン・ホーテン おれは自分のダイヤを返してほしいんだよ！ 取り返せ、さあ！

マッセ （苦々しげに）あたしも同じです。ブライス、あなたは幸運ですね。あなたのダイヤは残っていましたから。あいにくと、あたしのダイヤは――

ブライス だが、やつはどうやったのだ？ まるでわからない！

警視　わしの方には、まるでわからないことがごまんとあるのだ！　四人とも、ここで待っていたまえ。エラリー、ちょっとこっちに来い。（間）

エラリー　（小声で――うわの空で）何ですか、お父さん？

警視　何か考えはないか？

エラリー　お父さん、ぼくは五里霧中ですよ。皆目見当がつかない！　これは不可能犯罪です！

警視　これのどこが不可能なのだ？　この殺人に関しては何のトリックもないぞ。わしらがやるべきは、殺人犯を突き止めることだけだろうが――。

エラリー　ぼくは殺人について言っているのではありませんよ、お父さん――ぼくはケニヨンの金庫室からラザルスがダイヤを盗み出した方法について言っているのです！　どうやって彼が七人の検査役をかいくぐってダイヤをこっそり持ち出したのかを見つけ出すまで、ぼくは眠れそうにありませんね！

警視　いいかげんにせんか、せがれ！　これは殺人事件であって、パズルではないぞ！

エラリー　今回は、あなたが殺人を担当してください、お父さん――ぼくがパズルを受け持ちますから。（考え込みながら）教授がいかにしてやってのけたのか、ぼくは見つけ出さなければならないのです！

音楽、高まる……。

ヴェリー　行き詰まり、まさにそれですな、警視。
警視　それで、おまえのアリバイ調査の方も同じなのか、ヴェリー？
ヴェリー　アリバイって、どんな意味で使っているんですかい？　ヴァン・ホーテンとマッセはメイデン・レーンで仕事をしていたと言い張ってますが……誰もあいつらを見ていいません！　ブライスは一人っきりで散歩をしていましたし……（離れた位置でドアが開く）やあ――おはよう、ポーター嬢さん。（ドアが閉まる）
警視　（むっつりと）おはよう、ニッキイ。
ニッキイ　（登場）おはようございまーす！　あら、不景気な顔を並べて。例の殺人では、運に恵まれなかったのかしら、クイーン警視？
警視　（むっつりと）この事件を解決するには、何はともあれ運に恵まれるしかなさそうだな、ニッキイ。エラリーはまるで役に立たんのだ。
ニッキイ　あの人、昨日は〝心ここにあらず〟だったわね。今朝はどこにいるのかしら？
ヴェリー　ああ、知恵の達人は自分の寝室です。出産を待つ亭主みたいにどかどか歩き回ってますぜ。
警視　エラリーは昨夜、一睡もしておらんのだ、ニッキイ。
ヴェリー　もしあたしに聞いてくれるなら、こう言いますな。その人生において、今回だけは大先生《マエストロ》もお手上げだ、と。（離れた位置でドアが開く）やあ！　ご本人の登場ですな！
エラリー　（離れた位置で――元気よく）おはよう、みんな！

警視　こっちに来い、せがれ——朝食をとるといい。昨夜からずっと起きておったなら、さぞ疲れただろう。

ヴェリー　忘れてしまいなさいよ、クイーンさん。あなただって、毎回大当たりは引けませんや。

（エラリーはくすくす笑う）

ニッキイ　エラリー・クイーン！　あなた、にやにやしてるじゃないの！　警視さん、部長さん——この人、何かがわかったのよ！（アドリブで反応）

エラリー　（マイクに寄って）確かに、ぼくは何かがわかったよ。十時間の不眠の末、ようやく突き止めることができたのさ！

ニッキイ　それで、どんな難問に苦しんでいたのかしら、クイーンさん？

エラリー　「ラザルスがどうやって七人の検査役をかいくぐってダイヤをこっそり持ち出したのか」だよ。（警視とヴェリーはうめき声を上げて——ニッキイは次の言葉を待っている）彼がダイヤを盗むことができる、ありとあらゆる可能な方法を考え続けていたのさ。お父さん——ぼくは盗難の謎を解決しました！

警視　（皮肉っぽく）けっこうなことだな！　それでは、殺人の謎の解決にも取りかかってもらえるかな。

エラリー　（独り言のように）そうだ、ぼくは自分が正しいことは確信している——これこそが唯一可能な解答なのだから。ぼくはダイヤを金庫室から持ち出した方法がわかったのだ！

ヴェリー　はいはいクイーンさん、あなたがパズル世界王座を勝ち取ったことはわかりましたよ。

ですが、あたしが声を大にしてお願いしたいのは――

警視　殺人はどうするのだ？　エラリー、わしらは誰がラザルスを殺したのかを突き止めねばならんのだぞ！

エラリー　（うわの空で）ああ、その件ですか？　ええ、お父さん、ぼくはそれも突き止めましたよ。

音楽、高まる……そして解答者のコーナーへ。

聴取者への挑戦

解答者たちが謎に対する答えをひねり出している間、アナウンサーのバート・パークスは聴取者にこう語る。「ガルフ石油のノーノクス・ガソリンは、正常運転時のエンジンのノック音を解消します。車があまりにも軽快に走るので、あなたはボンネットの中には二気筒が追加で搭載されたと思ってしまうに違いありません」

音楽、高まる……。

警視　わしらは時間を無駄にしておるぞ、エラリー！　ラザルスを殺したのは誰かを教えてくれ。

エラリー　それを教えるには、お父さん、まずダイヤの盗難から始めなければなりません。
ヴェリー　（うめきながら）またその話ですかい。
ニッキイ　頭の中に一車線しかない人なのね！
エラリー　（おだやかに）あいにくと、これが事件の要《かなめ》なのですよ、生徒諸君。ラザルス教授は、いかにして七人の検査役を——四人のダイヤ所有者と二人の刑事と一人の医師をかいくぐって、ダイヤを手に入れたのでしょうか？　ぼくは一つの驚くほど単純で途方もなく明白な質問を自らに投げかけるまで、光明を得ることはできませんでした。その質問とは、「金庫室からダイヤを持ち出したのは、本当にラザルス教授だったのだろうか？」です。（間。一同、アドリブで反応）
ニッキイ　ああ、なんてこと。なんてことかしら！　それが答えなのね！
エラリー　そうだ、ニッキイ！　数多《あまた》の事実が、ラザルスがダイヤを持ち出さなかったことのみならず、持ち出せなかったことを証明している。ラザルスには七人の男をかいくぐってダイヤをひそかに持ち出すことは不可能であり——この不可能を可能にする解答を見つけ出すことはできない。従って、ラザルスは泥棒ではなく——他の誰かが盗んだということになるのだ！
警視　だがエラリー、一週間の間に金庫室に入ったのはラザルス教授だけで——それは彼自身が実験を始める前に決めたことではないか！
エラリー　その通りです。しかし、他には誰も金庫室に入っていないというのは、真実でしょうか？　それは真実ではありません。というのも、ダイヤが消えたことが明らかになる前に、他にもう一人の人物が金庫室に入ったからであり――その人物自らがたった一人で入ったことを認めているからです！　その上、その人物は、自分がオフィスを出るときは身体検査をされないことがわかっていました――なぜならば、四人の男たちが用心していた相手は、ラザルスだけだったからです。かくして、たった一人で金庫室の中にいたもう一人の人物だけが、泥棒でしかあり得ないことがわかったのです。では、その人物とは誰でしょうか？

ニッキイ　ケニヨン！　ケニヨンさんだわ！

警視　そうだったのか！　ケニヨンは自分の口からわしらに言っていたな。昨夜、何か手違いが起こっているのではないかという「不安が頭をもたげてきた」ので、オフィスに引き返して――警備していた二人の刑事に入れてもらい――たった一人で金庫室に入った、と。そして、ダイヤが消えたと彼が騒ぎ立てるまで、刑事は中に入ってはいなかったのだ！

ヴェリー　いやあ、大胆きわまりないですな。ケニヨンは金庫室に入り、宝石《アイス》を自分の手でくすねてから外に出て、盗まれたとわめいて、ホテルの教授の部屋にすっ飛んで行き、じいさんを殺して逃げ、ダイヤを隠してからクック博士を拾って、クイーンさん、あなたのところに連れて行き、どんなに厳しくラザルスの身体検査をしたかという話の裏付けをしてもらったわけだ！

エラリー　そうだ。そして、ケニヨンはその話をすることによって、盗難に関するぼくたちの注意を彼自身から鮮やかにそらし、ラザルスに向けたわけです。心理学者顔負けですね、ケニヨンは！　ぼくの経験した中でも、もっとも賢い悪党の一人ですよ。彼はこういった途方もなく単純な盗難を実行する一方で、ぼくに対しては、入り組んだ複雑な問題に迷い込ませようとしたのです。そして、それはあやうく成功するところでした！

ニッキイ　それなら、ラザルス教授は詐欺師なんかじゃなかったことになるわ！　あの人、ダイヤの大きさを二倍にできていたのかしら、エラリー？

エラリー　まあ、できなかっただろうね、ニッキイ。ぼくの考えでは、あの哀れな男は、自分が宇宙の謎の一つを解き明かしたと本気で思い込んだ変人だったのさ。

ニッキイ　死んだ教授の手の中にダイヤが——ブライスのダイヤが——あるのを見落とすなんて、ケニヨンも抜けているのじゃないかしら？

エラリー　見落としただって！　ニッキイ、ケニヨンはわざとあそこにダイヤを残したのさ。ラザルスを殺したのと同じ理由で……一番最初にダイヤを盗んだのがラザルス教授だというまやかしを植えつけるためさ。

警視　ちょっと待て、エラリー。金庫室からダイヤを持ち出すことができた唯一の人物がケニヨンだというのは認めよう。だが、どうしてそれが、彼がラザルスを殺した人物でもある証明になるのだ？

ヴェリー　そうですな、教授を殺《や》ったのが他の連中の一人じゃないって、どうして言えるのですかい？

エラリー　（笑いながら）みんなはまだ、ケニヨンの魔法にかかっていますね。どうしてわからないのですか？　殺人者は四個のダイヤのうちの一つを、被害者の手の中に残しておいたではないですか。被害者の手の中にダイヤを残すためには、殺人者はダイヤを持っていなければなりません。ダイヤを持っていたのは誰でしょうか？　泥棒です。従って、泥棒が殺人者でなければなりません。そして、盗難が可能だった唯一の人物は誰でしょうか？　ケニヨンです。結論。ケニヨンが殺人者である！

ニッキイ　証ー明ー終わりー！

ヴェリー　（畏敬の念を込めて）何とね！　警視、どうしてあたしらは、こんな風に明快で明白な解決ができないのでしょうな？

警視　（悲しげに）ヴェリー、わしは父親になってからずっと、その質問に答えを出そうとしておるのだよ！

音楽、高まる。

黒衣の女の冒険

The Adventure of the Woman in Black

一族に取り憑いた呪い。あずまやの女幽霊。エラリー・クイーンは超自然的な解決しかあり得ないような謎がお気に入りである。――そして、一九四〇年一月十四日に放送された「黒衣の女の冒険」は、忍び寄る空想上の存在を最も効果的に利用した作の一つなのだ。

登場人物

フィリップ・ジャーニイ　イギリス作家の
ノーマ・ジャーニイ　フィリップの妻の
ランシング博士　フィリップの主治医の
オーグルビー　一族の友人の
テベッツ　ロンドンっ子《コックニー》の
ジョン・キース　フィリップの異父弟の
クレメンス・ハル　フィリップの妹の
エラリー・クイーン　探偵の
ニッキイ・ポーター　その秘書の
リチャード・クイーン警視　ニューヨーク市警の
ヴェリー部長刑事　ニューヨーク市警の

舞台　ニューヨーク市郊外の広い地所。一九四〇年

音楽、高まる……そこに砂利の上をゆっくり走る車の音が割り込む……。

ジャーニイ　（イギリス風の発音で話す中年の男）（神経質に）家まで送ってくれて感謝するよ、先生。

ランシング　（中年のアメリカ人）（くすくす笑って）著名なるイギリス作家の運転手を務める機会に、毎晩恵まれるわけではないからな、ジャーニイ。

ジャーニイ　（苦々しげに）きみの著名なるイギリス作家がこの世に留まっていられるのも、さほど長くないのではないかと恐れているのだけどね、ランシング博士。

ランシング　馬鹿らしい！（車を停める）ジャーニイ、家に入る前に、その顔に貼りついている「死よ、お前のとげはどこにあるのか（コリント信徒への手紙より）」という文字をはがしておくのだな。奥方を死ぬほどおびえさせてしまうぞ。

ジャーニイ　ああ、ノーマはもう充分すぎるほどおびえているさ。さてと、ありがとう、ランシング先生……（車のドアを開ける）

ランシング　行く前に聞きたまえ、ジャーニイ！……もう一度忠告させてくれ。のんびりしたま

え、と。

ジャーニイ　今のことかな？　それとも、ぼくが長編を仕上げてしまったあとのことかな？

ランシング　今すぐだよ。ジャーニイ、今夜、きみを診ていくつか悪い点が見つかった。しかし、休息と新鮮な空気と気晴らしで治らないものは何一つなかったよ。きみの不調は神経の疲労からきているのだ。働き過ぎだよ。ジャーニイ、このままだときみは倒れてしまう……。

ジャーニイ　（ひどく疲れた声で）まあ、ここ数ヶ月にわたって一日十六時間も執筆している男が元気になるなんて、期待すべきではないな――。

ランシング　よくもまあ、そんなに長い間、神経を酷使できるものだな。敬服するよ。それで神経が反抗しているのさ。もちろん、小説の方が自分の――（ためらう）――自分の健康よりも大事だというなら……

ジャーニイ　（笑う）きみは「自分の正気よりも」と言いたかったのだろう？

ランシング　（あわてて）いや、違うよ、ジャーニイ！

ジャーニイ　（張りつめた雰囲気で）この長編はぼくの畢生《ひっせい》の大作なんだ、ランシング先生。今、中断することはできない。（異様な雰囲気で）たぶん、急いで仕上げた方がいいだろうな。予感がするんだ……（口をつぐむ。車から降りる）ああ、もう一度礼を言うよ、先生。なあ、今夜の月はひときわ輝いていないか？

ランシング　何だって？　ああ。そうだな、ジャーニイ。私もきみと一緒に庭を通って家まで歩いた方が――

ジャーニイ　（少し離れた位置で）ぼくはもう、完璧に大丈夫だよ、先生。

ランシング　よし！　大いにけっこう。しっかり睡眠を取って、朝になったら私に電話してくれ。

ジャーニイ　（少し離れた位置で）怖くなるくらい親切だな。（車のドアがバタンと閉まり――声がだんだん遠ざかっていく）おやすみ、ランシング先生。

ランシング　（ゆっくりと）おやすみ、ジャーニイ……。（砂利を踏む足音が遠ざかっていく。医師はマイクに向かってため息をつく。車をスタートする。方向転換をはじめる）

ジャーニイ　（離れた位置で――おびえて）先生！　ランシング先生！（車が停まる）

ランシング　（声をかける）どうした？　何かあったのか、ジャーニイ！

ジャーニイ　（さっきより近づいた位置で――同じ口調で）待ってくれ！　車を停めてくれ！（車のドアが開く）

ランシング　一体、どうしたというのだ、ジャーニイ！　具合が悪いのか？　震えているじゃないか！

ジャーニイ　（あえぎながら――近寄る）きみはリボルバーを持っていたな、ランシング先生？　そう聞いたことがある――

ランシング　ああ、そうだが。夜中にこんな誰もいない道で……どうしてまた？

ジャーニイ　そいつをぼくに渡してくれ！

ランシング　ちょっと待ってくれ、ジャーニイ。きみは混乱して――

ジャーニイ　（ヒステリックに）そいつをぼくに渡してくれと言っているんだ！　今すぐ！

ランシング　（なだめるように）もちろんさ、きみ。ちょっと待ってくれ。（車の物入れを開ける）まず説明してくれないか——

ジャーニイ　そのリボルバーをよこすんだ、ランシング先生！

ランシング　（おだやかに）すぐに、今すぐ渡すよ、ジャーニイ。だが先に、何でそんなに取り乱しているのか教えてくれ。

ジャーニイ　（あえぎながら）一緒に来てくれ！（足早に砂利を踏む音）きみと別れて——砂利道を歩いていき——庭の中にあるあずまや《サマーハウス》の——知ってるだろう、白い小さなあずまやだ——そばを通り過ぎたときに——

ランシング　それで？　それでどうしたんだ、ジャーニイ？

ジャーニイ　見たんだ……ここだ！　止まってくれ！（足音が停まる）見えるか？　あのあずまやが？　見えるはずだ——月明かりが直接射し込んでいるので——中は昼のように明るいから——

ランシング　もちろん、あずまやの中まで見えるよ、ジャーニイ。だが、何を——

ジャーニイ　（がっかりして）きみには見えないのか、あの——女が？

ランシング　（驚いて）女？（ゆっくりと）女って、何のことだ、ジャーニイ？　どこにいるのだ？

ジャーニイ　あの女だ——あずまやの中にいて——黒いヴェールをつけて……。ああ、なんということだ。あずまやの白いテーブルの向こうに黒衣の女が座っているのが見えないのか？

ランシング　（なだめるように）ええと……ジャーニイ。家まで送るよ。

ジャーニイ　いやだ！　ランシング先生、きみはあずまやの中にいる黒衣の女が見えるのか、見えないのか？

ランシング　いいかい、ジャーニイ。きみの手を──

ジャーニイ　だが──ぼくにはあの女が見えるんだ……はっきりと……あんなにはっきりと……。ランシング！　お願いだ！　あの女のしていることが見えないのか？　今、立ち上がって──テーブルをわきに寄せて──それからテーブルを回り込んであずまやの戸口に向かって──ちょうど戸口に立って、ぼくたちの方を向いている……黒い、黒ずくめの姿で！

ランシング　（おだやかに）ジャーニイ、聞きたまえ。きみは働き過ぎなのだ。神経がおかしくなっているのさ。あずまやの戸口には誰も立っていない。家に入ろう。鎮静剤をあげるから──

ジャーニイ　（ヒステリックに）もしきみに、あれが──あそこにいるやつが見えないならば、あの女が現れたんだ！〈黒衣の女〉が──あの女が現れたんだ！

ランシング　ジャーニイ。意地を張らずに、さあ──

ジャーニイ　（うわごとのように）〈黒衣の女〉だ！　父の前に現れ、祖父の前に現れ……ぼくを追ってイギリスから来たのか！　あの女については、オーグルビーが何もかも知っている。オーグルビーが知って──

ランシング　きみの一族と親しいスコットランド人のことを言っているのか？　彼の幽霊話をいちいち気にするんじゃないよ、ジャーニイ……。さあ、一緒に家に入ろう──。

ジャーニイ　駄目だ──待ってくれ！　もし〈黒衣の女〉ならば、あの女は幽霊ということになる――。そして、あの女が幽霊ならば……（前より落ち着いた声で）先生、きみのリボルバーを渡してくれ。

ランシング 私のリボルバーで何をしたいのだ、ジャーニイ？

ジャーニイ ぼくに渡せと言っているんだ！（こぜりあいの音）

ランシング （心配そうに）ミスター・ジャーニイ！ なあ、頼むから――

ジャーニイ （緊張した声で）心配しなくていいよ、ランシング先生。自分が何をしているかはわかっているさ！ きみは、あずまやの戸口には誰もいないと言ったな？ あの女の姿は見えないのだろう？

ランシング ジャーニイ、きみと私以外、この庭には誰もいないのだよ。銃に気をつけてくれないか――私に返してくれ――そいつには弾丸《たま》が込めてあるんだ――

ジャーニイ （ぞっとするような声で）あの女に弾丸をぶち込むまでは返せないよ、先生。〈黒衣の女〉は、わが一族に取り憑いた幽霊なんだ。そして、幽霊には銃弾は通用しないはずだろう？ さあ、見ていたまえ――（撃鉄が空《から》の薬室を打つ音）薬室が空だ、ちくしょう！（リボルバーの発射音）やった！（間。狂ったように）あの女はまだあそこに立っている！ 心臓をぶち抜いたのに――それなのに、あの女はまだあそこに立っている！（すすり泣く）

ランシング （おだやかに）あたりまえだよ、ジャーニイ。あそこには誰もいないって言っただろう。リボルバーを私に……。そうだ。さあ、家に入ろう……（砂利を踏む足音）

ジャーニイ （打ちひしがれて）あの女が来たんだ……〈黒衣の女〉が……

ランシング　幻覚だよ、ジャーニイ。一族に取り憑いた幽霊の与太話なんて、信じてはいないのだろう？　きみのような知性ある男が……（足音が停まる）ジャーニイ、どうして立ち止まるんだ？　ふり向くんじゃない！

ジャーニイ　（熱に浮かされたように）確かに見たのに……。ランシング先生、あの女は消えてしまった！　もうあそこにはいないんだ！（再び足音が）

ランシング　（独り言で）ありがたい！（明るく）あそこに？　これでわかったかな？　さあ、きみをベッドに連れて行こうか、ジャーニイ。眠れるように何かあげよう……（足音が停まる）

ジャーニイ　（ぶつぶつと）ああ……眠ろう……（呼び鈴が鳴る）

ランシング　そうすれば、翌朝には、世界がずっとよくなった気がするさ。（ドアが開く）ああ、テベッツか。

テベッツ　（老けたロンドン《コックニー》なまりの声）こんば《ほ》んは、ランシング先生。こんば《ほ》んは、ご主人さま。（心配そうに）先生、何かよくないことでも——

ランシング　（ドアの閉まる音にかぶせて）少しの間、玄関ホールのここに座っていたまえ、ジャーニイ……。（小声で）ジャーニイさんはちょっと具合が悪いんだよ、テベッツ。ジャーニイ夫人は家にいるかな？

テベッツ　はい、先生！　でも先生、ジャーニイさまは——家《ひえ》を出たときには調子良さそうに見えたのですが、今《ひま》では——幽霊のように青くなられて——

ランシング　ああ、そうだよ、テベッツ！　ジャーニイ夫人を連れてきてくれ！　今すぐ！

テベッツ　（退場しながら）かし《ひ》こまりまし《ひ》た、先生！　すぐに連れてきます！

ランシング　（やさしく）さあ、ジャーニイ、きみの奥方のために元気をだそうじゃないか――よし、コートを脱ぐのを手伝ってやろう――（ジャーニイはヒステリックに笑いはじめて……その声がだんだん小さくなっていく）

音楽、高まる……そこにアドリブのざわめきが割り込む……。

エラリー　（考え込むように）驚くべき体験でしたね、ジャーニイさん。驚くべきことです。

ニッキイ　わたしなんて、全身に鳥肌が立ってしまったわ！

警視　きみのような職業の人は、もっと体に気を配った方がいいですな、ジャーニイさん。働き過ぎなのだろう、ランシング博士？

ランシング　ええ。こういった人たちに共通して見られる現象なのです、警視。ジャーニイのこの幻覚は――

オーグルビー　（老けた――スコットランド系のアイルランドなまりの声）そ《ほ》いつは幻覚などではないのだ、ランシング先生。そ《ほ》いつは〈黒衣の女〉なのだ……。

エラリー　ほう、そうなのですか、オーグルビーさん。そういえば、ジャーニイさんが、あなたは友人だと言っていましたね？　あなたの超自然に関する本を何冊か読んだことがありますよ。

オーグルビー　（そっけなく）大変けっこうなことだな、クイーン君。きみが信じていないことはわかっておるよ。まあ、ここにいるフィリップ・ジャーニイも信じてはおらんのだがな。今でも信じておらんのだろう、ジャーニイ？

ジャーニイ　（やけくそのように）何を信じているのか、それとも信じていないのか、ぼくにはわからないのだ、オーグルビー。ぼくはこの眼で黒い服を着た……それを見た。ぼくはひときわ輝く月の下でうごめく――まるで宙に浮かんでいるような女を見た……。

エラリー　ふーむ。ぼくの知る限りでは、ジャーニイさん、あなたはアメリカにはまだ数ヶ月しか住んでいないのですよね？

ジャーニイ　（疲れた声で）ああ、もちろんずっとイギリスにいた。だが、ぼくの義理の弟のジョン・キースと、ぼくの家族の残りはここにもう何年も住んでいる。

警視　きみの弟はこの国で働いているのかな？

ジャーニイ　弟は映画界の住人です――家に自分の映写室もあるんです。ぼくは……そのう、父が死んでからはずっと……落ち着かなくて。それで、新作長編はアメリカで書こうと思い、妻とぼくは弟のキースの家に住むことにしたのです。

ニッキイ　お二人が例の体験をしたのがその家なのね？

ランシング　そうだ、ポーターさん。昨夜、ジョン・キース邸の庭で。私は自分のオフィスからジャーニイを車で送ったのだよ。

エラリー　奥さんもイギリス人なのですか、ジャーニイさん？

ジャーニイ　違うよ、クイーン君。きみたちアメリカの外交官の娘だ。ロンドンで出会ったのさ。

警視　キース邸にはきみの他に誰が住んでいるのかな?

ジャーニイ　妹のクレメンスです——クレメンス・ジャーニイ・ハル。

オーグルビー　ハル夫人は未亡人なのだ——夫は数週間前に自動車事故で亡くなった。実に悲しいことだ。

ニッキイ　なんてお気の毒な!　あなたもジャーニイさんの弟さんの家に住んでいらっしゃるの、オーグルビーさん?

オーグルビー　そうだよ、お嬢さん——フィリップ・ジャーニイの客分としてな。

エラリー　それで、どうしてぼくを訪ねてきたのですか、ジャーニイさん?

ジャーニイ　どうしてかというと——ぼくの頭がおかしくなりつつあるにせよ、そうでないにせよ……

ランシング　(うんざりしたように)きみの頭はおかしくなってないさ、ジャーニイ。狂気による幻覚と精神疲労から生じる幻覚には違いがあって……

オーグルビー　(ぴしゃりと)ランシング先生、そ《ほ》いつは〈黒衣の女〉なのだよ!

ジャーニイ　(やけくそのように)クイーン君、もしオーグルビーが正しいなら——ぼくは間もなく死ぬことになる!　(一同、アドリブで反応)〈黒衣の女〉については、オーグルビーが何もかも知っている。みんなに話してやってくれ、ご老体。

オーグルビー　(ゆっくりと)〈黒衣の女〉というのはだな、諸君、ジャーニイ一族に取り憑いた幽霊なのだ。(一同、アドリブで反応)よかろう——笑ってもかまわんさ!　だが、わしはジャーニイの父の友人でもあり、ジャーニイの祖父の友人でもあった。そのわしが、き《ひ》みたちにこう言うのだ——二人もまた、この幽霊を信じておった、と！

警視　おそらく、その二人は信じておったのでしょうな、オーグルビーさん——しかしジャーニイ君、間もなく死ぬというのは、どういう意味かな？

ジャーニイ　（疲れた声で）ぼくの父は英仏海峡の上空で飛行機事故で死んだ。ぼくの祖父は父より先に狐狩りの最中に事故で死んだ。

オーグルビー　（興奮した声で）そして、どちらのジャーニイの場合も、死ぬ少し前に、〈黒衣の女〉が姿を見せておるのだ！（間）

ランシング　失礼して言わせてもらうよ——たわごとだ！

エラリー　いや、駄目ですよ、ランシング博士。偏見を持つのはやめましょう。この〈黒衣の女〉は——幽霊は——ジャーニイ家の一員の前にだけ姿を現すのですか？

ジャーニイ　そうだ、クイーン君。三回だ。一族の言い伝えによると、三度めの来訪のあとに、ジャーニイ一族の者は栄誉を授かることになる——（苦笑して）——死という。

オーグルビー　（いかめしく）そ《ほ》れが先祖代々の言い伝えなのだ。

ニッキイ　（すぐに理解して）昨夜、あなたが——ええと——幽霊を見たのが、その一回めなのね、ジャーニイさん？

ジャーニイ　（弱々しく）ああ……一回めだ……（無理に笑う）あと二回なのだろう、ええ、オーグルビー？　そうしたら——

エラリー　ジャーニイさん、あなたの銃の腕前はどの程度なのですか？
ジャーニイ　（疲れた声で）ああ、かなりのものだ。
警視　その現れたやつに向けて、狙い違《たが》わず撃ち抜いたと言いましたな？
ジャーニイ　ええ。あの女はあずまやの戸口に立っていて、ぼくはその心臓に弾丸をぶち込んだのです。狙いが狂ったということはあり得ません。満月だったし、撃ったとき、ランシング先生とぼくはあずまやから十ヤードも離れていなかった。
オーグルビー　（悲しげに）幽霊を撃つことなどできんのだよ、坊や。
エラリー　みなさん、ぼくはリボルバーを調べてみたらどうかと思うのですが。ひょっとして、銃を持ってきていませんか？
ランシング　そこにある私の診察カバンに入っているよ。（カバンを開く）これだ、クイーン君。
エラリー　ありがとう、博士。（銃の弾倉を押し出す。弾倉を回す）ふーむ。弾丸を六発込められるタイプですね。ランシング博士、昨夜、ジャーニイさんが撃ってから、このリボルバーがあなたの手元から離れたことはありますか？
ランシング　いや。ジャーニイが私に返したときの状態のままだよ。（弾倉を戻す）
エラリー　それでは、これからの数分を、〈科学の幽霊〉に捧げたいと思います。ニッキイ――そのソファから離れたまえ！
ニッキイ　エラリー！　そんな――そんなもので、わたしに狙いをつけないで！
警視　何をしておるのだ、せがれ？

エラリー　（明るく）ジャーニイさんの一族に取り憑いた幽霊の真偽を確かめるための、第一ステップですよ。お願いですから、離れていてくださいね。（リボルバーの発射音が一回。悲鳴があがる）

オーグルビー　こいつは気がふれたのか！

警視　エラリー、おまえはわが家のソファを見事に撃ち抜いてしまったぞ！

ニッキイ　あーあ。何はともあれ、新しいソファが要《い》りますわね、警視さん。

エラリー　さて、弾丸が見つかるかどうか調べてみましょう……（クッションを動かす）ああ、ここにきれいなまま残っていましたよ。かなりよい状態ですね。お父さん、この弾丸をなくさないようにしてくれませんか？

警視　この弾丸で何をしてほしいのだ？

エラリー　比較照合ですよ。線条痕検査です。一つ思いついたことがあるのですが……（銃の弾倉を押し出す。弾倉を回す）ああ、弾倉には四発残っていますね。（弾倉をぱちりと戻す）もしあなたが差し支えなければ、この武器はぼくが持っていたいのですが……（ジャーニイがうめき声を上げる）どうしました、ジャーニイさん？

ニッキイ　様子がおかしいわ！

警視　ばかげたことをするから――（ジャーニイが再びうめき声を上げる）

ランシング　（鋭く）ジャーニイ！　さあ、彼をソファに横にしてくれ、頼む。（一同はアドリブで従う）ジャーニイ！　具合が悪いのはどこだ？

オーグルビー　（心配そうに）真っ青じゃないか！　――坊や、声を大きく！
ジャーニイ　（あえぎながら）ぼくの――心臓が……苦しい……
ランシング　（鋭く）ブランデーだ。早く！
ニッキイ　（離れた位置で）おお、ブランデーはどこかしら？
エラリー　そこだよ、ニッキイ――テーブルの上のデカンターだ！
ニッキイ　（離れた位置で）ああ、あったわ……（ボトルの音、グラスの音、液体を注ぐ音。近づきながら）これです、博士……！
ランシング　ありがとう。ジャーニイ――これを飲むんだ。飲みたまえ！
ジャーニイ　（あえぐ）気持ちが――悪い……（飲む）
ランシング　さあ、そのまま横になっていたまえ、ジャーニイ。誰か、私のカバンを取ってくれないか……聴診器が入って……
警視　これだな、博士！（カバンを開ける。間）
ランシング　うむ……うむ……もう大丈夫だ、ジャーニイ。静かに横になっていたまえ……。
ジャーニイ　（ささやくように）わかったよ……ランシング先生……
エラリー　（小声で）彼はどうしたのですか、博士？
オーグルビー　（心配そうに）彼は――これは彼の――
ランシング　（小声で）心臓発作だよ。今すぐジャーニイの弟の家に連れて行かねばならないな。昨夜、私の診療所で彼を診たとき、心臓の不調が見つかったのだ。だが、それほど重くはなかった。これだけ興奮すれば、どうしても——

ニッキイ　（小声で）彼はそのことを知らないの？

ランシング　（同じく小声で）私は教えなかった。これから先も教えないつもりだった。彼は神経質なので……（離れていきながら）オーグルビー、彼にコートを着せるのを手伝ってくれないか？

オーグルビー　（離れていきながら）わかったよ、先生。

エラリー　（むっつりと）ニッキイ、きみもコートを取ってきたまえ。

ニッキイ　どうして——わたしたち、どこに行くの、エラリー？

エラリー　フィリップ・ジャーニイ、オーグルビー氏、それにランシング博士と一緒に、キース家に向かうのさ！

警視　（小声で）おまえは、あのうさんくさい幽霊話を真《ま》に受けたのじゃなかろうな、エラリー？

エラリー　（重々しく）ジャーニイの命を救ってみようと思うくらいには、真に受けていますよ！

音楽、高まる……そこに声が割り込む。

ランシング　（明るく）着いたぞ！　気分は良くなったかな、ジャーニイ？

ジャーニイ　（弱々しく）そうだな、ランシング先生。ノーマ、ダーリン……

ノーマ　（若いアメリカ女性——取り乱さないようにしている）ああ、フィリップ！　喋っちゃだめよ――じっとしていて――すぐに寝なければいけないわ、ダーリン……。

ジャーニイ　（眠そうに）わかったよ、ノーマ……。心配しなくていいよ――愛しい人。（語尾が小さくなっていく）ぼくなら……大丈夫……だから……（間）

ノーマ　（少し涙声で）顔はあんなに真っ白で、ひどく衰弱しているみたい！　ランシング先生、これは――重病なの？

ランシング　（小声で）いいや、ジャーニイ夫人。彼が自分を大事にするならば、よくなる程度にすぎない。

エラリー　彼はぐっすり眠れそうですか、博士？

ランシング　ああ、大丈夫だ。鎮静剤を与えたからな。さてジャーニイ夫人、あなたが自分の役割を果たしてくれないと。もしこんなやり方を続けるなら――

ノーマ　（涙ぐんで）ごめんなさい。フィリップの長編のせいなんです。昼も夜も、休みなしで――

エラリー　あなたの夫が神経症であることに疑いの余地はないようですね、ジャーニイの奥さん。過労は人をボロボロにしてしまうのです。

ランシング　彼はのんびりしなければならないな。たった今からしなくてはいかん。ちゃんとした休養をたっぷりとったなら、彼は生まれ変わったようになるさ。

ノーマ　でもランシング先生、この人には、それができないのです。フィリップは全然言うことを聞いてくれないし――執筆しているときはそのことしか考えられなくなるのです。わたしにはどうすればいいのかわかりません。この人は小説を投げ出したりしないし――わたしにもそれはわかっているのですから。
ランシング （むすっとして）それならば、私には彼の命の責任は負えないな、ジャーニイ夫人。あなた次第なのだ。さて、われわれが今夜できることはこれで全部だ。明日の朝、また寄りますよ。一緒に来るかな、クイーン。
エラリー ええ、博士。（ドアを開く）
ノーマ わたしはフィリップのそばにいることにします。もし、この人が目を覚ましたときに……。おやすみなさい、先生、クイーンさん。親切にしてもらって――
エラリー お気づかいなく、奥さん。お手伝いできて光栄ですよ。おやすみなさい。（アドリブでおやすみを告げる。ドアが閉まる。階段を下りる足音）ランシング博士、教えてくれませんか。昨夜、あずまやには誰もいなかったことを、疑いもなく信じていますか？
ランシング （うんざりして）クイーン、きみに教えてあげよう。そのときの私は、今、きみの近くに立っているのと同じくらい、ジャーニイに近かったのだ。そして、あの場所にはまぎれもなく誰もいなかった。
エラリー 一族に取り憑いた幽霊の話はどう思いますか？
ランシング （鼻を鳴らす）あの言い伝えか？ きみはフィリップ・ジャーニイと同じく文化的な人間なのだろう――もちろん、神経症のせいだよ。（ドアが開く。アドリブの声が大きくなる）
ニッキイ ジャーニイさんの具合はどうなの、エラリー？（ドアが閉まる）
オーグルビー 命にかかわるほどひどいのかな、ええ？

キース　（わずかにイギリス風の発音）どうなんだ、お二人さん？　兄貴は大丈夫かな？

ランシング　眠っているよ、キース。彼がのんびりできるようにきみが気を配ってくれたら、回復するのだがね。

キース　かわいそうなフィリップ。言われた通りにするよ――

ニッキイ　エラリー、こちらはジョン・キースさん。ジャーニイさんの義理の弟よ。（アドリブで挨拶を交わす）

ランシング　（疲れた声で）さて、私は引きあげるとするか。

テベッツ　（登場）あなたの帽子とコートです、先生。

ランシング　ありがとう、テベッツ。

テベッツ　（心配そうに）ジャーニイさまは大丈夫《だいじょうぶ》でしょうか、先生？

ランシング　しばらくの間は――大丈夫だよ、テベッツ。（退場）おやすみ。（アドリブで対応）

テベッツ　（退場）こちらです、先《ほ》生……。

オーグルビー　テベッツときたら！　老いたる洗濯女よ、その心に恵みあれ。人生のすべてをジャーニイ一族に捧げてきたのだよ。さてと、わしも寝なければならんようだな。（アドリブでおやすみを告げて、オーグルビーは退場する）

エラリー　キースさん、帰る前に、あずまやを調べてみたいのですが。

キース　かまわんさ、クイーン君。（足音。足音に会話がかぶさり、正面玄関が開き、砂利を踏む足音に変わる）すてきな光景だろう、ええ？

エラリー　それで、あなたは昨夜の出来事を何もかも知っているのですか？

キース　ああ。フィリップのことが心配で、ずっと眠れなかったよ。

ニッキイ　〈黒衣の女〉について、あなたはどう思っているのかしら、キースさん？

キース　（うんざりした声で）ばかげた話さ。どう見てもランシングの方が正しい。かわいそうなフィリップは何かを見たのだろうな。一族の直系だからね。われわれの血筋には、四六時中ボルネオの首狩り族の亡霊が見えていた軍人の伯父もいたよ。

エラリー　あなたのお兄さんの体調が良くないという点には、疑いの余地はないですね。

キース　執筆活動があいつをボロボロにしているのさ。いつもあんな感じだよ。

ニッキイ　妹さんのハル夫人も作家なのですか？

キース　クレメンスが？　おやおや、違うよ。たとえ、かわいそうなクレメンスが作家だったとしても、くぐり抜けてきた悲劇を受け入れることはできないだろうな。きみたちはクレメンスに会っていないのだろう、違うかな？（アドリブで答える）魂が抜けたように、寡婦の喪服を着て歩き回っている。あいつは魂が抜けてしまったのかもな。……着いたよ、クイーン君。

エラリー　ふうむ。今夜の月もかなり明るいですね。ジャーニイが銃を撃ったとき、彼とランシング博士はちょうどこのあたりにいたと思われますが。

ニッキイ　この距離だったら、わたしでも狙いを外さないわ！

キース　かわいそうなフィリップ。誰もいない戸口に向かって撃つなんて！

エラリー　彼が撃った先を見てみましょう。（草を踏む音）

ニッキイ　銃弾ね！　銃弾を探すつもりなのね、エラリー？

エラリー　きみは超能力者だね、ミス・ポーター。（板を踏む音）ここには明かりはないのですか、キースさん？

キース　ある。スイッチを入れよう。（照明のスイッチを入れる）

エラリー　こっちの方がよく見えるな！　さて、調べてみようか……戸口からまっすぐ飛んだわけだから……銃弾は奥の壁のこのあたりにめり込むはずで……ここだ！

ニッキイ　エラリー！　銃孔があるわ！（ほじくり返す音）

エラリー　ならば、銃弾もあるはずだ。ぼくが――とてつもない――間違いを――していなければ――だが。あった！　うん、ジャーニイ氏の銃弾は幽霊をまっすぐ突き抜けたようですね。戸口には血の跡はなかったと思いますが、そうでしょう？

キース　もちろん、なかった。

ニッキイ　もし〈黒衣の女〉が血肉を備えていて、ジャーニイさんが撃った先の戸口に立っていたならば――なんてことかしら、彼女は心臓を撃ち抜かれていたはずよ！

エラリー　その通りだ、ニッキイ。銃弾は壁の胸の高さに当たっていたからね。さてと、この弾丸はおみやげとして持って帰ることにするか。（板を踏む音）お手数をおかけしました、キースさん。

キース　あまり成果はなかったようだな、残念だよ。（草を踏む音）

エラリー　どうしてどうして、キースさん。かなり成果はありましたよ。それはそうと、お宅の窓のうち、この小さなあずまやに面した二階の窓について、それぞれ誰のものか教えてくれませんか？

キース　二階の窓を？　妹のクレメンスの寝室、おれの映写室、フィリップの書斎、フィリップの寝室――あの明かりが漏れている窓だよ――それにノーマの寝室だが。

エラリー　ありがとう、キースさん。（砂利を踏む音）さて、ぼくの車までたどり着いたわけだ。

ニッキイ　わたしたちは、ここでお別れしますので、キースさん。

エラリー　ぼくは、ここでお別れするよ、ニッキイ。きみにはひと仕事してほしいのだけどね。キースさんが受け入れてくれるなら。

キース　おれが？　もちろん、おれで役に立てるのなら、何でも――

ニッキイ　わたしにひと仕事ですって、エラリー？

エラリー　そうだ、ニッキイ。キースさん、ぼくはあなたの兄さんが小説を仕上げるのをやめさせることは困難だと思っています。それで、ミス・ポーターは作家の秘書としてかなりの経験を積んでいるので――

ニッキイ　あら、そういうことなの。（小声で）なんてありがたいのかしら、ミスター・クイーン！

キース　そうか、そいつはすばらしい考えだ！　ポーターさんなら、フィリップをかなりの仕事から解放できるのではないかな？　メモをとったり、タイプを打ったり、他にもいろいろとできるのだろう？

エラリー　そう思いますよ。きみはどうかな、ニッキイ？

ニッキイ　でもエラリー、わたしは着替えもないし——

エラリー　朝には、一式揃った洋服箪笥を送ってあげるよ。

ニッキイ　（小声で）そつがないこと！（声を大きくして）大変けっこうですわ、ミスター・クイーン。たぶん、わたしはジャーニイさんが好きになって、あなたの元には戻らなくなるでしょうね。しょせん、あなたはただの探偵作家で、彼は——彼は著名な文豪ですからね！

エラリー　（くすくす笑って）そうなったら自業自得だな……。さて、決まったようだから——

（ニッキイが悲鳴を上げる）

ニッキイ　（叫びながら）見て！　ああ——見てちょうだい！（不気味な音楽）

キース　（不安げに）どうしたのかな、ポーターさん？

エラリー　どこを見るんだ、ニッキイ？

ニッキイ　あずまやに——黒衣の……女が！（間）

エラリー　戸口に女がいる——黒い服を着て！　そこのきみ——！

キース　（すばやく）待ってくれ、クイーン君。彼女を驚かせないでくれ。あれは妹のクレメンスだよ——喪中だというのは知っているだろう……。鬱《うつ》気味で……

ニッキイ　（ほっとして）あら……！　わたし、心臓が止まりかけたわ！

エラリー　ハル夫人ですか？　ああ、彼女が離れていく。ぼくたちが車回しに突っ立っておしゃべりしている間に、音も立てずにあずまやに入り込んだに違いないな。

キース　もし妹と話したいのだったら……クレム（クレメンスの愛称）――！

エラリー　（すばやく）けっこうです、キースさん。かわいそうな女性を刺激するようなことは避けましょう。

キース　妹が家に入るまで見守った方がいいな。それではポーターさん、そちらがよければ――テベッツにあなたの部屋を用意するように伝えておこう……（退場しながら）おやすみ、クイーン君……。

エラリー　おやすみ、キース！（間）

ニッキイ　（小声で）エラリー、わたし……やりたくないわ……たった今、あなたに与えられた仕事を。そんなことまでやるの！

エラリー　（小声で）頼むよ、ニッキイ。これはきわめて重要な仕事なんだ。

ニッキイ　でも、どうして重要なの？

エラリー　どうしてかというと、信頼できる眼によって、今回の出来事を見てほしいのさ！

ニッキイ　あなたが言いたいのは……見てほしいのは……ゆ、幽霊のことなの？

エラリー　（いかめしく）そうだ、ニッキイ。しっかりと目を開けていて、黒い服を着た女の幽霊――ハル夫人ではないよ――を見たら、すぐに手近の電話に飛びついてくれ！

音楽、高まる……そこに声が割り込む。

ニッキイ　（終わりまでくぐもった声で）トランクをありがとう！
エラリー　ぼくにはこれくらいしかできないからね、ニッキイ。昨夜はぐっすり眠れたかい？
ニッキイ　あなたの言う「眠る」って、何のことだったかしら？　一晩中、幽霊を見張っていたわよ！
エラリー　（くすくす笑って）本日のフィリップ・ジャーニイの様子は？
ニッキイ　今すぐ小説に取りかかるって言い張って大変なんだから。ランシング博士とジャーニイ夫人と他の人たちも――みんなあわてふためいているわ。
エラリー　名高き文豪は文句を言わずに新しい秘書を受け入れてくれたかい？
ニッキイ　わたしは気に入ったわ！　彼はちゃーんとわたしにキスをしてくれたのよ。（離れた位置でドアが開く）もちろん拒絶したりはしなかったわ――あの人はハ、ハ、ハンサムだし……
エラリー　実によくわかったよ、ミス・ポーター。（アドリブの声が近づく）やあ、お父さん。ヴェリー部長。……ニッキイ、しっかりと幽霊を見張っていてくれよ！
ニッキイ　（ぶすっと）ちゃんとやりますから、ご心配なく。もしわたしが幽霊に出会ったら――目にもの見せてやるわ！
エラリー　（笑いながら）じゃあ。
ニッキイ　さようなら！（電話を切る）
エラリー　（意気込んで）それで、お父さん？　何か見つかりましたか？
警視　（登場）かなりな。座れ、ヴェリー。そのサイズ十二の靴を脱いでもかまわんぞ。

ヴェリー　サイズ十三ですよ。やあ、クイーンさん。あなたの幽霊は元気ですか？
エラリー　隠れてしまったよ、部長。それで、お父さん？
警視　ヴェリーとわしは、何もかも洗い上げた。
ヴェリー　そして、行き詰まったんでさあ。あの連中の中に偽者は一人もいませんな。全員が自分で名乗った通りの人物でした。
警視　ジャーニイの遺言状についても、調べた限りでは――
エラリー　やあ！　そいつも調べたのですか、へえ？　すばやいですね、お父さん！　ジャーニイの死によって、誰が利益を得るのですか？
ヴェリー　いったい、誰だと思っていたんですかねえ？　相変わらず、ねじくれたことばかり探してますな！
警視　ノーマ・ジャーニイ――ジャーニイの妻だ。
ヴェリー　恩恵を――恩恵を受けるただ一人のやつです――あの女だけが受け取るんでさあ。
エラリー　遺産はかなりあるのかな？
ヴェリー　すっごいですな。ねえ、何であなたはジャーニイが書いた『ロイヤル・ロウギー』みたいな本を出さないんですかい？
警視　『ロイヤル・ローグ（高貴な悪党）』だ、この間抜け！
ヴェリー　どっちだっていいじゃないですか。とにかく、そいつのおかげで、現ナマ《ドウ》が彼の元に集《つど》うわけですな。印税やら、映画やら、連続ドラマやら……

エラリー　残念ながら、それはフィリップ・ジャーニイだからなんだよ、部長。それで、ジャーニイの遺言では、他に利益を得る者はいないのですか？
警視　生きている者は誰も。彼の妹でさえもだ。
エラリー　ふーむ。線条痕検査の方はどうだった、部長？
ヴェリー　あなたが言っているのは、二つの銃弾——あずまやの板壁から掘り出した弾丸と、あなたがソファに撃ち込んだ弾丸のことですな？　ええ、比較検査はバッチリでしたよ。鑑識が言うには、二つの銃弾はどちらもランシング博士の銃から発射されたそうです。疑問の余地はないですな。
警視　（考え込みながら）すると、トリックは仕掛けられておらんわけか。ジャーニイはまぎれもなく、あずまやの戸口に向かって銃弾を発射したわけだ。幽霊を狙って撃ったと信じ込んでな。
ヴェリー　どうせあたしには聞いてくれないでしょうが——あの男は小説の書きすぎで頭がぼうっとしてたんですよ。この事件には、それしかありませんや。あたしの言葉を肝に銘じておいてくださいよ、クイーンさん。いつの日か、あなたも同じようになるんですからな！　物書きっていうのは、一人前の男の人生じゃないですぜ。（エラリーと警視が笑う）あたしが常々言ってることですが——外に出なさい。深呼吸をしなさい。筋肉を使いなさい。あたしが常々言ってることですが——
警視　おまえが常々言ってることは、くだらんことの方が圧倒的に多いぞ、ヴェリー！（退場しながら）あの家でニッキイに何事もなければよいと願っておるよ、エラリー。おまえのアイデアは大いに気に入ったとは言えんのでな。子供をあんなところに寝泊まりさせるのは……

音楽、高まる……そこにタイプライターの音が——

ジャーニイ　（タイプライターに向かって口述している——緊張して疲れきった声）「……陰鬱きわまりない沈黙の中に」ピリオド。段落を変えてくれ、ポーターさん。（間。ゆっくりと）「フラウントンは己《おのれ》の狩猟用ブーツの下の弱々しいハリエニシダを踏み分け、昔からの敵の顔をかかとで踏みにじった……」（間）「昔からの敵……」（タイプライターの音がやむ）待って——待ってくれ——。

ニッキイ　お疲れみたいですね、ジャーニイさん。今日の口述は、ここまでで充分だと思いませんか？

ジャーニイ　（張りつめた声で）いいや！　終わりまでやる！　「昔からの敵は……」

ニッキイ　でも、時間はたっぷりあるじゃないですか——人生はまだまだ続くのですし——

ジャーニイ　（しゃがれ声で）時間だと！　違うな、ポーターさん。もう時間はほとんどないのだ……。（歩き回りながら）そして、もしぼくが死んでしまったら——

ニッキイ　（すばやく）もうやめてください、ジャーニイさん！　わたしがジャーニイ夫人に怒られてしまいますわ。奥さまに、仕事をいつまでも続けさせないように約束したので……。ジャーニイさん！　書斎の窓の前を行ったり来たりするのをやめるようにお願いしますわ。ランシング先生が執筆から離れるようにおっしゃったのをご存じでしょう――。

ジャーニイ （張りつめた声で）頼むよ。頼むから。ぼくは執筆を続けなければならないのだ。（足音が停まる）どこまで進んだかな？ おお、そうだった。「昔からの敵は――」（息を呑む）

ニッキイ （不安げに）ジャーニイさん！ どうしたの――

ジャーニイ （叫ぶ）見ろ！ 見るんだ！

ニッキイ 何を――どこを――

ジャーニイ （同じ口調で）〈黒衣の女〉だ！――また、あそこにいる！――この下のあずまやの戸口に立っている！――月光の……月光の中に……（ため息。倒れる音）

ニッキイ （大声で）ジャーニイさん！ おお――倒れてしまったわ！ 助けて！ 誰か――助けて、助けてちょうだい！（離れた位置でドアがすばやく開く）助かったわ――テベッツ――見て――

テベッツ なんの騒ぎですか、お嬢さん？ これ《ほ》はジャーニイさま！（ニッキイは泣いている）ジャーニイさま、旦那さま――テベッツです――

ニッキイ 彼は――彼は――

テベッツ （痛ましそうに）気を失っています、お嬢さん！ 今《ひま》すぐランシング先生を呼んできます――今《ひま》すぐに！

音楽、高まる……そこにアドリブの声が割り込む。

ノーマ　（取り乱して）わたしたち、フィリップをここから連れだすつもりよ。ああ、どうしてランシング先生は、フィリップの部屋から出て来ないのかしら？

ニッキイ　奥さま——お願いです。気をしっかり持ってください。

キース　そうだ、ノーマ。あんたが騒ぎ立てるのをフィリップが耳にしたら、よけいに悩みが増すことになる——。

オーグルビー　おまえさん方の後家の妹さんはどこにおるのだ、キース？　こんなときに彼女がここにいないのは、どう見てもおかしいぞ。

キース　クレメンスは避けているんだ、オーグルビー——こんなことを。妹は悲劇に巻き込まれたあとなのだから、あんたに彼女を責めることはできないよ——。

ノーマ　かわいそうなクレメンスは部屋でそっとしておいてあげましょう。この家は！　ジョン・キース、こんなことを言うのがひどいことだというのはわかっているけど——あなたの家ですから——でも、わたしたちはフィリップをこの家から出して、どこか静かで落ち着いたところに連れて行かなければならないのよ——たぶん、南の方なら——あるいは、イギリスに戻るのがいいかも……。

ニッキイ　落ち着いてください、奥さま。ご主人を連れ出そうと思うことは間違いではありませんわ。でも、彼の健康が回復するまで待たないと——

ノーマ　あの人の小説なんて、引き裂いてやるわ！　燃やしてやるわ！

オーグルビー　（陰気に）幽霊のせいだ――〈黒衣の女〉の――
キース　（ぴしゃりと）その陰気なスコットランドなまりの口を閉じていろ、オーグルビー！〈黒衣の女〉だと！　おれたちの目の前に連れてきて欲しいものだな！
オーグルビー　（むきになって）オーグルビーがこの家では歓迎されておらんのならば、ジョン・キース……
キース　許してくれないか、ご老体。こっちの神経も――（離れた位置でドアが開く）ランシングが出て来た！　先生――
ノーマ　夫は大丈夫ですか、ランシング先生？
オーグルビー　かわいそうな坊やはかなり悪いのかね、先生？
ニッキイ　何があったのですか、ランシング先生？　彼に何が起こったのですか？
ランシング　（登場して――重々しい声で）またしても心臓発作だ。（息を呑む音。ノーマの泣き声）ポーターさん、ジャーニイは幽霊らしきものを見て悲鳴を上げ、それから失神したと言っていたね？
ニッキイ　ええ。〈黒衣の女〉を――あずまやで――
オーグルビー　（つぶやく）これは二度めの来訪だ……一回、二回……そして三回めに姿を見せたときは……
キース　（金切り声で）ああ、口を閉じてくれ、い、い、い、い、オーグルビー！
ランシング　あなた方も口を閉じなければならないようだな。ジャーニイは他の何にもまして、明るい雰囲気を必要としているのでね。あと、彼をベッドから出すことは絶対に禁止だ。

ノーマ　フィリップをここから連れ出すことはできないのですか、先生？

ランシング　私の許可が出るまでは駄目だ、ジャーニイ夫人。そのあとなら――そう――私も賛成だ。ここは彼にとっては良くない場所だ……。

テベッツ　（登場）クイーン氏とクイーン警視《けいし》と大柄な紳士《ひんし》がお見えになりました……。

ニッキイ　ああ、やっと来てくれたのね！

キース　中に通してくれ、テベッツ！

テベッツ　承知しました、旦那さま。（離れた位置で）こちらでございます、お三方《ほ》……（アドリブの声が近づいてくる）

エラリー　（登場）きみの電話を受けて、できる限り早くやって来たよ、ニッキイ。こんばんは！（アドリブで挨拶を交わす）

ヴェリー　女のお化けはどこですかい？

警視　ジャーニイ氏の容態はどうかな、ランシング博士？

ランシング　（遠ざかりながら）また心臓発作だよ、警視……。（背後でアドリブを続ける）

エラリー　ニッキイ、少しきみと話せないかい？（アドリブにかぶせて）

ニッキイ　ああ、エラリー、なんて恐ろしいの！　あの人の顔は正真正銘の緑色になって、目は――本当に飛び出て――

エラリー　（小声で）ジャーニイが叫び声を上げて失神したあと、ニッキイ――きみは窓に駆け寄って外を見下ろしたのだろう？

ニッキイ　ええ――助けを求めて大声を上げながら――

エラリー　それで、あずまやの〈黒衣の女〉は、きみには見えたのかい？

ニッキイ　いいえ、エラリー。庭には誰もいなかったわ。かわいそうなジャーニイさん！　わたしにはわかっているの。あの人は、自分がもうすぐ死ぬって信じ込んでいるのよ。すっかり落ち込んでしまっているわ。もしあの人が、もう一度幽霊を「見た」ならば――

エラリー　（憂鬱そうに）そうだ。彼はおそらく、恐怖そのものによってどうにかなってしまうだろう。驚くべきことだ。実に驚くべき事件だ……。

ジャーニイ　（離れた位置から――弱々しい声で）ノーマ……！　ランシング先生……！

ノーマ　ちょっと待って！　フィリップの声だわ！　おお、先生……（遠ざかりながら）今行くわ、フィリップ――今行くわ、ダーリン……

ランシング　（遠ざかりながら）彼を落ち着かせなければ……

エラリー　（小声で）お父さん。ヴェリー。こちらに来てくれますか。

警視　（近寄りながら――小声で）こいつには何やら――薄気味悪いところがあるぞ、エラリー。相変わらず……気にくわんな。

ヴェリー　イギリスの幽霊！　どうしてその女は自分の来たところに帰らないのでしょうな？　あなたにはわかりますかい？　この事件は臭いますぜ！

ニッキイ　エラリー……わたし、怖いわ。

エラリー　きみをこんなところに送り込むべきじゃなかったよ、ニッキイ。よもや危険があるとは思っていなかったのだが——

ニッキイ　危険ですって！　あなたの考えだと——（ノーマ・ジャーニイと医師が登場）

警視　気をつけろ！　二人が出て来たぞ。

ノーマ　（近づきながら）フィリップは読書をしたいそうよ——お気に入りの短編集を読みたいって——

ランシング　（近づきながら）あまり勧められないのだがね、ジャーニイ夫人——

キース　フィリップの好きにさせた方がいいぞ、ランシング先生。

オーグルビー　そうだ。坊やが興奮してしまうかもしれんからな——。

エラリー　ジャーニイさんのお気に入りの短編集とは何なのですか、奥さん？

ノーマ　『オスカー・ワイルド短編集』です。ポーターさん、お願いしていいかしら——四番めの棚にあるので——

ニッキイ　（少し離れた位置で）四番めの棚ですね、ジャーニイの奥さま？（離れた位置で）『オスカー・ワイルド短編集』……ああ、ここにあったわ。（間。マイクに寄って）これですね、奥さま。

ノーマ　ありがとう。ランシング先生、よろしいでしょうか——？

ランシング　そう思うが。ただし、長時間読まないように見ていてくれたまえ。

キース　本をこっちにくれないか、ノーマ。（遠ざかりながら）おれがフィリップに渡そう……。

オーグルビー （遠ざかりながら）待ちたまえ、キース！　わしも一緒に行こう。おそらく、陽気なバカ笑いがかわいそうな坊やを元気づけるだろうて……。（ノーマと博士もアドリブを交わしながら遠ざかる）

警視　それで？

ヴェリー　何が危険なんです、クイーンさん？

ニッキイ　わたしがここにいると、何か危険な目にあうと言っていたけど……

エラリー　（むっつりと）ぼくの読みが甘かった。ニッキイ、今から気をつけるとするよ。部長、もしきみにさしつかえがなければ――

警視　ヴェリーに何をやらせたいのだ、せがれ？

エラリー　（きっぱりと）今夜、この家のまわりをうろついていてほしいのです。そして部長――その目をしっかり開いていてほしい！

ヴェリー　ふむ、ポーター嬢さんを守るんですな？　さてさて、こいつは身命投げ打つにふさわしい仕事ですな。（いかめしく）そして、もし幽霊を見つけたなら――女であろうがなかろうが！――鼻っ柱にくらわせてやりまさあ！

音楽、高まる……そこにドアが開いて閉じる音が割り込む。

警視　ふう、ようやく終わったか。しんどい一日だったな。わしはもうクタクタだよ。

エラリー　（落ち着かない様子で）今晩、ジャーニイが何事もなく眠れるといいのですが。もし何か起こったら――

警視　（あくびをして）ほう、おまえも彼みたいに神経過敏だな。あの気の毒な男だったら、起きて何やら見とるだろうて。こいつが犯罪事件だとは、これっぽっちも思えんのだがな。さて、こっちも寝床にもぐり込まねばならんようだ――（電話が鳴る）わしが出よう。（受話器を取る）はい？

ジャーニイ　（以下ずっとくぐもった声――小声で、興奮している）クイーンさんか？　ぼくはエラリー・クイーンと話したいのだ！

警視　どちらさまですかな？

ジャーニイ　フィリップ・ジャーニイだ！　頼むから早くしてくれ！

警視　そのまま切らずに待っていたまえ……。エラリー、ジャーニイからだ！

エラリー　ジャーニイですって！（間）もしもし！　ジャーニイ？　こちらはクイーンです。どこにいるのですか？

ジャーニイ　家だ。自分の寝室にいる。クイーン、ずっとする重要な事が起こったのだ――

エラリー　ちょっとジャーニイさん、どうやら、また興奮しているようですね。興奮は禁物だって、わかっているでしょう――

ジャーニイ　そんなことは、どうだっていい！　クイーン、ぼくの命を狙う企みがあるのだ！

警視　（小声で）いかれておるな。いかれて錯乱しておる。今度は被害妄想にとりつかれたわけだ！

エラリー　黙っていてください、お父さん……。何ですか、ジャーニイさん？　どういう意味ですか？

ジャーニイ　あれは、一族に伝わる幽霊がぼくに取り憑いたのではなかったのだ、クイーン――そんなものではなかったのだ！　ぼくが庭で二度も見たものも、幽霊ではなかったのだ！

エラリー　もちろん幽霊ではありませんよ、ジャーニイさん。あれはあなたの想像が生み出した――

ジャーニイ　きみはそう思うのか？　きみはそう思うのか？　ならば教えてあげよう、クイーン。今しがた、ぼくは何もかもわかったのだよ！（ヒステリックな笑い）善《よ》きオスカー老が――救ってくれたのさ！

エラリー　もう一度言ってもらえますか？

警視　いかれておる。どう見てもいかれておるな。

ジャーニイ　オスカー・ワイルドだ！　『オスカー・ワイルド短編集』を読んでいたのだが、ある箇所にさしかかったときに――天啓がひらめいたのだよ。――クイーン、これはぼくの過労と神経疲労を利用した企みなのだ！　ぼくをおびえさせて死に追いやるか――発狂させるという企みなのだ――。

エラリー　落ち着いてください、ジャーニイさん。どうか。

ジャーニイ　（ぶつぶつと）そうだ。そうだ。こいつは企みなのだ――

エラリー　その企みの背後には誰がいるのですか？　あなたは誰を疑っているのですか？

ジャーニイ　（張りつめた声で）クイーン、ぼくは確信しているのだ――（悲鳴、すぐ途絶える。電話の向こうでどさりという音。電話ごしのガチャリという音）

警視　どうした、エラリー？　何が起こったのだ？

エラリー　わからないのです、お父さん！　彼が悲鳴を上げて、それからどさりという音がして……（電話機のフックをゆさぶる）ジャーニイ！　ジャーニイ！　電話は切れてる、こんちくしょう！

警視　（切迫した声で）彼が寝室から電話してきたのなら、内線からだろう。キースの家の外線の方にかけてみろ！

エラリー　ええ！（ガチャリという音。急いでダイヤルをまわす）

テベッツ　（くぐもった声で）そちらのごきげんはいかがですか？　私が言いたいのは――もし《ひ》もし《ひ》！

エラリー　テベッツか？　こちらはエラリー・クイーンだ！

テベッツ　何で――また？　失礼しました、クイーンさま！

エラリー　そんなことは気にしなくていい！　ジャーニイさんは無事か？

テベッツ　ジャーニイさまですか？　もち《ひ》ろんです！

エラリー　くそう、じれったい！　ヴェリー部長と代わってくれ。

テベッツ　ヴェリー部長ですか？　あの方はランシング先生と一緒に、ひ《し》と息入れるために庭に出ていますが、クイーンさま――。
エラリー　それならミス・ポーターだ！　急いでくれ、テベッツ！
テベッツ　かしこまりました。切らずにお待ちください。階上《うえ》のミス・ポーターの部屋に内線でまわしますので。あの方はご自分の部屋におられまして……
エラリー　わかった、わかったから急いでくれ、テベッツ……。ロンドンっ子《コックニー》に呪いあれ！
警視　どうなった？
エラリー　どうやらあの家には、何かが起こったことに気づいている者は一人もいないようです。ヴェリーはランシング博士と散歩中で――ニッキイは自分の部屋ときてる……。もしもし！ニッキイか？
ニッキイ　（くぐもった声で）エラリーなの？　何かあったの？
エラリー　きみはわかってないのか？
ニッキイ　エラリー・クイーン、気は確かなの？
エラリー　ニッキイ、聞くんだ。キース家では異常事態が起きていないのか？
ニッキイ　異常事態？　もちろん起こってないわ。
エラリー　誰がフィリップ・ジャーニイのそばに付いているんだ？
ニッキイ　誰も。すっかり落ち着いたし、ランシング博士ももうしばらく本を読んでいてもいいとおっしゃって。彼は自分の部屋にいるわ――本を読んでいるか寝ているかのどちらかよ。ジャーニイ夫人もベッドに入ったわ。

エラリー　ニッキイ。今すぐジャーニイの寝室に行って、中をのぞいてほしい。もたもたすると——いや、駄目だ。ヴェリーを見つけて、彼にやらせてくれ。

ニッキイ　でも、どうしてなの、エラリー？　わからないわ——

エラリー　言った通りにするんだ、ニッキイ！　さあ！　電話は切らずにいるから。

ニッキイ　（おびえて）わかったわ、エラリー……

警視　どうだ？　どうだった、エラリー？

エラリー　すぐわかりますよ、お父さん。ぼく自身も五里霧中なのです。ジャーニイ夫人が隣りの寝室で寝ています。もし——（間）

警視　（意味ありげに）もしジャーニイ夫人も——

エラリー　まあ、すぐわかりますよ。みんなにお願いしたいですね。急げ、と！

警視　おそらくジャーニイは、またもや幽霊を見たのだな。それで心臓発作を起こして——

エラリー　ぼくはそうは思いませんよ、お父さん。彼は〝読んでいたオスカー・ワイルドの短編コレクションが、幽霊騒動がまやかしだと気づかせてくれた〟という意味のことを言っていましたから。今では彼の命を狙う現実の企みが存在することを知ったとも言っていましたし——

警視　もし犯罪事件ならば——

ニッキイ　（くぐもった——金切り声が——緊張をにじませて）エラリー！　エラリー！

エラリー　聞いているよ、ニッキイ！……それで、ニッキイ？　どうだった？　ジャーニイはどうだった？

ニッキイ　（同じ口調で）ヴェリー部長が言うには――（すすり泣く）
エラリー　それで、ニッキイ？　ニッキイ、頼むよ！
ニッキイ　（同じ口調で――すすり泣きながら）ああ、エラリー……フィリップ・ジャーニイは――死んだわ！

音楽、高まる……そこにアドリブのざわめきが……。

警視　ヴェリー、おまえがここに残っておれば……まったく！
ヴェリー　（しょんぼりして）無茶言わないでくださいよ、警視。あたしにわかるわけがないでしょう？　あの男は寝室にいてピンピンしていたんですぜ。――ランシング博士が最後にジャーニイを診たとき、あたしもすぐそばにいましたが、元気だったんですよ。それで、博士とあたしは階下《した》に下りて、外で一服していて――
エラリー　それは賢いとは言えないな、部長！　きみに説明したはずだが――
ヴェリー　やあ、そのせいでこんな目にあったんですぜ！　あなたも責めるのですかい、クイーンさん？　あたしは観光客じゃないんですぜ！　あの男は幽霊を見たわけでしょう、違いますか？　それで、あたしは考えて――企みがあると思ったんです。幽霊は実体があるんじゃないか――あたしが言いたいのは、ジャーニイは自分が見たと思い込んでいるものを見たんじゃなく、実体のある偽物を見たんじゃないかってことです――と考えたんですよ。それで自分にこう言ったんです。「あずまやを見にいこう」って。それがあたしと博士が外に出た理由なんです。幽霊が現れて、ジャーニイがそいつを窓から見ることがあれば、そのときその場にいるチャンスを逃したくなかったんですよ。その間に、誰かがジャーニイのベッドわきのナイトテーブルにあった青銅製の水差しで、彼の頭蓋骨をがつんとやるなんて、わかるわけがないでしょう?

警視　わかった、よくわかったよ、ヴェリー。やむを得なかったようだな。ニッキイはどこだ、エラリー?

エラリー　博士がジャーニイ夫人の世話をする手伝いをしています。

ヴェリー　やあ、気づかなかったと言えばですな——ジャーニイのつれあいはどうです? あの女は眠っていた——と本人は言ってますが——亭主の隣りの部屋ですぜ。なぜ亭主の悲鳴が聞こえなかったのでしょうな、ええ? あたしが何を考えているかわかりますか? あたしが考えているのは、ジャーニイ夫人が——

警視　自分のことを棚に上げるんじゃない、ヴェリー! ジャーニイ夫人はずっと眠っていたと言っておる。実は睡眠薬を飲んでいたそうだ——。

ヴェリー　(ぶすっとして)と、彼女は言っている。

警視　そうだ、彼女は言っている! (遠ざかりながら)フリント! まだ写真を撮り終わらないのか? とっととしてくれ。

エラリー　(静かに)あれはどこかな、部長?

ヴェリー　（ぽかんとして）何がどこなんです、クイーンさん？

エラリー　ジャーニイが読んでいると教えてくれた、オスカー・ワイルドの短編集だよ。殺される直前まで読んでいたんだ。あの部屋には見当たらなかったが。

ヴェリー　やあ、本当ですな。（声をかける）おまえたち！　誰かそのあたりで本を見なかったか？――オスカー・ワイルドだ。（部下たちの否定をアドリブで）

警視　（近づいてくる）オスカー・ワイルドがどうかしたのか？

ヴェリー　聞こえなかったんですかい、警視？　オスカーが消えたんでさあ。

エラリー　（考え込みながら）そうです、オスカーが消えたんですよ、お父さん……そして、ぼくにはすべての謎が解けたように思われます。

ヴェリー　へっ？

警視　解けただと――？　大言壮語はやめておけ！

エラリー　フィリップ・ジャーニイが読んでいた短編が何なのか、ぼくにはわかったように思えます――彼の目を覚まし、真実を教えたオスカー・ワイルドの小説が何だったのかが。この事件の秘密は、ワイルドの小説の中に潜んでいたのです！　それこそが、殺人者が本を犯行現場から持ち去った理由なのです。

警視　頭が痛くなってきたな。

ヴェリー　彼はどんな事件もさっと解決！　男が殴られ――彼はあたりを一瞥するなり――バーン！　誰がやったか見抜いてしまう！　彼とオスカー・ワイルドは！

エラリー　部長、ぼくはオスカー・ワイルドの助けなしで、この事件に潜む筋書き《ストーリー》を見抜いたのさ。そして、きみもすぐに、ぼくの言葉を信じるようになるが——これは、殺人の記録の中でももっとも独創的な犯罪の一つなのだ！

音楽、高まる……続いてゲスト解答者のコーナーに。

聴取者への挑戦

エラリーの挑戦は残っていない。そこで、出版者はこの機会に告白しようと思う。真相を見抜いたと思った——が、それが間違っていたことを！

音楽、高まる……砂利を踏む何人かの足音が……アドリブを交わしながら……

ヴェリー　こっちです、みなさん、こっちへ。警視たちが待ってます。

ニッキイ　気を確かに、ジャーニイの奥さま。どうか——

ノーマ　（生気のない声で）フィリップが死んだわ。あの人が死んだわ。フィリップが。あの人が死んだ……

ランシング　（ぴしりと）しっかりしたまえ、ジャーニイ夫人。さあ、ポーターさん。私が彼女を見よう……。
ニッキイ　この人はまるで、そのう――そのう、石になったみたい……。
オーグルビー　あんたに教えてやろう、ジョン・キース。フィリップ・ジャーニイは水差しを持った人間の手によって頭を殴られる前に、三度めの亡霊を見たのだ！
キース　（不快そうに）オーグルビー、言わせてもらうぞ――あんたが黙らないのなら――おれは――（エラリーと警視がアドリブを交わしながら登場）
警視　（登場）みんな来たぞ、エラリー。けっこうです、みなさん。ここで止まっていただこう！
（足音が停まる）
エラリー　全員そろっていますか？
ヴェリー　全員集合してますぜ、クイーンさん。
ニッキイ　ハル夫人を――ジャーニイさんの妹を除いては。
警視　ロンドンっ子《コックニー》はどこだ？　テベッツ！
テベッツ　（息を切らして――登場）あたし《ひ》はここです、警視《けいひ》さん……！
警視　静かにしてもらおう！　きみたち全員に、このあずまやのある庭に来てもらうように頼んだわけは、せがれが、ここは犯罪が行われた場所だと言うからだ……。（一同、アドリブで反応）
エラリー　そうです！　昨夜、フィリップ・ジャーニイが自分の寝室で殺されました――これは犯罪の実践と言えます。これに対して、数日前にこの場所で――まさにこの地点で――ジャーニイが初めて〈黒衣の女〉の幽霊を「見た」ことは、犯罪の準備と言えるのです。（ノーマが

泣き出す。ランシングとニッキイはアドリブで彼女をなぐさめる）

オーグルビー　犯罪だと！　わしは「あれは幽霊だ」と言わなかったかな？

キース　幽霊だと！　オーグルビー――

ヴェリー　黙っていてもらいましょうか、がに股の墓荒らし爺さん！

警視　静かにしたまえ！（アドリブの声は小さくなる）

エラリー　誰がフィリップ・ジャーニイを殺したのでしょうか？（間）ここで正直に認めざるを得ませんが、われわれは、直接証拠によってはこの質問に対する答えを得ることができませんでした。犯行現場にはどんな手がかりも残されていなかったからです。理論的には、家にいた者なら誰でも、今夜、ジャーニイの寝室に忍び込んで殺害することが可能でした。――もちろん、ランシング博士以外の「誰でも」です。博士はジャーニイがまぎれもなく生きていることを確認された時点から、ジャーニイがまぎれもなく死んでいる姿で見つかった時点まで、少しの空きもなく、ヴェリー部長と行動を共にしていましたからね。

ランシング　（意気揚々と）ありがたいな！　それさえわかってくれたら、私はもう何も望まないよ――私に殺人の疑いをかけることは間違いだとわかってくれたら。

ニッキイ　でもエラリー、もしどんな手がかりも残されていなかったのなら、あなたはどうやってジャーニイさんを……襲った犯人を見抜けたというの？

エラリー　ジャーニイを殺した人物の正体は、それ以外の事実の数々から推理できるのさ、ニッキイ。

キース　それ以外の事実の数々とは何かな、クイーン君？

エラリー　ジャーニイ一族に取り憑いた幽霊――いわゆる〈黒衣の女〉の謎をめぐる事実の数々ですよ、キースさん。それでは説明しましょう。ご自分に問いかけてみてください。「〈黒衣の女〉とは何者か、あるいは何物なのか？」と。ちょっと考えただけでも、四つの可能な答えが導き出されます。その一――オーグルビーさんが一貫して主張していたように、〈黒衣の女〉は幽霊だった。

オーグルビー　あれは幽霊《は》だったし、今でも幽霊なのだ、クイーン君。

ヴェリー　なんと、クイーンさんが尻の青いガキみたいなことを言うなんて！

警視　エラリー！　よもや、おまえまでもが信じていると言うのではなかろうな――

エラリー　お父さん、ぼくが幽霊を信じようが信じまいが、幽霊が存在しようがしまいが、事実は、〝〈黒衣の女〉は幽霊ではない〟という結論を示しています。そして、ぼくはそれを証明できるのです！

オーグルビー　それができるのならば、幽霊が存在しないことを証明しようとした数多《あまた》の連中よりも、あんたの方が賢いということになるな、クイーン君！

エラリー　（おだやかに）しかし、証明できるのですよ、オーグルビーさん。この庭で起こったことについて、ジャーニイとランシング博士が初めてぼくたちに話してくれたとき、どんな事実が明らかになりましたか？　ジャーニイはこう言ったはずです。〈黒衣の女〉は、あずまやにあるテーブルの向こう側に座っていた、と。そして、その女は立ち上がって、テーブルをわき

に寄せてから テーブルを回り込んであずまやの戸口に立った、と。さて、ここであなたに質問しましょう。あなたは、これまでテーブルをわきに寄せる幽霊の話を聞いたことがありますか、オーグルビーさん？　あるいは、テーブルを回り込む幽霊の話は？　幽霊は物体を通り抜けるもので――われわれの三次元世界に存在する物体によってさえぎられることはないのです。そうでしょう、オーグルビーさん。もし〈黒衣の女〉が亡霊ならば、彼女はテーブルを、まるでそれが存在しないかのようにすり抜けたはずではないですか。

オーグルビー　（ぶつくさ言う）そいつは知らなかったな。ジャーニイは話してくれなかったもので……

エラリー　さてと。もし〈黒衣の女〉が幽霊ではないのならば、他にどんな可能性があるでしょうか？

ランシング　ああ、そうだよ、クイーン君。あの女はかわいそうなジャーニイのすり切れた神経が生み出した架空の存在なのだ。

エラリー　そうです、ランシング博士。幻覚が二番めの可能性です。では、彼女は幻覚だったのでしょうか？　考えてみましょう。ジャーニイは初めて彼女を見たその日のうちに、心臓発作に見舞われました。そして、二度めに彼女を見たとき、二度めの心臓発作に見舞われました……。

警視　だがエラリー、それは幻覚説の否定にはならないぞ――

エラリー　そうです、お父さん。しかし、そのあとに何が起きましたか？　ジャーニイは宵の口に、オスカー・ワイルドの短編のある箇所を読み、それが彼に天啓をもたらしました。彼はほくに電話で、今では彼が、自分をおびえさせて死に至らしめようとする計画の犠牲者だったことに気づいたと告げました。そして、自分が疑っている人物を告発しようとしたまさにそのとき、彼は襲われて殺されたのです。こういった状況の下でジャーニイが殺害されたという事実だけでも、彼の神経衰弱を利用して殺そうという計画が存在したことの証明には充分ではないですか。そして、もし本来の計画が、ジャーニイがおびえて死ぬように仕向けるというものであったとするならば、彼が一族に取り憑いた幽霊を目撃したことは、その計画に沿って行われたものだったはずです。つまり、〈黒衣の女〉はこの計画の〝要石《かなめいし》〟だったことは明らかなのです。従って、〈黒衣の女〉は幻覚ではありません。犯罪のために用意された一要素だったのです。

ヴェリー　つまり、ジャーニイは幽霊を見たわけでもなく、神経過敏《ヒービージービー》でもなかったわけですな。だったら、何だったんです、クイーンさん？

エラリー　だったら、ジャーニイが見たものは女の映像だったという可能性が出て来るのだよ、部長。――女そのものではなく、女の画像だ。

ニッキイ　そうよ！　映画の映写機が――この庭に面した二階の映写室にあるわ！（一同、アドリブで反応）

警視　（疑わしげに）映画だったというのか、エラリー？

エラリー　そうです、お父さん。何者かが白いあずまやをスクリーンとして利用し――二階のキースさんの映写室の窓からあずまやの中に向けて、黒い服を着た女のフィルムを映写したということは、考えられるではないですか。

キース　だがクイーン君、おれはやってない――

エラリー　この推論には、ふさぐことができない穴があります。なぜなら、屋外のスクリーンに鮮明な映画を映し出すためには――ジャーニイは女の姿がはっきり見えたと言っていましたね――暗闇が必要で……明かりが存在してはならないのです。しかし、その晩のここは、かなり明るかったことがわかっています――ジャーニイは月が「輝いて」いて、その輝きはあずまやの中にも射し込んでいると言っていましたからね！　こういった状況の中で映像があずまやに映し出されたならば、その像はひどくぼやけたものになったはずです……「はっきり」とはほど遠いものに。（一同、アドリブで反応）もう一つ、理由があります。幽霊と同じように、映画の像は実体であるテーブルをわきに寄せたりはしません。（間）

ニッキイ　それで、残っているのは何なの、エラリー？

エラリー　唯一、反論の余地のない可能性だよ、ニッキイ。――〈黒衣の女〉は現実の、血肉を備えた女性だという！（一同、アドリブで反応）

警視　だがエラリー、女が血肉を備えた存在だということはあり得ん！　ジャーニイが銃弾を狙い違《たが》わず撃ち込んだというのに、傷を負わなかったではないか！

エラリー　（落ち着いた口調で）だとしたら、明らかに、ジャーニイは女に銃弾を撃ち込んだと思っただけにすぎないということになります。明らかに、彼女めがけて実際に撃ち込まれた銃弾は存在しなかったということになります。

ヴェリー　ですがクイーンさん、あたしらは、彼が撃ち、あなたがあずまやの奥の壁から掘り出した本物の銃弾を持っていますぜ！

エラリー　ぼくたちは、ジャーニイではなく他の誰かが撃った銃弾を持っているのさ、部長。さて、女が生身の人間であることは、すでに証明されています。だとしたら、彼女は銃で撃たれてはいないことになりますね。だとしたら、壁の中にあった弾丸を発射した銃は――ランシング博士がぼくに手渡した銃は――あの晩、ジャーニイが使った銃ではないということになりますね。どうしてぼくにそれがわかったのでしょうか？　それは、ジャーニイが使ったリボルバーの引き金が、二回引かれていたからです！

警視　それがおまえに何を教えたというのだ、エラリー？

エラリー　いいですか。ジャーニイの話によると、彼が最初に引き金を引いたときは、カチリという音がしただけでした――「空の薬室」だったに違いないと断言していましたね。二回めに引き金を引いたときは、実際に発射音がしました。ということは、リボルバーの弾倉の薬室は、合わせて二つが使われたことになります――一つは空撃ちで、もう一つは発砲によって。では、ランシングがぼくに手渡したリボルバーには、弾丸を何発込められるでしょうか？

ニッキイ　六発よ。あなたが自分でそう言ったじゃないの。

エラリー　そう、あのリボルバーは六連発でした。ここにあるのがそうです。（リボルバーの弾倉を回す）そしてその後、ぼくたちのアパートで、線条痕検査に使う銃弾を手に入れるために、ぼくがソファにさらにもう一発撃ちましたね。では、このリボルバーがジャーニイが使ったものと同じだとするならば、ぼくが撃ったあとでは、最大で何発の弾丸が中に残っているでしょうか？

ヴェリー　ジャーニイが一発空撃ちして……さらに一発発射して……あなたが一発発射して……六発中三発だから——銃の中には、最大で三発の弾丸が残りますな、クイーンさん。

エラリー　正解だ、部長！　ところが、ぼくがランシング博士にリボルバーを借りて自分のために一発撃ったあと、中には何発残っていると言いましたか？　四発です。三発ではなく、四発残っていたのです。ということは、ランシングがぼくに渡したリボルバーは、ジャーニイが使ったものではあり得ないということになります。ランシングは意図的な嘘をついたのです！（ざわめき——混乱——早いテンポで演じること）誰がリボルバーをすり替えることができたでしょうか？　たった一人の人物しかいません——自らの口で、この銃はジャーニイが撃ってからは、いじったことも手放したこともない、とぼくに告げた人物であり——この驚くべき計画のすべての背後にいる犯罪者であり——文字通り、哀れなジャーニイをおびえさせて死に追いやろうとした人物であり——（離れた位置で取っ組み合う音）お父さん——ヴェリー——ランシング博士を止めてください！

音楽、高まる……そこにアドリブの声と皿の音が割り込む……「コーヒーは？」などなど。

警視　ふーう、ようやく落ち着いたな。ではせがれよ、仕事を片づけてもらうぞ。

ヴェリー そうですな。あたしにはわからんことが、まだたっぷり残ってますからな。
ニッキイ あなた一人じゃないわよ、部長さん。
エラリー （くすくす笑いながら）さて、博士は三回戦の計画の背後に潜んでいました。彼はリボルバーを手元に保管していたたった一人の人物でしたし、すり替えた別の銃をぼくに渡すことのできた唯一の人物でもありました。加えて、そのあとにぼくが見つけ出した銃弾をあずまやの壁に撃ち込むことができる唯一の人物でもありました――もちろんその本物の銃弾は、ぼくに渡した方のリボルバーから発射しておいたものです。そして最後に、ランシングはジャーニイが初めて〈黒衣の女〉を見たときに、一緒にいた唯一の人物だったのです。――すでにわかっているように、この女は生身の人間だったのですが、ランシングはまぎれもなくそこに存在している女を否定し、哀れなジャーニイをヒステリー状態に追い込み、翌日には狙い通りに心臓発作を起こすように仕向けたのです。
ニッキイ でもエラリー、もしジャーニイさんがそのリボルバーを使って撃ったのではないなら、実際には何が起こったの？
エラリー よく似てはいるが、空砲が詰められたリボルバーを撃ったはずだよ、ニッキイ。
ヴェリー 空砲か！　なるほどねえ！
エラリー そうだ、部長。ランシング博士は、ジャーニイが「幽霊」に銃弾をお見舞いしようとする可能性を考慮して、空砲を詰めたリボルバーを用意しておいたのだ――ジャーニイが銃の達人だという評判も聞いていただろうし、勇猛果敢なイギリス人気質を備えていることも知っていたのでね。わかりきったことだが、博士は、生身の〈黒衣の女〉がジャーニイによって傷つけられたり殺されたりすることを防がなければならなかった。それだけではなく、まるで銃弾が幽霊をすり抜けたように見えたならば、ジャーニイが幻覚にとらわれたという説が大幅に強化されるであろうことまで計算していたのさ。

警視　だがエラリー、ランシングには寝室でジャーニイを殺すことは不可能だったぞ。

ヴェリー　そうですな。あの医者野郎《ソウボーン》は、犯行の間、あたしと一緒だったわけですからな。

エラリー　ならば、二人の人物によって犯罪がなされたということになります——博士ともう一人の人物が共犯で。そうでなければなりません。なぜならば、ランシングがリボルバーを使った幽霊トリックを必要としていたということは、幽霊の役を演じる女性を必要としたということになるからです。

ニッキイ　それが、あなたがあの女の人を逮捕させた理由だったのね——！

エラリー　そうだ、ニッキイ。ジャーニイが殺されなければならなかったということは、彼が、博士と博士の女共犯者にとって邪魔者だったということになる。では、誰がジャーニイの死によって利益を得るだろうか？　ジャーニイが邪魔だった人物はたった一人しか——利益を得る人物はたった一人しか——ジャーニイの遺言状で遺産相続者に指定されている人物はたった一人しか——彼の妻、ノーマ・ジャーニイしかいないのだ！

警視　それで、おまえはジャーニイ夫人が〈黒衣の女〉だとわかったわけだ！

ヴェリー　恋愛関係ですかな、ふふん？　博士とジャーニイの女房が……ジャーニイが死んだあと、彼は彼女と結婚するという計画で、二人はジャーニイの現ナマ《ドウ》で暮らす……。男というやつは、結婚という昔からの絞首綱から首を外そうとしないものですなあ！

ニッキイ　だったら、ジャーニイ夫人が自分の夫を殺したのね？

エラリー　ランシングには殺害は物理的に不可能だから、そうなるね、ニッキイ。それに、いずれにせよ、殺人の実行犯としては、彼女が疑わしいことは明白だろう。すぐ隣りの部屋にいたわけだから、ジャーニイが電話でぼくに話した内容を立ち聞きできたわけだし……。ランシングがこういった暴力的な殺害方法をとるつもりだったとは、ぼくには思えないな。彼ならもっと手の込んだ手段を選ぶだろうね。

警視　夫人の自供によると、他の手段を選んでいる余裕はなかったのだ。ジャーニイが、彼女かランシングの名前を挙げようとしていると思ったらしいな。それで、夫の部屋に行って、水差しを手にしたわけだ。

ニッキイ　そこまででいいわ！　エラリー……ジャーニイさんが読んでいたオスカー・ワイルドの作品は、彼にどんなひらめきをもたらしたの？

エラリー　ああ、それか。（くすくす笑いながら）お父さん、ぼくの持っている『オスカー・ワイルド短編集』を取ってくれませんか……そう、一番上の棚にあります。それを。

警視　これだな、せがれ。（ページをパラパラめくる音）

エラリー　ぼくがみなさんに、ワイルドの「カンタヴィルの幽霊」という短編小説の一節を読み上げましょう。幽霊に取り憑かれたジャーニイが読んでいたのがこの作品であることに、疑いの余地はありませんね。カンタヴィル卿とアメリカの公使ハイラム・B・オーティス氏の間で交わされた会話です。カンタヴィル卿はこう言います。「これ（カンタヴィルの幽霊のことです）は一五八四年から三世紀にわたってその名をとどろかせてきたのだ。われわれの一族の誰かが死ぬ前に、いつも姿を見せるのだ」。オーティス氏はそっけなく答えます。「ああ、そいつは、かかりつけの医者がやっていることだな」！（間）

ヴェリー　やあ、あたしもそんな風に言っておけばよかったですな！

ニッキイ　今から言ってほしいわね、部長さん――言ってほしいわ！（一同、笑う）

音楽、高まる。

忘れられた男たちの冒険

The Adventure of the Forgotten Men

マンフレッド・B・リーとフレデリック・ダネイは、ホームレスなどの社会の底辺の人々に同情心を抱いている。もっとも、エラリー・クイーンに関する限り、どんなに落ちぶれようとも、誰からも「忘れられた」男になることもないし、その心配もないのだが。「忘れられた男たちの冒険」は一九四〇年四月七日に放送された。

登場人物

ホームレスの一人の　マンハッタン
ホームレスの一人の　カンザス
ホームレスの一人の　カリフォルニア
ホームレスの一人の　ディキシー
ホームレスの一人の　ヤンク
探偵の　エラリー・クイーン
その秘書の　ニッキイ・ポーター
ニューヨーク市警の　クイーン警視
ニューヨーク市警の　ヴェリー部長刑事
やかまし屋の富豪の　サディアス・V・タイタス
警備係の　マック

舞台　ニューヨーク市。一九四〇年

音楽、高まる……そこに木がパチパチと燃える音が割り込み……都会のありふれた車の騒音が背後にかすかに流れ……戸外で……

マンハッタン　（ニューヨーク風のしゃべり方だが教養を感じさせる若い声）これくらいの火で大丈夫かな、カンザス？

カンザス　（中西部の農夫らしい発音）もっと薪をくべねえとな、マンハッタン。

マンハッタン　ディキシーとカリフォルニアはどこかな？　もっと薪を探してくるように言ったのだが！

カンザス　カリフォルニアじいさんが戻ってきたぜ。何をあんなに苦労して運んでいるんだ？

足音が近づく。

カリフォルニア　（登場——老いた男）わしが探してきたもんを見てくれ！（樽を地面に下ろす）ふう、火が気持ちいいな。（手をこすり合わせる）四月にしては、えらく冷え込むじゃないか。まったく、信じられん寒さだ。

るぜ！

カンザス　砂糖樽か！　こっちによこしな、カリフォルニア――あっという間に火らしい火にな

マンハッタン　（鋭く）カンザス。待ちたまえ。ずいぶん頑丈そうな樽じゃないか。（どんどんと叩く）そうだな、頑丈だし手頃だ。カリフォルニア、きみの小屋は、新しいテーブルが要るのではなかったかな！

カリフォルニア　（くつくつ笑って）そうだな、わしが使っておる果物箱は、確かに壊れかかっておったな。

マンハッタン　この砂糖樽を新しいテーブルにしたらいい。古い果物箱はカンザスに渡して、この晩飯用の火にくべてもらおう。

カリフォルニア　（足音を立てて退場）おまえさんが大将だからな、マンハッタン！

カンザス　古き善《よ》きカリフォルニアよ……。あの果実摘みのじいさんに必要なのは、テーブルじゃなくって、熱々のトウモロコシパンとかりかりに焼いたハムだな。カンザスにいた昔、おふくろがよくおれの腹に詰め込んでくれたやつだよ。（しみじみと）ああ、わが農場よ……。

マンハッタン　（苦々しげに）今日の晩飯は何だ、マンハッタン？

カンザス　サバのお頭《かしら》が五つ、菜っぱのスープ、ポテトが四つ、一週間くらい前のパンが一塊。良いとは言えないな、カンザス。

カンザス　（感情的になって）これを食ったらおれたちが死んじまうからか？　マンハッタン、もしおまえさんが死んだら、埋葬されて、しんどいこととはおさらばできるじゃねえか。ところ

が、この空き地で生きてくことってどうだ。荷箱とゴミを集めて作った掘立て小屋の中で猟犬よりもぐっすり眠れず、まともな連中が捨てた食べ物を豚みたいに喰らい――

マンハッタン　（低い声で）やめたまえ、カンザス。

カンザス　おれたちは、さっさと死ぬことさえできやしねえ！　死んじまいたいと心の底から思っているのにな！

マンハッタン　（低い声で）われわれの掟は知っているだろう、カンザス。――後ろは見ない。前だけを見続けていくのだ、カンザス。後ろを見たら、おかしくなってしまう……

カンザス　（気が重そうに）そうだ。そうだな、マンハッタン。（近づいてくる足音）おお、カリフォルニア。その果物箱をこっちにくれ。（箱をどさりと置く。薄っぺらい箱がばらばらになっていく）

カリフォルニア　この古いテーブルが消えていくのを見るのは、いささかつらいな。わしはその果物箱にかなり愛着を持っておったからな。まあいいか。（元気よく）メニューは何かな、マンハッタン？　ひょっとして肉かな？　汁気たっぷりで美味い肉を食べたいもんだが。（火が強くなる）

マンハッタン　魚のシチューだよ、カリフォルニア。

カリフォルニア　魚のシチューだと？　そいつはいい！　美味そうじゃないかね。魚はどれかな？（がっかりしたように缶を叩く）ああ……そうか。ほんのちょっとだが、期待してしまったよ……ひょっとして……一尾丸ごとの魚かと……（容器を下ろす）

カンザス　ちくしょう、もっと薪がなくちゃ！　この箱じゃあ大してもたねえ！　ディキシーはどうしたんだ？（缶をかき混ぜる）

カリフォルニア　ちょうど今、戻ってきたな。（呼びかける）ディキシー！　その薪を持って、さっさと来てくれ！

マンハッタン　（鋭く）ディキシーと一緒にいるのは、あの親切なおまわりか？　いや、よそ者だ！　気をつけろ、みんな。（火がぱちぱち燃える音以外の音が止まる）

ディキシー　（二人分の足音が近づき——南部風の発音で）ハレルヤ、みんな！　二番街で金鉱を探し出したぜ。そこで気前のいい白人がビル工事を仕切っていたんだ。おれに、欲しいだけの木材を持って行ってかまわないって言ってくれたのさ。（どさりと落とす）これで足りるかい？

マンハッタン　（静かに）連れは誰だ、ディキシー？

ディキシー　落伍者さ。ちゃんとしたベッドのある宿が欲しいそうだ。

カンザス　もっと火の近くに寄りな、ご同輩。（一歩か二歩、近づく）

ヤンク　（ニューイングランドなまりで）ご親切に感謝するぜ！（咳き込む）

マンハッタン　（鋭く）われわれのキャンプに加わりたいのかね？

ヤンク　ここであんたらと本物の仲間になりたいんだ。おれの名は——

マンハッタン　名前なんてどうでもいい。人並みに眠れる場所を持ち、人並みの飯を食い、人並みの仕事をしている連中だけが、名前を持つ権利があるのだ！　今からきみはヤンクだ。わかったな、ヤンク。

ヤンク　わかったとも。おれはヤンクだ。（呟き込む）他に言うことは？

マンハッタン　ヤンク、ここは浮浪者どものキャンプではない。われわれはどん底に落ちた四人の自尊心あるアメリカ人だ。われわれは物乞いではない。われわれは施しは受けない。われわれは働きたいと思っているし、仕事を探してもいる。われわれは誰の世話にもならずに、この汚い空き地に住んでいる。なぜならば、われわれの運が良くなるその日まで、自らが自由な人間であることを感じていたいからだ。わかったかな？

ヤンク　いや。おれが言いたかったのは――もちろん「うん」だよ。おれは宿がほしくてね。

マンハッタン　われわれはここで自立した共同体を作っていて、生きていくための掟に従っている。加わりたい者がいるならば、この掟に従ってもらわねばならない。カリフォルニア、われわれのモットーは？

カリフォルニア　みんなは一人のために、一人はみんなのために。

マンハッタン　われわれの生活のやり方は、カンザス？

カンザス　おれたちは、自分の食べ物も自分の金も運の悪ささえも――すべてを分け合う！

マンハッタン　われわれが他の仲間に求めるものは何だ、ディキシー？

ディキシー　すべての仲間に公平なやり方と信頼を持って、正しい行いをすること。

マンハッタン　すべて理解したかね、ヤンク？

ヤンク　あんたらの仲間に加えてもらえたら名誉に思うぜ。（ひどく呟き込む）

マンハッタン　よし！　カンザスを紹介しよう――（アドリブで対応）カリフォルニアに――（ア

ドリブで対応）ディキシーはもう知っているな。そして私がマンハッタンだ……（苦笑い）前途有望だった建築家のなれの果てさ。みんなで共有するために出せる財産はあるかね？

ヤンク　今着てる服と現金三十七セントが全財産だ。（小銭をちゃらちゃらさせる）

マンハッタン　その三十七セントはカンザスに渡したまえ――彼がわれわれの金庫番なのだ。（ヤンクが咳き込む）どうした――具合が悪いのかね？

ヤンク　（咳き込みながら）たちの悪い風邪さ。一向に良くならないみたいで。

マンハッタン　それなら、体が良くなるまでは私の小屋を――向こうの方にある二部屋の「スイーツ」だよ（もともとはホテルで二部屋がつながった高級な部屋を指す）――使うといい。ここにある小屋の中では、一番すきま風が入ってこないからな。

ヤンク　親切にしてもらって、お礼の言葉もない……

マンハッタン　気にしなくていい。カンザス！　金庫から十セント出して、シチューに入れる野菜を買ってきたまえ！（相手はアドリブで）カリフォルニア！　シチューに水を足してくれ――焦げてしまうぞ。（相手はアドリブで）ディキシー、薪を無駄にしないように！（相手はアドリブで）ヤンク、私のそばに来たまえ。その風邪を何とかできないか見てみよう。このキャンプは繁華街《パークアベニュー》ではないが、人間らしい人間たちが集まって作られている。そして、人間らしさこそが未来を摑むことができるのだ！

音楽、高まる……そこに、

ディキシー　（ささやき声で）マンハッタン！
マンハッタン　（小声で）何をこそこそ話したいのかね、ディキシー？
ディキシー　マンハッタン、ヤンクを昨夜連れてきたのは、とんでもない間違いだったよ。やつはいかさま野郎だ！
マンハッタン　（鋭く）どういう意味だ、ディキシー？
ディキシー　真夜中にちょっと起き出して、ヤンクが寝ているあんたの小屋の前を通ったんだ。マンハッタン、おれはヤンクがお札を数えているところを見たんだよ！（間）
マンハッタン　（むすっとして呼びかける）カンザス！　カリフォルニア！
カンザス　（少し離れた位置で）どうしたんだ、おい？
ディキシー　ヤンクだ。あいつはげす野郎だったんだ！
カリフォルニア　（近づいてくる）ヤンクはキャンプに対して隠し事をしていたのかね？
カンザス　（近づいてくる）どうして最低のイタチ野郎だと思うんだ？
マンハッタン　（むっつりと）行くぞ！（勇ましい足音を立てて進む。一同、停まる。小屋のドアが開く）ヤンク！　私の部屋から出て来たまえ！（木の床を歩く足音が、咳と共に近づいてくる）
ヤンク　おはよう、みんな。（警戒して）どうしたんだい？（全員の足音）おし黙ったまんま、おれをどこに連れていくんだい？
マンハッタン　たき火のまわりの集いの場だ。われわれは裁判をやるのだ！

ヤンク　裁判だって？　このキャンプの中で裁判をやるって言いたいのか？　誰が……誰が裁かれるんだ？（ぱちぱちと燃える音が近づく）

マンハッタン　きみだ。（足音が停まる）ヤンク、その石の上に座りたまえ。

ヤンク　（おびえて）だが……おれは何もしてないぞ。おれは……

カンザス　（うなりながら）座れ、いかさま野郎！　進めてくれ、マンハッタン。

マンハッタン　（冷たく）ヤンク、きみは昨夜、われわれの掟を聞いたな。その掟の一つも教わったはずだ──われわれは手にしたものはどんな小さなものでも分け合う、というものだ。われわれはきみに何を持っているかを尋ね、きみは服と三十七セントだけだと答えた。そうだったな？

ヤンク　ああ。そして、あんたに言われた通り、三十七セントを渡したじゃないか、マンハッタン！

ディキシー　げす野郎が。おれは昨夜、この目で見たんだ。マンハッタンの小屋の中で、おまえがお札を数えているところを！

ヤンク　（叫ぶ）そいつは嘘だ！　ディキシーは嘘をついてるんだ！

マンハッタン　（おだやかに）まだ金を持っているのではないかね、ヤンク？

ヤンク　いいや！　有り金全部を渡したからな！

マンハッタン　みんな、こいつを調べるんだ。（少しもみ合う。息を切らしている）

カリフォルニア　ほう、金は持ってないって？　マンハッタン、こやつのズボンのポケットには四ドルがあったぞ！（アドリブで「四ドルだと！」「こいつで一週間は肉を食えるじゃないか！」）

ヤンク　（不満げに）おまえらに、おれに暴力を振るう権利はない！

マンハッタン　みんな、判決は？　カンザスは？（カンザスは「有罪」と言う）カリフォルニアは？（カリフォルニアは「有罪」と言う）ディキシーは？（ディキシーは「有罪」と言う）ヤンク、きみはキャンプの仲間に隠し事をした罪で裁かれ、有罪の判決を下された！

カンザス　（いかめしく）刑を申し渡してくれ、マンハッタン！

マンハッタン　当法廷の長として、ヤンク、きみをわれわれのキャンプから追放することを宣告する。（ヤンクはぶつくさ言う）カンザス、彼の四ドル、それに三十七セントも返してやれ！

カンザス　ほら、おまえの汚い現ナマ《ドウ》だ。じゃあ、出て行きな。

ヤンク　（足音が遠ざかりながら）わかったよ！　だが、出て行く前に……取りに行かなくちゃ――

ディキシー　（駆け足の音にかぶせて）ちょっと待て！　どこに行くつもりなんだ？

ヤンク　（遠ざかりながら）（声はマイクに寄せて）小屋だよ！　小屋に行くんだ！（少しもみ合う）

行かせてくれ！（足音が停まる）

カリフォルニア　おまえさんは刑の宣告を聞いただろう！　わしらのキャンプから出て行きな、いかさま野郎！

ヤンク　頼むよ、みんな――小屋に戻らせてほしいんだ――一、二分もあればいい――

マンハッタン　あの小屋にはきみの持ち物は何もない。今着ている服でここに来たじゃないか。同じ恰好で立ち去りたまえ。

カンザス　（脅す）失せな！

ヤンク　（遠ざかる足音にかぶせて叫ぶ）おまえらを訴えてやる！　おまえらドブネズミを一掃してやる！　おまえらをおまわりに密告してやる！　おまえらを……

カリフォルニア　うす汚いスカンク野郎。

ディキシー　最低のげす野郎。

カンザス　仲間に値しねえな。

マンハッタン　（静かに）どうも変だ——あいつはなぜ、私の小屋に戻りたがったのだろう？　みんな、何かが私に言っているぞ。いかさま野郎のヤンク氏のせいで、われわれはもめ事に巻き込まれるかもしれない、と！

音楽が高まり、そこにカーブで止まるタクシーの音が割り込む。車のドアが開き……

エラリー　ここでいいよ、運転手さん。（小銭の音。ドアが閉まる。車が遠ざかる）行こう、ニッキイ。

ニッキイ　行くって、どこに？　ここって、何もない空き地におんぼろの小屋が何軒か立っているだけじゃないの、エラリー！

エラリー　（いかめしく）信じようが信じまいが、四人の普通のアメリカ人が、ずっとその掘立小屋で暮らしているのさ！

ニッキイ　ここで殺人が起きても不思議はないわね！　その四人のうちの誰かが殺されたの、エラリー？

エラリー　親父が電話で教えてくれたところによると、被害者はほんのわずかの間ここにいただけで、連中は「ヤンク」というあだ名で呼んでいたらしい。一週間ほど前、ここに一晩だけ泊まり、次の日には、彼らの掟を破った罪で追放されている。そして一週間後、そのとき泊まった同じ小屋の中に、彼の死体がぽんと出て来たのだ！（アドリブのざわめきがかすかに聞こえてくる）

ニッキイ　あの人混みを見て！　こっちに手を振っているおまわりさんは誰なのかしら？　エラリー！　あれはヴェリー部長よ——パトロール警官の制服を着ているわ！　はーい、部長さん！

ヴェリー　（登場）シーッ！　あたしを「部長」って呼ばないでください、ポーター嬢さん！　あたしは特別任務で、パトロール中の警官に化けているのですよ。

エラリー　本当か、部長？　今回の殺人の件かい？

ヴェリー　違いますな、クイーンさん。この空き地の前の通りを渡ったところに、大きなオフィス・ビルがあるでしょう。そいつを所有している金持ちが——タイタス氏が——一週間かそこいら前に、自分のポケットから高価なダイヤの指輪をすられたのです。タイタスはその指輪を修理か何かに出していたのですが、戻ってきたので、女房に返すところだったのですな。このあたりから、それとは別のスリの被害があったという報告が上がってきたので、即座に、警視がぁたしに指示したんです——すぐさま制服を着て、パトロールをしながら捜査をするようにって。

エラリー 親父に会いたいな。

ヴェリー オーケー。こっちです。（足音）

ヴェリー （群集のアドリブの声が大きくなる）こっちに来てください、お二人さん——。どいてくれ！ 宝くじ付き興行をやってるんじゃないぞ！（背後のアドリブが小さくなる）

警視 （離れた位置で）そこで待っていたまえ、マンハッタン！ わしはもう少し、おまえとおしゃべりをしたいのでな！（近づいてくる足音が停まる）やあ、エラリー、ニッキイ。（アドリブで応対）ヴェリー！ なぜおまえは、この空き地で四人の男が寝泊まりしていることを報告しなかったのだ？ 連中は私有地の不法占拠をしたことになるのだぞ！

ヴェリー （困ったように）ええと、警視……彼らはいいやつで……運に見放されただけなんですよ。物乞いもしないし、食べ物なんかも盗んだりしません。自尊心を持ち続けようとしているのです。それで、大目に見ていたんですよ。

ニッキイ （笑いながら）部長さん！ 感傷家なのね！（笑いを引っ込めて）でも、そこがまた、あなたの魅力だわ。

警視 （小声で）大馬鹿者が……。わしでも同じ事をやっただろうがな。さてと、もう少しここにいられるなら、せがれ、死体をじっくり調べてみたらどうだ。（足音）小屋に二つある〝部屋〟のうち、死体は二番めの方にある——。家具などない狭苦しい部屋で——本当に何ひとつないのだ！　入るぞ。（小屋のドアが開く。ドアが閉まり――アドリブのざわめきと車の騒音が遮断される）その土間の上に横たわっているのがヤンク氏だ――非の打ち所なく死んでおる。

ニッキイ　（弱々しく）ああ！　この人の頭……

エラリー　頭蓋骨が鈍器のたぐいで叩きつぶされていますね。（離れていきながら）不幸なヤンク氏を見てみましょう……。（ドアが開き――アドリブのざわめきが背後に流れる）

警視　マンハッタン、おまえとお仲間たちは、ここに入って来たいのか。（足音が戸口を越えて――ドアが閉まる）

マンハッタン　私は昨夜はここで寝てはいないのだ、クイーン警視。ジャージイ（ニュージャージイ）へのトラックの夜間特別便を運転する仕事にありつけたのでね。どうして私の部屋でヤンクの死体が見つかったのか、見当もつかない。われわれは彼を一週間前に追放して、それから一度も見ていないのだ。（他の仲間も同意する）

警視　わかった、わかっておる。おまえたちの中の誰が死体を見つけたのかね？

カリフォルニア　わしだよ。みんなはわしを「カリフォルニア」って呼んでおる。さよう、今朝ここにやって来て、ちょっと中を覗いてみると、いかさま野郎が倒れておって……

警視　夜の間、この小屋で物音がするのを聞いた者はおらんかな？（一同、アドリブで「いや」「それらしき音はしなかった」）

エラリー　（離れた位置で）お父さん！

ニッキイ　エラリーが何かを見つけたみたいよ！

警視　何だ、エラリー？

エラリー　（声が近づく）死体の手を見てください！（間）

ヴェリー　ええと……見てますけどねえ。

ニッキイ　わたしには、とってもきれいな手にしか見えないけど。

警視　どこを見ればいいのだ、せがれ？

エラリー　右手の人差し指が発達して、中指よりも長くなっています！

ヴェリー　巾着切りですな！

警視　（おだやかに）その通りだ。こいつはスリの人差し指だ！（声を低くして）ヴェリー、どうやら死体の身元は特定できそうだな。ここにいる連中は、こやつが何者かは気づいておらんらしいぞ。

ニッキイ　（小声で――興奮して）この死んでいる人が、あなたの捜しているスリだという方に賭けてもいいわよ、部長さん！

ヴェリー　もしこいつがそうだったら、かみさんのダイヤの指輪をかっぱらわれた大富豪のタイタスは、さぞや喜ぶでしょうな！　かんかんになってましたからな。

警視　犯罪者写真台帳のコソ泥関係のファイルを調べろ、ヴェリー。たぶん、こやつは載っておるぞ！

ヴェリー　（木の上を歩く足音が――遠ざかっていく）もう調べに行くところですぜ。（離れた位置で小屋のドアが開き、その位置でアドリブの反応）やあ、タイタスさん。それに、通りの向こうのオフィスビルの警備をしているマックじゃないか。よう、マック。入ってかまいませんよ、タイタスさん。警視は中にいますから……。（退場）行ってきますぜ！

タイタス　（やかまし屋で大金持ちの商売人）入ってかまわんのは当たり前だ！　どこであろうが入らせてもらうからな！（ドアが閉まる）おまえに言っておくぞ、マック――。おまえはクビだ！　わかったか？　クビだ！

マック　（アイルランドなまり丸出しで話す）あの、その、タイタスさん――この不法者たちは悪さはしませんし――ここは空き地なので――

警視　やめたまえ！　わしはクイーン警視だ。あなたはここに死体が横たわっているのがわからんのか、タイタスさん？――殺されたのですぞ。

タイタス　この空き地がわしの所有物だということはわかっておる。そして、ここにいる警備係が、何の価値もないのらくら者の一団に、わしの土地を損なうような汚らしい小屋を建てるのを許した、ということも……！

カンザス　（うめく）おれたちがのらくら者だって？　どうしてあんたに――

ディキシー　（おだやかに）口を閉じていろ、カンザス。

マンハッタン　マック、申しわけないことをしてしまったな。きみが困ったことになるとは考えてもみなかったのだ。タイタスさん、あなたはマックを解雇すべきではない。彼には職が必要なのだ――。

マック　（小声で）きみたちの責任じゃないさ、マンハッタン。こいつは昔ながらの〝アイルランド風幸運（本来は「すごい幸運」の意味）〟というやつさ……。

カリフォルニア　これはわしらの責任だよ、マック！　聞いてくれ、タイタスさん。わしらはおまえさんの土地から出て行く。だからマックをクビにせんでくれ。

ディキシー　一所懸命働いている人から仕事を奪うなんて、フェアじゃないよ、タイタスさん。

タイタス　（不快そうに）おまえたちは不法侵入者だろうが！　薄汚く、卑しく、役立たずで、何の価値もない……（一同はそろってタイタスにぶうぶう言う）

ニッキイ　（いきどおりを感じて）このかわいそうな人たちに、そんなひどいことを言うべきではないわ！　この人たちはほんのちょっと運に見放されているだけだって、わからないの？　もし、あなたのような人が、彼らが心から望んでいるまっとうな仕事を与えてあげたら、清潔できちんとした身なりができるはずよ！

エラリー　（やさしく）ニッキイ……。　タイタスさん、あなたも冷静になればわかってくれると、ぼくは信じていますよ。ここにいる人たちは、同じ共同体に属するわれわれのような多少の幸運に恵まれた人々によって、励ましや現実的な手助けを受けるに値するということが。ここにいるみんなが、生活の糧《かて》を得る機会を求めていますし、懸命に仕事を探してもいます。あなたがわからないのならば――

タイタス　（腹立たしそうに）こいつらがわしの土地にいる以上、そこから出て行かねばならん！　わしは銀行家であって、職業紹介係ではない。そこのきみ――警察官だろう――浮浪の罪と不法侵入の罪と土地を損ねた罪で、この連中を逮捕したまえ！

ニッキイ　そんなことはしないわよね、警視さん。

警視　（冷静に）ニッキイ！　申しわけないですな、タイタスさん。これは殺人事件で、彼らは重要証人なのだ。すべてが明らかになるまで、ここにいてもらうことになる。

エラリー　ぼくにアドバイスをさせてもらえませんか、タイタスさん。あなたは警備係をクビにしてはまずいですよ。彼は自らの仕事を危険にさらしてまで、落ちぶれた人たちを何名も救っているのですからね。そういう人をクビにしたと新聞に載った場合、あまり良い評判にはならないと思いますよ。そうでしょう？

タイタス　（咳払いをする）うむ……そう、そうだな。そいつは考えていなかった。わしが言いたいのは――どうやら軽率だったということだ……。（ぶっきらぼうに）マック、自分の仕事に戻りたまえ！

マック　（勢いよく）わかりました！（二人分の足音が遠ざかる）それと、ありがとうございました……。（離れた位置でドアが開く）

タイタス　（離れた位置で）それに――ああ――警視。妻のダイヤの指輪だ。取り戻すのを忘れんでくれたまえ。失礼する！（離れた位置でドアが閉まる）

ニッキイ　失礼な人がいなくなったわ！

ディキシー　ふう、やれやれ――あの男は気にくわないな。

カンザス　もっとも、自分がダイヤの指輪をなくしたとしたら、どんなに腹が立つか、おれには想像もつかねえけどな。

カリフォルニア　わしらはここを追われたら、どうすればいいのだ？
マンハッタン　今、われわれがいていい場所さえもわからないな。
警視　エラリー、外に出よう。
エラリー　ええ、お父さん。（二人分の足音）
ニッキイ　（声が遠くなっていく）あなたがマンハッタンね、そうでしょう？　たぶん、クイーンさんとわたしが（ドアが開く）あなたとそこのお仲間に仕事を探してあげられるわ。（ドアが閉まる）
警視　（小声で）エラリー、この事件には一風変わった点があってな。マンハッタンという男の話によると、ここ一週間――連中がヤンクを追放してマンハッタンが自分の小屋に戻ってから――毎日のように、こそ泥が忍び込んでいるらしいのだ！
エラリー　こそ泥が？　あの掘立て小屋に？　夜の間に？
警視　さよう。マンハッタンはあそこの二つの穴蔵のうち、大きい方で――ヤンクの死体を見つけた何もない部屋の隣りで――寝ているのだ。先週は夜になると必ず、何者かが開いた窓から小さな部屋の方に忍び込んできた。マンハッタンが言うには、彼は眠りが浅いので――
エラリー　目を覚ましてこそ泥を追っ払った、と？
警視　そうだ、毎回毎回。マンハッタンによると、連中がヤンクをキャンプから追放したとき、ヤンクのやつはマンハッタンの小屋に数分でいいから戻らせてくれと頼んだが、彼らは許さなかったそうだ。わしが何を考えているかわかるか、エラリー？　ヤンクはこの小屋に何かを隠したのだ！

エラリー　おそらく、やつがタイタスから盗んだダイヤの指輪でしょう。ヤンクがこのあたりで活躍中のスリだということは、まず間違いありませんね。

警視　だとすると、ここ一週間にわたって毎晩忍び込んでいたのもヤンクだな――ここにダイヤを残して立ち去らざるを得なかったので、取り戻そうとしたわけだ！

エラリー　ヤンクではありませんよ、お父さん。ヤンクのようなこそこそした泥棒は、そんな危険は冒さないでしょうね――マンハッタンが小屋にいないときに忍び込みますよ。ぼくが思うに、ヤンクはこの一週間、使いの者を――使い走りを送り込んだのです！

警視　使い走りだと！　どういう意味だ――使い走りとは？

エラリー　一つ考えがあるのですが……突拍子もない考えだと思われそうですね。お父さん、もしぼくの考えが正しいならば、殺人があろうがなかろうが、こそ泥は戻ってきますよ。今夜ここにいて、そいつを捕らえましょう！

音楽、高まる……そこに小声のアドリブが割り込む……。

ニッキイ　（ささやく）こんな風に賤《しず》が屋で押し合いへし合いして……。エラリー、まともな考えの持ち主なら、今から忍び込もうなんて思わないわよ！

警視　（小声で）ニッキイが正しいな、せがれ。徒労に終わるぞ。

エラリー　（小声で）そうかもしれませんね。でも、ぼくはそう思っては——（離れた位置で低い笛の音がする）

ニッキイ　外にいるヴェリー部長の合図だわ！

エラリー　何者かがここに入り込もうとしている！　静かに！（間。動物が窓からこっそり入り込むような物音）来たぞ！　お父さん！　ニッキイ！　やつに懐中電灯を向けて！

警視　ヴェリー！　外から窓をふさげ！　そこのおまえ——止まれ！（懐中電灯のカチリという音が二つ。間。警察犬が凶暴そうにうなる）

ニッキイ　（悲鳴を上げる）犬だわ——警察犬よ！

警視　エラリー！　用心しろ！（犬が怒って吠える）

エラリー　わかってますよ！　落ち着いてくれよ、ワンちゃん……誰もおまえを傷つけたりしないから……（犬がうなって吠える）

ヴェリー　（離れた位置で）誰がこいつを傷つけたりしたがるんですかい？　そいつはかなり凶暴そうですぜ！　あたしがこの窓によじ登って入るまで待っていてくださいよ……。（床に足を下ろす）いい子だ、ワン公……。（怒ったような吠え声）よしよし……（アドリブで犬をなだめようとする。ドアが開く。四人の見捨てられた男たちとマックの声がアドリブで「警察犬がどこから来たんだ？」「気をつけろ——こいつはどう見ても危ないぞ！」などなど）

警視　おまえたちは——近づくんじゃない！

エラリー　ニッキイ、後ろに下がって！

ニッキイ　壁に貼りつくところまで下がっているわ、クイーンさん！

マンハッタン　外にいよう、みんな。マック、きみは通りの向こうで警備の仕事に戻った方がいい。もしタイタスじいさんが、きみがまたここにいることに気づいたら……

マック　だが、犬の吠え声を聞いてしまった以上は……。この犬はどこから来たんだ？（吠え声はやむ。ただし低いうなり声は続いている）

警視　どうやら、わしらに近づいてほしくないようだな。なるほど、こやつが毎晩やって来たこそ泥というわけだ、マンハッタン！（くつくつ笑って）この犬を前に見たことがあるかね？

マンハッタン　いや、警視。（他の者も相づちを打つ）

エラリー　動かないでくれよ、ワンちゃん、動かないで。ここから首輪にある三つの頭文字がなんとか読み取れそうです。Ｓ……Ｊ……Ｂ……。

ヴェリー　Ｓ・Ｊ・Ｂですかい？　やあ、ぴったりだ……。さっき、写真台帳でヤンクの身元がわかりましたが……本名は「サミュエル・Ｊ・ボロック」だったんです！　Ｓ・Ｊ・Ｂ！

警視　こいつはヤンクの犬というわけだ！　ようやくすべてがわかったぞ。ヤンクは取り締まりが厳しくなって自分まで手が伸びてきたので、しばらく身を隠す必要を感じた。それがこのキャンプに加わる計画を立てた理由であり――身元がばれる危険が大きいため、自分の犬を捨てた理由でもある！

エラリー　そうです。しかし、この犬氏は忠実だったので、このあたりに留まり続けていました。そして、ヤンクがキャンプを強制退去させられたときに、この犬は飼い主と再合流したわけです。それからの一週間、ダイヤを残したこの小屋に自分で舞い戻る度胸がなかったヤンクは、犬を何度も送り込んだのです――警察犬の血統なのでかなり賢いはずですし、飼い主である盗っ人のために盗品を持ち帰る訓練を受けてもいたのでしょうね。……さあ、ワンちゃん。ひどいことはしないから……（うなり声を上げて顎をガチガチといわせる）

ニッキイ　エラリー！　犬があなたの手を食いちぎりそうだわ！　用心して！

エラリー　大丈夫だよ、ワンちゃん……（うなり声が大きくなり、またもガチガチと）

ヴェリー　クイーンさん、気をつけてくださいよ！　そいつをなだめるなんて無茶ですぜ！

ニッキイ　あなたの手を嚙もうとしているわよ、エラリー！

エラリー　こいつの信頼を得なければならないのだよ、ニッキイ！　ヤンクがダイヤの指輪のためにこの犬を何度も送り込んだとするならば、この犬はダイヤがどこに隠されているかを知っているに違いないからね！

警視　エラリー、せめて手袋をはめろ――そいつは鋭い牙を持ってるぞ！

マンハッタン　マック、きみがはめている手袋をクイーン君に渡したまえ！

小屋に入る足音――犬がうなる。

マック　大丈夫だよ、ワン公。これを使ってくれ、ほら。

エラリー　すまない、マック。（手袋をはめる音）よし！　さあ、ワンちゃん……おまえとぼくがもう少し近づいたらどうするのかな、ええ？

ニッキイ　エラリー――そんなに近づかないで！

エラリー　この機会を逃すわけにはいかないのだ、ニッキイ……。ぼくたちは友だちになれないかな？　ぼくはいつも犬に目がないんだよ、ワンちゃん。（くんくん鳴く）

ヴェリー　（畏敬の念を込めて）あの犬、クイーンさんに頭をなでてもらってますぜ！

エラリー　いい子だ！　おまえの名前は何かな、うん？（低く親しげな吠え声）首輪に書いてありそうだね。見せてごらん……ああ！　バックか。いいかい、バック、ご主人さまの期待に応えてくれないかな。ダイヤの指輪はどこに隠されているんだい？　探してくれ、バック。見つけ出してくれ！（小声で）みんなは後ろに下がってください……。見つけ出してくれ、バック！

警視　ほう、なんと――！　犬が命令に従っておるぞ！

エラリー　どこにあるのかな、バック？　そこ――床の下かい？　そうなんだね！　掘るんだ、バック！（犬が土を掘り返す）

ニッキイ　犬が掘り返しているわ――もろくて軟らかい土間の一部を！

警視　あの場所は、ごく最近にも掘り返されたように見えるな。

エラリー　よくやったぞ、バック！　見て下さい！　こいつが小箱を掘り出しましたよ！

ニッキイ　これを小屋から持ち出そうとしていたのね！

エラリー　いや、駄目だよ、バック。こっちに渡してくれ。（うなり声）ほらほら、こっちに――渡して――くれ……いい子だ！　それでは、タイタス氏のダイヤの指輪を拝見するとしましょう。（小箱の開く音）

ニッキイ　空っぽだわ！　指輪は箱に入ってないわ！

警視　ふむ。気づいてしかるべきだったな。土に掘り返した跡があったからな。ヴェリー、金満タイタスを今すぐここに連れて来い！

ヴェリー　あいつにこの悪い知らせを伝えるのは、心躍るものがありますな！

音楽、高まる……そこに小屋のドアが閉じる音が割り込む……。

タイタス　（登場）（足音にかぶせて）それで？　それで？　何があったのだ？

警視　タイタスさん、こいつがあなたのダイヤの指輪が入っていた小箱かどうか、わかりますか？　どうです？

タイタス　そうだ！（小箱を開ける）だが、空っぽではないか！　わしの指輪はどこだ？　あの指輪は五千ドルの価値があるのだぞ！　きみは能なし警官か？　箱だけを見つけてどうする！　箱にどんな価値があるのだ？　指輪を見つけたまえ！

エラリー　（おだやかに）あなたは指輪を取り戻してほしいのですね、タイタスさん？

タイタス　取り戻してほしいか、だと！　きみは阿呆か？　もちろん取り戻してほしいに決まっておる。あれはわが家に受け継がれてきた家宝で――金では買えないものなのだ！　高額の賞金を出してでも――

エラリー　（おだやかに）ほう。あなたは高額の賞金を出すつもりがあるのですね。ではタイタスさん、もしあなたがここにいる四人に対して――そして、彼らと同じ境遇の者たちに対して――

再び自活するための手助けを行うという報酬をぼくに与えてくれるならば、あなたのために、指輪を取り戻してあげましょう！

タイタス　何の話だ？　何を言いたいのだ、きみは？

ニッキイ　言いたいことがわかったわ！　タイタスさん、あなたはこの空き地を持っているけど――あなたにも、他の誰の役にも立っていないでしょう。――どうしてここで何かをしようとしないのかしら？

エラリー　（くすくす笑いながら）まさに、それがぼくの考えたことだよ、ニッキイ。

タイタス　わけがわからんな！　こう考えればいいのかね。きみは、このわしに対して、ここを利用して何をすればいいのか教えることができる、と。

エラリー　お許しをいただければ、タイタスさん、教えることができます。この空き地は、貧乏な人たちの公園や子供たちの運動場として、理想的な立地条件を備えているではありませんか。ぼくの聞いたところでは、こちらのマンハッタンと呼ばれる紳士は建築家だそうです。あなたが市民のためにこの計画を実現するならば、その設計をマンハッタンに任せてみてはいかがでしょうか。一方で、他の仲間はこの上なく熱心に仕事を求めていますので、マンハッタンの手助けができるに違いありません。他にも、まっとうな生活の糧を欲している何百という不運な人々もいます。商売になりませんか？

タイタス　（咳払いをしながら）うーむ！　そうだな……建設的な意見だ。実に建設的だ。運動公園か、ふむ？　「サディアス・V・タイタス運動公園」。そうだな……悪い考えではない。（遠ざかる足音――離れた位置でドアが開く）おまえたち！　仕事が欲しいのか、どうだ？（離れた位置で熱を込めたアドリブ）働く気はあるかな？

カンザス　（離れた位置で）社長、あなたがおれたちに仕事を与えてくれるならば！

カリフォルニア　果実摘みに戻れるのなら！

ディキシー　果実、綿、何でもいいです、社長さん。

マンハッタン　（静かに）われわれを試してください、社長。

タイタス　ふむ、その考えはわしも持っていたよ。（立ち去りながら）いいかね、運動公園を建てることはわしも考えていたのだ……（ドアが閉まる）

ニッキイ　あの人も考えていた、ですって！

ヴェリー　大声を出しなさんな、ポーター嬢さん！　たとえ、これまで考えもしなかったとしても、今、あいつは善き市民になろうとしているのですからな！

警視　ちょっと待て！　エラリー、おまえはタイタスと約束したな。もし彼にあの連中を雇わせたいのなら、おまえはダイヤの指輪を取り戻さねばならんぞ！　どうする気だ？

ヴェリー　そうですな……もしあなたがダイヤの指輪を持っているのが誰かわかっているとするならば、クイーンさん、あなたはヤンクから指輪を横取りしたのが誰かわかっているということになりますし――

ニッキイ　そして、もしあなたがヤンクから指輪を盗んだのが誰かわかっているとするならば、あなたはヤンクを殺したのが誰かわかっているということになるわ！

エラリー　（くすくす笑いながら）そうだよ、生徒諸君。ぼくはヤンクを殺したのが誰かわかっているのさ！

音楽、高まる……。

聴取者への挑戦

「そしてここで」とエラリー・クイーンはゲスト解答者とラジオの聴取者に語りかける。「謎はみなさんの手にゆだねられました。みなさんの解決は？」

音楽、高まる……。

エラリー　お父さん、ヤンクが殺された夜、マンハッタンの小屋で何が起こったかを再構成してみましょう。

警視　そうだな。犬が掘り出した空の小箱と、その場所がごく最近掘り返されていたことは、こういった物語を教えてくれる。ヤンクは土間に埋めた小箱を回収するために、毎晩毎晩、訓練された犬のバックをここに送り込んだ。だが毎回毎回、バックは小箱を回収できずに戻ってきた――マンハッタンが脅して追い払ったからだ。かくして昨夜、マンハッタンが仕事で外に出ていた間に、ヤンク自らがここに来て、小箱を掘り出し、ダイヤの指輪を取って、空の小箱を穴に投げ入れ、地面をぞんざいに埋めたのだ。これをやったのはヤンク以外にない。なぜならば、やつこそが泥棒であり、泥棒だけが盗品をどこに埋めたのかを知っておるからだ。

エラリー　正解です。しかし、ヤンクはまさにこの部屋で殺され、ダイヤは消えていました。結論。ヤンクがダイヤを掘り出すとき、何者かが窓から覗いていたのです！　その人物はここに入り込み、ダイヤを手に入れるためにヤンクを殺したのです！

ヴェリー　ですが、あたしらはそんなことは百も承知ですぜ、クイーンさん。設問。誰がやったのか？

エラリー　ニッキイ、きみは覚えているかな？　ぼくがヤンクの死体を調べたとき、きみが彼の手を「とってもきれい」と指摘したのを。

ニッキイ　そうよ、手はきれいだったわ。それがどうしたの？

エラリー　小屋の床は土がむきだしでした。ぼくたちは、隠したダイヤを回収するためにヤンクが地面を掘ったことを推理しましたね。彼はどうやって掘ったのでしょうか？　素手で掘ったのでしょうか？　いいえ、それならば、ぼくたちが見つけたとき、死体の手はきれいではなく、汚れていたはずです。道具を使ったのでしょうか？　ニッキイの発言と同じときに、お父さんが、ダイヤが埋められていた部屋には「本当に何ひとつない」と指摘していましたが、可能性としては無視できません。従って、二つの可能性のうちの一つということになります。ヤンクは何らかの道具を使って土間を掘り、殺人者が犯行後にその道具を持ち去ったという可能性。

さもなくば、ヤンクは手袋で手を保護して掘り、その手袋は殺人者によって持ち去られたという可能性です。どちらの場合にせよ、土を掘ったヤンクの手がきれいだったことの説明がつき、同時に、ヤンクが掘るために使った道具あるいは掘るためにはめていた一組の手袋を殺人者が持ち去ったこともわかったのです。

ヴェリー　手袋！　そいつは——

警視　ちょっと待っておれ、ヴェリー！　続けろ、せがれ。

エラリー　では続けましょう。ぼくが最初にあの犬に近づいたときに起こったことを覚えていますか？　バックは続けて二度も、ぼくの手に噛みつこうとしました。しかし、三回めに近づこうとしたとき——ぼくが両手に手袋をはめて近づいたとき——犬はあっという間になついたのです！　ぼくは犬の信頼を勝ち取ったわけですが、この急激な態度の変化は何によるものなのでしょうか？　ぼくが手袋をはめたという事実しか変わっていません。ならば、バックの信用を勝ち取ったものは、手袋だったのです。なぜそうなったのでしょうか？　答えは明白です。犬はこの手袋を知っていて、信頼していたからです。結論。一人だけに忠実な警察犬であるバックは、この手袋から飼い主の臭いを嗅いだのです！　この手袋は、バックの飼い主の持ち物なのです！

ニッキイ　そして、バックの飼い主はヤンクだった！

エラリー　そう、ヤンクだ。かくしてぼくたちは今、ヤンクがこの手袋の持ち主であることがわかったわけです。ということは、ぼくたちはさらに、盗まれたダイヤの指輪と共に殺人者がヤンクの死体から取ったものもわかったわけです。――犯人が取ったのは、掘るための道具ではなく、ヤンクの手袋だったのです！

ニッキイ　でも、一体どうして、犯人は死んだ人の手袋なんかを取ったのかしら？

警視　簡単だよ、ニッキイ。もし死体が土で汚れた手袋をはめているのが見つかったならば、警察は、ヤンクが殺される前に何か掘り出したことを知ってしまう。つまり殺人者は、ヤンクがタイタスのダイヤの指輪を盗んだ人物だと警察が見抜くことを、そして、ヤンクはこの指輪のために殺されたとわれわれが推理することを恐れたのだ。

エラリー　そうです。手袋を持ち去ることにより、犯人は動機を隠そうとしたのです――動機と、そして今や犯人がタイタスの指輪を持っていることも。かくして事件は単純なものになりました。ヤンクの手袋を所有していた者が誰であれ、そいつがヤンクの殺人者なのです。ヤンクの手袋を――バックの信頼を得た手袋を――愚かにも捨てずに持っていた人物は誰でしょうか？――ぼくがバックをなだめるために手袋を借りたのは、誰からだったでしょうか？

ヴェリー　通りの向こうにあるタイタスのビルの警備係ですな！

ニッキイ　みんなが「マック」と呼んでいた男の人だわ！　あなたはマックから手袋を借りていたでしょう！

エラリー　そうだ、お嬢さん。というわけですので、お父さん、マック本人と部屋と身の回りの品を調べるならば、彼がそのためにヤンクを殺したダイヤの指輪が見つかると思いますよ。そして、ぼくたちがタイタス氏に指輪を返すことができたならば、タイタス氏はぼくたちとの約束を守らなければなりません――あの四人の見捨てられた男たちに働き先を取り戻して、明るい未来を信じさせるという約束を！

音楽、高まる。

死せる案山子の冒険

The Adventure of the Dying Scarecrow

初回放送が一九四〇年一月七日の「死せる案山子の冒険」は、エラリー・クイーンのラジオ脚本の中でも、最もよく知られているエピソードの一つである。特に、のちに一時間の本作を三十分に縮めてお目見えした「案山子と雪だるまの冒険」という生まれ変わりは有名だろう。その魅力は、血を流す案山子という不気味なイメージと、メインの手がかりが（このEQドラマには珍しく）スタジオの解答者たちが指摘できるほど単純だったことにある。

登場人物

探偵の　エラリー・クイーン
その秘書の　ニッキイ・ポーター
ニューヨーク市警の　クイーン警視
ニューヨーク市警の　ヴェリー部長刑事
農夫の　パパ・マシュー
その妻の　ママ・マシュー
二人の息子で舞台裏にいる　ジョナサン・マシュー
作男の　ジェド・ビゲロー
農夫の　ホーマー・クレイ
その妻の　ジュリー・クレイ
医者の　ハークネス博士
看護婦、ウェイトレス

舞台　中西部。一九三九年

エラリー　これは、田園に住むアメリカ人、マシュー一家の物語です。

マシュー一家は、人里離れた寂しい場所にある農場で暮らしていて、そこは夜になると、湿地を吹き抜けた風が、彼らが寝ているところまで届きます。みなさんにも見えるでしょう。漆黒の空の下に広がる果樹園。その端の方にぽつんと静かにたたずむ納屋と道具置き場と貯蔵所と――一軒の農家が。

とは言うものの、ぼくたちが初めてこの農場を見たときの雰囲気は、実に楽しいものでした。それは夏の朝――今年の七月のことでした。ぼくたちは――ニッキイ・ポーターと父のクイーン警視とヴェリー部長、それにぼくは――車でカリフォルニアから東に戻る途中だったのです。ぼくは、静かな中西部の田園を車で走り抜けたあの美しい朝を、喜びと共に思い出すことができます。陽の光は田園すべてに降り注いでいます。向こうに見えるマシュー家の納屋は赤。農家の板葺き屋根には楡《にれ》の古木の葉が影を落としています――混じりけのない白と緑のパステル画のように。道の向こうには、赤と茶と黒い色の牛の群れが、のんびりと草をむしゃむしゃ食《は》んでいます。緑と黄の光を放って広がる畑が、そして、そのそばの果樹園できらめく果実が

ぼくの目をとらえ、魅了したのです。（声はだんだん小さくなり、同時に、車のエンジンの低くなめらかな音が大きくなっていく）

そういったわけで、静かで平和な農場を偵察すべく、ぼくは車を運転しているヴェリー部長に叫んだのです……。（声を大きくして）部長！　停めてくれ！

ヴェリー　どうしてですかい、クイーンさん？　何もない土地の真ん中ですぜ。

ニッキイ　天国の真ん中なのよ！

車はスピードを落とし、遠くでかすかに牛の鳴き声や鳥の羽ばたきなどが。

警視　（くつくつ笑いながら）こいつは蝶を追いかけたいのさ。

車が停まり、エンジンが切れる。

エラリー　いいとも――馬鹿にするがいいさ。ニッキイはぼくの気持ちをわかってくれたね。そうだろう、ニッキイ？

遠くでかすかな牛の鳴き声。

ニッキイ　ちゃーんと、わかったわ。紳士のみなさま、ミスター・クイーンは、この非の打ち所なく壮麗な農場をカラー映画に撮りたいと言っているのよ。そうでしょう、ミスター・クイーン？

エラリー　そうだよ、ミス・ポーター。（十六ミリ映画カメラの回転音。狙いを移動しながら）車をゆすらないでください、お父さん。ぼくは――全景を――ゆっくり――撮ろうとしているのです。

警視　ハリウッドに毒されたに違いないな。
ヴェリー　（夢見るように）警視、あなたには詩の心がありませんな。今、あたしが感じているのはそれですぜ。あたしが神の恵みし土地に降り立ち、鳥や農場や牛やいろんなものを見ながら感じているのは、間違いなく――
警視　――センター街に戻って、チャーリーの店でビールの大ジョッキに鼻を突っ込みたいということだろう。
ニッキイ　エラリー！　あの案山子《かかし》を撮ってみたら――向こうの――トウモロコシ畑の中よ。
ヴェリー　ほう。あれは案山子だったんですか？　これまで見たことがないもので。
警視　（くつくつ笑いながら）それなのに、誰かさんは何やら感じているわけだ。
エラリー　（カメラを回しながら）孤独なる乞食だな、そうだろう？
ヴェリー　誰が――あたしですか？
エラリー　違うよ、部長。あの案山子のことだ……と一ってもすばらしい。
警視　（しびれを切らして）おい、そろそろ行くぞ、せがれ。あの案山子が何をしてくれると期待しておるのだ？――生き返るとでも？
ニッキイ　エラリー、あの農夫さんだか作男さんだか誰かさんだかも撮影したら。あの人が見える？
ヴェリー　やあ……畑を横切って、案山子の方に向かって行きますな。
エラリー　そーうだな……とってもすばらしい。

警視　（鋭く）「すばらしい」だなんて冗談じゃない。何かおかしなことが起きているみたいだぞ。
エラリー　（同じく）あの男はびっくりしているみたいだ。（カメラを止める）
ニッキイ　わたしたちに向かって、何か叫んでいるみたいだわ――。誰か、何を言っているか、聞こえない？

間。遠くの叫び声。

ヴェリー　助けを求めて叫んでいるように聞こえますな。
警視　あの男、道をこっちに走って来るぞ。
エラリー　行こう。

車のドアが次々と開き、地面に飛び降り、駆け出す。

ニッキイ　（息を切らして）どうしてかしら――あの人、死人みたいに青い顔をしているわ。
ヴェリー　（同じように）あのツナギを着た、まじめそうな若者ですな。
警視　（叫ぶ）そこの若いの、どうした！

トウモロコシ畑を走り、茎を踏みつける。

エラリー　（叫ぶ）何か問題でも？
ビゲロー　（近づいてくる……恐怖に駆られて）血を流してる！　血を流しているんだ！

足音が停まる……息を切らしているビゲローは若く、方言は使わないが、わずかに中西部風の発音が残っている。

エラリー　何が血を流しているって？

警視　何のことを話しているのかな？

ビゲロー　（面くらったように）案山子、かな？

ニッキイ　か――案山子が！

ヴェリー　血を流している？

エラリー　行こう。

畑を突っ切る足音。

ビゲロー　（息を切らして）ぼくは――果樹園に行こうとして――畑を横切っているときに――ふと見ると――案山子が……

警視　わかっておる。わしらはきみを見ておったからな。（足音が停まる）

ニッキイ　（恐怖に取り憑かれて）血を――流しているわ！

ヴェリー　しかし、どうして案山子が血を流したりするんだ――

警視　こいつが案山子ではないからに決まっておるだろうが、間抜け。――案山子の恰好をさせられた人間なのだ。そこのきみ――誰かは知らんが――

ビゲロー　（神経質に）ビゲローです。ジェド・ビゲロー。マシューさんのところで作男をしています。ここはマシューさんの農場で――

エラリー　ぼくたちがこの男を杭から外すのを手伝ってくれないか。（一同はそうする）

ニッキイ　（吐き気がするように）この男の人、杭にくくりつけられているわ――自分のベルトで――

エラリー　（息を切らして）ボロ服を着せられて――麦わら帽子をかぶせられて――

警視　（同じように）わしらがこの男を――案山子だと思ったのも――無理はないな。ゆっくり降ろせ、まだ生きておるぞ。

ヴェリー　ここの連中は、いつもこんな悪ふざけをしているのか、ビゲロー！

ビゲロー　そんな考えはこれっぽっちもないと言わせてください。このトウモロコシ畑の杭には、いつもは案山子が――

エラリー　待ってくれ。この男は重傷みたいだ。そうでしょう、お父さん？

警視　意識はない……脈はわずかにあるが――かなり弱々しい……

離れた位置で走る足音。

ニッキイ　誰かがこっちに来るわ。

ビゲロー　（呼びかける）ホーマー！　見てください。たった今、気づいたんです。

クレイ　（息を切らして……登場）ジェド、一体、ここで何をぎゃあぎゃあ騒いでるんだ？（中年で――中西部なまりがある）こいつらは誰だ？　おれのトウモロコシを踏んでるじゃねえか！　何を――（不意に口をつぐむ。息を呑む）何者《なにもん》だ――

エラリー　あなたは誰です？

クレイ　（いぶかしげに）おれはホーマー・クレイだ――この農場でマシューじいさんのために働いてる。――ジェド、こいつは――人間じゃねえか？

警視　むだ話はあとだ。一番近くの病院はどこかな？

ビゲロー　町にあります。
ニッキイ　ホグスバーグのこと？　ここから六マイルも離れているわよ、警視さん。
エラリー　もっと近くに医者はいないかな——ええと、クレイ？　クレイさん。
クレイ　みんな離れたとこだよ、あんた。いったい、何が起こったんだ？
ビゲロー　家から医者を呼ぶことができますが……
警視　医者を待っておれんな——。わしらでこの男を病院までさっさと運んでいかねば！　ヴェリー！　そこのきみ——作男の——ビゲロー！　手を貸してくれ！
エラリー　（むっつりと）死神じいさんとの競争になりそうだな。急ごう、みんな！

音楽、高まる……そこにアドリブのざわめきが割り込む……。

警視　小さな町の小さな病院にしては、なかなかいいじゃないか。
ニッキイ　あのお医者さん、まだ出て来ないわ！　ああ、部長さん、あのかわいそうな人、助からないと思う？
ヴェリー　（むっつりと）あの男が鋼鉄製でない限りは……。あの切り刻まれっぷりといったら！
エラリー　教えてくれませんか、クレイさん——あの重傷の男は誰なのですか？
クレイ　わかんねえな、クイーンさん。いっぺんも見たことねえ。おめえはどうだ、ジェド？
ビゲロー　わかっているでしょう、ホーマー。

クレイ　ジェドとおれの二人は、長いことここで農場をやっているんだがな。

警視　身元を示すようなものは、何も身につけていなかったとくる！

ニッキイ　どうしてそんなものがあると思うのかしら？　クレイさん、あの人が着ていたのは、あの農場の案山子の服なのでしょう？

クレイ　そうだ。わけがわからんがな。

ヴェリー　そして、あの男はどうやってトウモロコシ畑に入ったのか――そして、誰があの男を案山子用の杭にくくりつけたのか……。あなた向きの謎ですな、クイーンさん！

エラリー　（考え込みながら）そうだ、部長……何から何まで謎だ。クレイさん、マシュー農場には、他に誰が住んでいますか？――ここにいるあなたとジェド・ビゲローを除いて、という意味ですが。

クレイ　ええと、そうだな、数えてみよう。おれがいて――マシューの娘のジュリーと結婚したんだ――今から七年前だったかな、ジェド？

ビゲロー　（小声で）そうだったと思います、ホーマー。あなたが覚えていなくちゃ駄目じゃないですか。

クレイ　それから、おれのかみさんのジュリー、それにもちろん、ジュリーの親父のマシューじいさん――この土地はおれが面倒みてるけど、本当はマシューじいさんのもんなんだ。それに、おれの義理のおふくろにして、じいさんのつれあい、マシュー夫人だ――。

ビゲロー　ママ・マシューが家の切り盛りをしているんです、クイーンさん――炊事に家事に果実の瓶詰めに家畜の世話、それに外で畑仕事を手伝うことだってあります。びっくりするような女の人ですよ。

警視 昔の開拓者の血が流れているというわけか。そうだろう？

ビゲロー ええ、警視。農耕馬のように頑丈なんです。ママ・マシューはぼくのおふくろみたいなものですよ……。ぼくは――孤児なもので。

ニッキイ その女の人、つつましき偉人みたいな感じね。

クレイ ああ、まさにママはそれだ。それから、ここにいるジェドの小僧も一緒に住んでる。家族の一員みたいなもんだ。（くつくつ笑う）日が暮れて、みんなでラジオを囲んで聴いてるとき、ジェドはジュリーのいい話し相手になるんだ。大学出なんだよ、このジェドは！

エラリー 本当かい、ビゲロー君？　それなら、こんなところで――

ビゲロー （声を落として）ええ、州の農業大学で何年か過ごしましたよ、クイーンさん。ひどい間違いでしたね。（苦々しく）今日び、貧乏人は教養なんてない方がいいのです。身の程を知るべきですよ！

警視 わしはそうは言わんな、坊主。そのうち幸運をつかむことができるさ。

クレイ （心から）まったくその通りだ！　ジュリーもおれたちにそう言ってるよ。（悲しげに）ジュリー――あいつは元気がなくてな。おせじにも元気とは言えねえ。具合が悪いんだ。

ヴェリー あんたの奥さんが？　やあ、そいつはつらいだろうな。

クレイ （ため息をつきながら）ああ、ジュリーはおれたちの赤ん坊が死産だったときからずっと、病気みたいなもんだ――ほとんどベッドの中にいて――一階に下りてくるくらい元気なのは、週に一回あるかないかで……

ニッキイ　そんなに悲観したものじゃないわ、クレイさん……。（離れた位置でドアが開く）先生だわ！（離れた位置でドアが閉まる）

ヴェリー　先生、患者の容態は？

警視　一命を取りとめそうかな？

エラリー　助かりそうですか、ハークネス先生？

ハークネス　（登場）そうだと言わせてもらおうか、クイーン君。あの男にはびっくりさせられるよ。他の男が胸にあんな重傷を負ったならば、とっくの昔に死んでいるからな。

エラリー　（意気込んで）彼と話せますか？

ハークネス　まだ意識は回復していない。もう少し時間がかかりそうだな。ところでホーマー――あの男が何者か、おまえさんは知らないのか？

クレイ　知らないんだよ、先生。今も言ってたんだが――

ハークネス　おかしいな……私はこの地方の人は、みんな知っているのだが。

ヴェリー　さあてと、みなさん、帰りましょうや。あの哀れな男がくたばらずにすんだって聞いて満足したでしょう。まだ何か言うことはありますかい？

エラリー　待ってくれ、部長。ぼくは――この事件にかなり興味をそそられたよ。

ニッキイ　そう言うと思っていたわ！　絶対、そう言うと思っていたんだから！

エラリー　ハークネス先生、あの男がよそ者で、何者かは誰も知らないという状況を考えて……ぼくは、彼の写真を撮る許しをもらいたいのですが。（一同、アドリブで反応）

ハークネス　ふーむ……特に問題があるわけではないが――地元の警察が何と言うか……

ヴェリー　そういえば、地元の警察はどうしたんですかい？　襲撃事件があったというのに、誰も連絡してないみたいですが？

クレイ　そうだ、ジェド、おれたちが見つけたもんについて、ジェフ・ウィテカーにちゃんと伝えてやらなくちゃいけなかったな。まったくそうだ……。

警視　（ため息をつきながら）わしがやらねばならなかったな……。ハークネス先生、わしはニューヨーク市警のクイーン警視だ。（一同、アドリブで反応）わしらが勝手に捜査をはじめたとしても、地元の当局は気にせんと思うが……。

ハークネス　もちろんだよ、クイーン警視。それなら話は別だ――。

警視　（てきぱきと）エラリー、写真を撮れ。先生、わしらが事情聴取をするまで、あの男を誰にも会ったり話したりさせてはいかん。彼の意識が回復したら、わしらに連絡してくれ。（立ち去りながら）ヴェリー、そのジェフ・ウィテカーに――おそらく、保安官だろうが――会いに行って、説明するぞ……。

音楽、高まる……そこに田舎の道を走る車の音が割り込む……。

クレイ　ジェドとおれを農場まで送ってくれるなんて、あんたらは本当に親切だな……。速くていかした車じゃないか、そうだろ、ジェド？

ビゲロー　（言葉少なに）何ですって？　ああ。そうですね、ホーマー。その通りです。

ニッキイ　農家が見えてきたわ。

ヴェリー　やあ、カンカン照りが一段とひどくなってきましたな。（背後でアドリブを交わす）

警視　（背後のアドリブにかぶせるように、小声で）おまえは何をするつもりなのだ、エラリー？　まだ事件を追うつもりなのか？

エラリー　（同じく小声で）ええ、あの男の写真を撮ることができたので——

警視　ホグスバーグのドラッグストアは、あっという間に現像してくれたな。おまえのことを頭がいかれていると思ったに違いない。（冷ややかに）間違っているとは言えんがな。

エラリー　ぼくはマシュー農場の人たちに興味をそそられたのですよ、お父さん。目を見開いて、耳をすましていてください。（車の速度が落ちる）

ニッキイ　着いたわ。平和そのものみたいね？（遠くでニワトリが鳴いている）

ヴェリー　冷たいものが飲めたらありがたいんですがね……。（車のブレーキ）

クレイ　じゃあ、車から降り次第、ママ・マシューに頼んで、これまであんたらが口にしたこともねえような甘い林檎酒を最高に冷やしたやつを用意させよう……。（車が停まる。ドアが次々と開く）ジェド、先に家に入って、ママに教えてくれ。

ビゲロー　わかりましたよ、ホーマー。……うわ。じいさんだ。

マシュー　（離れた位置で——老いた——かん高い声が）（恫喝する）そこから動くな！
ニッキイ　（びっくりして）あら！　今、家から走り出してきた人は誰なの？　まるで——
ヴェリー　頭の上でショットガンを振り回していて、やばい雰囲気ですな……こっちへ、ポータ
ー嬢さん、早く！
クレイ　まあまあ、怖がることはねえさ。おれの義理の親父、マシューじいさんだよ。（少し離れた位置で）やあ、パパ……！
エラリー　あの人は何を騒いでいるのかな？
警視　かなり荒っぽい偏屈じいさんといったところかな？
マシュー　（少し離れた位置で——叫ぶ）そこから一歩も近づくんじゃねえ！
ニッキイ　（息を呑む）あの人——わたしたちをショットガンで脅しているのよ！
クレイ　（なだめるように）いいかい、パパ、大丈夫だよ——ここにいるのは、みんなおれの知り合いだから……家に戻ってくれ。
エラリー　マシューさん！　銃を下ろしてくれたら……
マシュー　（狂ったように——絶叫する）おまえはジョナサンだろう——見た瞬間におまえだとわかったぞ！
ビゲロー　ホーマー！　じいさんを中に入れた方がいい。完全におかしくなってますよ。
クレイ　さあパパ、無茶はしねえで。
マシュー　（叫ぶ）邪魔をするんじゃねえ、ホーマー。おまえ——ジョナサン。〝わしん家《ち》に二度

と帰って来るんじゃない〟と警告したはずだ。とっとと消えろ。さもなくば、撃ち殺すぞ。

ヴェリー　（警戒して）へい。あたしは気に入りませんな……あの銃は……

警視　（鋭く）その老いぼれの阿呆から銃を取り上げろ、クレイ。（クレイは離れた位置でマシューを説得しようとしている）

エラリー　この騒ぎは何なのだ、ビゲロー君？　あの老人は、ぼくを知り合いの誰かだと思っているのか？

ニッキイ　エラリー、引っ込んでいた方がいいわ。ビゲローさん、あの人がわめいている「ジョナサン」って何者なの？

ビゲロー　あなたたちは気をつけた方がいい。ジョナサンはマシューじいさんの息子です。かなり前に家を出て行って——

マシュー　わしの言っとることがわかるな。いいか、ジョナサン、こっちに来たらどんな目にあうかわかっとるのか。わしは教えてやっとるのだぞ、こっちに来たらどんな目にあうかを！

ニッキイ　（悲鳴を上げる）気をつけて……あの人、撃とうとしているわ。

警視　（どなる）車の後ろで伏せろ。

ショットガンが発砲される。

ヴェリー　あたしの後ろに、ポーター嬢さん。

さらにもう一発。

エラリー　ニッキイ——伏せていろ。ビゲロー、何とかしてくれ。

ビゲロー　（落ち着き払って）大丈夫ですよ、クイーンさん。ホーマー・クレイはあのじいさんの扱い方を心得てますから。

ヴェリー　なるほど。そうらしいですな。おいぼれの気違いは弾を込め直してますからな。

クレイ　（離れた位置でなだめている）いいかいパパ、そのショットガンを渡してくれ。

さらにもう一発。

マシュー　わしの邪魔をするな、ホーマー。そこのおまえ――ジョナサン――車の陰から出て来い。

さらにもう一発。

ニッキイ　（呼びかける）クレイさん、あなたも危ないわ。ああ、見て。クレイさんが頭のおかしいおじいさんに近寄っていくわ。

クレイ　（離れた位置で）もう充分だろう、パパ。銃を渡してくれ……そうだ……（立ち去っていく）さあ、一緒に家に入ろう。そしたら……（離れた位置で玄関のドアがバタンと閉まる）

ヴェリー　ふーう！　寿命が十年は縮まりましたな。

ビゲロー　（疲れたように）危険はありませんよ。あのショットガンに込められているのは空砲ですから。

警視　空砲だったのか。今になって教えてくれるとはな。

エラリー　（くすくす笑いながら）おんぼろデューセイ（エラリーの愛車デューセンバーグ）が蜂の巣にならなかったのも不思議はないな……。マシューに何があったのかな？

ビゲロー　実は、じいさんのせがれのジョナサンは、十年以上前に家を飛び出たのですが――そのときに、かなり醜い争いをくりひろげたそうです。マシューじいさんは、もしジョナサンが再び農場のまわりに顔を見せることがあれば、殺してやると宣言しました。

ニッキイ　へえ、本気で？

ビゲロー　そうです、ポーターさん。あの人はあの歳にもかかわらず、体の方は雄牛のように頑丈なのですが……。でもまあ、ほとんどの時間はおとなしいのですよ。よそ者を見かけたときだけ、逆上して銃を撃つので……ホグスバーグの全住人がそれを知っているので——誰も実弾を売ったりはしません。

警視　あのご老体を精神病院に放り込んだ方が、ずっと親切だと思うがな。

ビゲロー　そのう……それはママ・マシューが聞き入れてくれないのです。ホーマーとぼくで——ぼくたちで監視しています。彼はいつもショットガンを手放さないのです……寝るときも食事のときもそばに置いていて……（玄関のドアがバタンと鳴る）ホーマーが戻ってきました。

エラリー　（声をかける）お義父《とう》さんの様子はどうです、クレイさん？

クレイ　（離れた位置で）元気だ、元気だよ。入ってくれ、みんな。（ポーチを歩く足音。声が近くなる）屋根裏にあるじいさんの部屋に放り込んできたところだ。いつもあそこで一人で寝てるのさ……（網戸が開く）入ってくれ。（網戸が閉まる）

ニッキイ　中も涼しいとは言えないわね。

ヴェリー　（神経質に）あのいかれたじいさんをちゃんと——檻《おり》の中に入れたんですかい？

クレイ　ああ、彼のことは気にしないでくれ……（呼びかける）……ママ。ねえ、ママ。（声を落として）ここが客間だよ、みんな。（呼びかける）ママ。友だちを連れてきたぜ。
マシュー夫人　（歳はとっているが――力強く……おそらくは重々しい声）（登場）まったくもう、ホーマーったら、何を馬鹿みたいに大声でわめいているの？　あらまあ！　お客さんだったの。クラッカー・ミールにかかりきりだったもんでね。お入りなさいな――座ってちょうだい。冷たい林檎酒を持って来るからね……。（アドリブでお礼の言葉を）
クレイ　あわてなくていいよ、ママ。こちらはミス・ポーターにミスター・クイーン、それにクイーン警視とヴェリー部長だ。（アドリブで挨拶）
マシュー夫人　来てくれて嬉しいよ。さあ、腰を下ろして靴を脱いでおくれ……（ソファと椅子がきしむ音）……外はえらく暑かっただろうね。暑い日には林檎酒をやるとスカッとするさ……
（立ち去りながら）……ジェド、あの人たちをジュリーに紹介しな……
ビゲロー　ジュリー！（ゆっくりと）そこに座っているのに、今の今まで気づかなかったよ、ジュリー――
クレイ　（心配そうに）どうしたんだ、ジュリー。階下《した》にいるなんて。何で、客間のすみっこのそんなところに座っているんだい？　みんな、これがおれのかみさん、ジュリー・マシュー・クレイだ……。（アドリブで挨拶を交わす）……ジェド、その新品のカーテンを開けな。鼠みたいに薄暗いじゃないか……。（笑う。離れた位置でカーテンが開く）
ジュリー　（弱々しくけだるい声……中年で……薄気味が悪い感じで……なまりはない）とても嬉しいわ。とても嬉しい。あなた方に会えて良かったわ……あなた方に会えて良かったわ……（一同、

アドリブで応対）

ビゲロー　ほらジュリー、このクッションを頭の後ろに入れてあげるよ。

ジュリー　（ぼんやりと）ありがとう、ジェド。とっても気が利くわね——。

クレイ　きれいな発音だろう、こいつは？　大学に二年も行ってたんだよ、おれのジュリーは。

ジュリー　（ぼんやりと）ポーター《ミス・ポーター》さん、あなた、とても美人ね。結婚はしているの？

ニッキイ　（面くらって）どうして……ありがとうございます……結婚はしていませんわ、クレイの奥さま——。

ジュリー　あたしには赤ちゃんがいたのよ。死んでしまったけど。とても可愛い赤ちゃんだったわ。みんな見たがったのよ。青い目で、絹のような金髪だったわ。

ニッキイ　（痛々しそうに）ああ、エラリー！　この人——

クレイ　（あわてて）おいおい、ジュリー。赤ん坊の話はしないって決めたのを覚えているだろう。ママ、林檎酒はまだかい？

マシュー夫人　（登場）お待たせ。（トレイを下ろし、コップが音を立てる）おやおや、どうしてみんな静かなんだい？　ジュリー、あんた、また赤ん坊の話をしたんだね。（やさしく）口を閉じてなさいよ、ジュリー……。

ジュリー　（ぼんやりと）女の子だったのよ……とても可愛い小さな女の子で……

ヴェリー　（小声で）ねえ、この家はあたしに恨みでもあるんですかい。屋根裏にいる頭のねじが外れたじいさん……ここにいる女……（林檎酒が注がれる）

警視　（小声で）エラリー、例の写真をこいつらに見せて、さっさと出て行こう。わしの方も、だんだんいやーな気分になってきたぞ。

マシュー夫人　（元気よく）こいつをぐいっとやってくれ、みんな。

林檎酒を配る間はアドリブを交わす。

エラリー　ありがとう、奥さん。……ええと、ところで、あなたはこの写真の男に見覚えがありますか？

クレイ　そうそう、ママ。世にもおぞましい事件が起こってね。南のトウモロコシ畑に立ってるボロ案山子を知ってるだろう。

警視　邪魔をせんでくれ、クレイ。この男を知っているかな、マシュー夫人？

マシュー夫人　おや、この人は眠ってるじゃないの。妙ちくりんな写真だねえ。いんや、旦那。知ってるとは言えないねえ。林檎酒のおかわりは、ポーター嬢ちゃん？

ニッキイ　（神経質に）いいえ――いいえ、けっこうです、奥さま。

ジュリー　（ぼんやりと）あの子の名前は〝メリー＝アン〟って付けるつもりだったの――

ヴェリー　（小声で）とっとと退散しましょうや。何なんですかい、ここは。

クレイ　（戻ってくる）写真について話しているんだろう。ほら、これがジョナサンの……ジュリーの兄の……昔の写真だ。家族のアルバムにあったやつだよ……。

マシュー夫人　ホーマー、お客さんたちは、何をしたがっているんだい――。そのアルバムを片づけな、ホーマー。

エラリー　お願いします。ぼくにそのジョナサンの写真を見せてくれませんか、クレイさん？（間。小声で）違いますね、お父さん。別人だ。

警視　（小声）まるっきり似ておらんな。さてと、一つだけ確かなようだな、エラリー。何者かがわれらが友、案山子男を殺そうとしたことだけが。そして、案山子男と話せるようになるまで、ホグスバーグをうろうろしなければならんと、わしは思いはじめてきた。ふう、ごちそうさま、マシュー夫人。これまで味わった中で、最高の林檎酒だったよ。

マシュー夫人　ありがとうよ！　自慢するわけじゃないけど、あたしの林檎酒はこの州で一番だと言わせてもらいたいね。知っての通り、インディアンのいた昔から、ずっとこの土地を耕してきたんだよ、あたしらは――あたしが言いたいのは、マシューの一族とあたしの一族のことだけどね……（立ち去りながら）……（音楽をゆっくり流していく）……どっちもこの土地で育って……一インチ刻みで知り尽くしているんだ。

音楽、高まる……そこに車を路肩に着ける音が割り込む。

ハークネス　ホグスバーグ病院に着いたよ……（車のドアの音や舗道に降りる足音などなど……会話を交わしながら）手を貸そう、ポーターーさん。

ニッキイ　ありがとう、ハークネス先生。

警視　わざわざホテルまで自ら迎えに来てくれるなんて、親切ですな、ハークネス先生。

ハークネス　きみが私に頼んだのではないかね。連絡するようにって。（玄関のドアが開いて……閉じて……会話を交わしながらの足音）

ヴェリー　こんなちっぽけな町で三日も過ごしたんですぜ。しかも、ホテルとは名ばかりのところで。おっと失礼、先生。あんたもこの土地の人だってことを、少しばかり忘れていましたな。

ハークネス　（笑いながら）かまわないさ、部長。ホグスバーグは、来訪者の好奇心をそそるには魅力が足りないからな。

エラリー　例の男の意識が、昨日、回復したと言っていましたね、ハークネス先生？

ハークネス　うむ。それに、今朝はもっと回復していたので、きみたちが質問しても大丈夫だと思ったのだ。……その廊下を奥に進んでくれ。……おはよう、きみ。

看護婦　（通り過ぎていきながら）おはようございます、ハークネス先生。

ニッキイ　あの人はまだ何もしゃべっていないのですか？　自分の名前とか、自分の身に起こったこととか？

ハークネス　うむ、彼は話そうとはしなかったし、私も無理強いはしなかった。たぶん、きみたちなら、もっとうまく聞き出せるのではないかな。おかしなやつだよ。……着いたぞ……（足音が停まる）

エラリー　（意気込んで）あの男と話したくて話したくてたまりませんよ……。

ハークネス　きみたちに注意しておきたいことがある。――彼は手に負えない患者なのだ。昔、マシュー老人が飼っていたミズーリ州のロバ（「ミズーリ州出身」も「ロバ」も頑固者の代名詞）のようで……おっと、話がそれてしまったな。あまり無理をさせないでくれたまえよ——回復したこと自体が驚異的なのだから。

警視　（きびしい声で）ドアを開けてくれ、先生。

ハークネス　わかった、警視。

ドアが開く。間。息を呑む音。

ニッキイ　ベッドが——空っぽだわ。

ヴェリー　それに、窓が開いてますぜ。

警視　いまいましい……逃げられたようだ。

エラリー　（うめく）駄目だ——こんなのフェアじゃない……。三日も待ったあげくに——

ハークネス　（音楽をゆっくり流していく）（わめきながら退場）看護婦、看護婦！……一体、どうして患者が逃げるのに気づかなかったんだ——一人きりで出て行かせるなんて——

音楽、高まる……そこに冒頭で流したのと同じ朗読時用の音楽が割り込み……警視の独白の間、ゆっくりと流し続ける。

警視　（朗読時用の音楽が流れる中……朗読する）さて、これこそが、わしがこれまで経験した中で、もっとも奇怪な事件の幕開きだった。——わしはこれまでの人生において、いくつもの奇怪な事件を見てきたのだがね。

わしらは地元の警察に通報し、あらゆる場所を探した。しかし、われらが消えた案山子男を見つけ出すことはできなかったのだ。そして、男が病院に担ぎ込まれたときにエラリーが撮影した写真に見覚えがある者は、ホグスバーグにもその周辺にもいなかった。

かくして、わしらは最後にはあきらめて、車でニューヨークに戻るしかなくなった。――かなり落ち込んだ御一行様だったな。案山子男の事件はこれで終わったように見えた……解かれざる謎のままで。いずれにせよ、わしらの担当ではない。

だが、五ヶ月後に――ひと月ほど前の十二月上旬に――エラリーはホグスバーグから一通の手紙を受け取ったのだ。スモール――サム・スモールという名の男からの。スモールはホグスバーグの治安判事で――この七月に、わしらが病院からとんずらした男を探したときに、話をしたこともあった。

さて、サム・スモールはこう書いていた。五ヶ月前、わしらが質問を雨あられと浴びせかけたとき、嘘をついた、と。彼はそのときすでに、案山子男が誰なのかを知っていたと言うのだ。わしは彼の手紙の一言一句を覚えている――「ホグスバーグでは、関係者を除けば、私と町の記録係だけが、例の人物が何者なのかを知っている。しかし、ホグスバーグ町の記録係の方は、三年前に亡くなっている」。そして、スモールはこう続けていた。もしわしらが彼に会いに行ったならば、何もかも話してくれる、と。彼は病気がちで、外出ができないようだった。

というわけで諸君、わしらは即座に西方に出発した――最高裁の命令をもってしても、わしらを止めることはできなかっただろう。そして、何が起こったかわかるかな？　ホグスバーグのサム・スモールの家にたどり着くと、スモールは数日前に亡くなっていたことがわかったのだ！　そうなのだ、諸君、彼は死んだのだ。そして未亡人は、夫が胸のつかえを取るためにわしらに送った手紙については、何ひとつ知らなかった。

それやこれやで、そのあたりにしばらく留まっているうちに、マシュー家に寄ることが決まった。わしが思うに、誰もが感じとっていたからだろう――マシュー農場のトウモロコシ畑で刺されて案山子の杭にくくりつけられた謎の男は、どこかでマシュー一家とつながっていることを。

冬のマシュー農場はそれほど魅力的ではなかった。実は逆だったのだ。わしらが吹雪に叩きつけられながら車で乗りつけたとき、かなり雪が降り積もっていて……あらゆる場所が――裸になった田畑が、木組みがむきだしの農場の小屋が、吹きすさぶ風が……わしらに寒気を感じさせた。（声がだんだん小さくなる）そして、わしらが吠え狂う風の中、ぶ厚いシーツと化した雪におおわれたマシュー農家の前庭に車を乗り入れると……（タイヤにチェーンを巻いた車が停まる音が割り込む。風が吠え狂っている――雪は少しおさまっている）

ニッキイ　「嵐のときはどんな港でもありがたい」だわ！　まさにその港ね！（車のドアが開く。風の音が大きくなる）

ヴェリー　気をつけて、ポーター嬢さん！　あのいかれたじいさんがまたいますぜ！（家のドアがバーンと開く）

マシュー　（かん高い声で）見つけたぞ、ジョナサン！　今度こそ息の根を止めてやる！（ショッ

トガンから二発発射)

警視　空砲とは思うが——伏せろ、エラリー!

ニッキイ　またあの人、あなたを自分の息子だと思い込んでいるわ、エラリー!

クレイ　(登場)パパ! パパ・マシュー! そのくそったれの銃を下ろしてくれ!

マシュー夫人　(登場)訪問客を撃ってるのかい、パパ! なんてことをするんだろうねえ……。おや、クイーンさんと——これはこれは! 中に入って吹雪を避けておくれ!

マシュー　(遠ざかりながら——叫び続ける)あのスカンク小僧を殺してやるんだ! ホーマー・クレイ、わしを押すのをやめんか……!

ポーチを駆け上がるいくつもの足音。

エラリー　こんにちは、マシューの奥さん! よろしければ吹雪を避けるために中に入れていただけませんか?

マシュー夫人　「よろしければ」って——あたしは生まれてこの方、そんな言葉を言われたことがないよ! 入りな、あんたらみんな! (ドアが開く。閉じる。吹雪の音が聞こえなくなる)コートをお脱ぎよ。ジェド! ジェドったら! いかしたお客さんがヌーヤークから来たよ!

ビゲロー　(登場)なんと、クイーンさん父子じゃないか! それにポーターさん——部長も——

(コートを脱ぎながらアドリブを交わす)

ヴェリー　うーむ、何やらいい匂いがしますな。

マシュー夫人　トウモロコシパンを焼いていたのさ。ホーォマー! パパはどう?

クレイ　（登場）落ち着かせたよ、ママ。屋根裏部屋に戻した。申しわけなかったな、みんな。さてさて！　嬉しい驚きじゃねえか、ジェド？　客間に行って……
警視　奥さんの具合はどうかね、クレイ君？
クレイ　良くねえな、警視。ジュリーは二階の自分の部屋にいるけど――
マシュー夫人　生まれたての雌牛みたいに弱っちまって。さあ、着いたよ――ほらほら、座んな！　何か温かいものをすぐ用意するからね――
エラリー　ありがとう、奥さん。でも、長居はできないのです。今、ホグスバーグにいるので、ちょっと寄ってみただけですから――
ビゲロー　みなさんがどこに行くつもりにせよ、クイーンさん、今日は無理ですよ。道路はもう、とっくに雪で埋もれてしまってますから。
ニッキイ　まあ大変！　わたしたち、どうすればいいの？
マシュー夫人　ここに泊まるのさ。あんたらは、そうすりゃあいいんだよ！　二階には部屋がたっぷりあるからね。――まったく、パパはどうしてこんな大きな家を造ろうとしたのか、見当もつかないよ……。（一同はアドリブで辞退する）
クレイ　だが、ママが正しいぜ！　おれらの誰とも相部屋にならずに泊まれるくらい部屋があるからな。ママとも、おれとも、ジュリーとも、ジェドとも、もちろん、屋根裏部屋のパパとも別の部屋だ……。
マシュー夫人　ポーターさんには一番北の寝室を使ってもらいな、ホーマー。それから――そうだねえ……

クレイ　二階の広い客間を寝室に変えただろう、ママ――。でかいベッドが一つに、シングルベッドが一つ置いてあるから――

警視　わしら男三人にちょうどいいようだな、クレイさん。

ヴェリー　いまいましいが、あんたらの他人を追い込む手際は見事ですな。

ニッキイ　確かにそうね。防戦一方だわ。どうしましょう――

マシュー夫人　さあ、これ以上何も聞きたくないね！　あんたらは泊まるんだ。（音楽をゆっくり流していく。立ち去りながら）暖炉で体の芯まであったためておきな。あたしは美味くて温かい昼飯を用意するからね……。

音楽、高まる……ドアの開く音が割り込み――屋外のシーンに……。

ニッキイ　まだ雪が降っているわね、エラリー。あら、すてきな銀世界じゃなくって？

エラリー　うわ！　もう二フィートは積もっているな。まだまだ積もりそうだ。ジェド・ビゲローは、今夜遅くにはやむだろうから、明日の朝には幹線道路に抜ける道を除雪するって言ってたけど……。（ポーチを歩く足音）

ニッキイ　そんなことしか気にならないの？　あら、クレイさんだわ！　何をしているのかしら？　ねえ、クレイさーん！

クレイ　（離れた位置で）やあ！　こっちに来て、こいつを見てくれ。（ポーチから離れていく足音）
ニッキイ　エラリー、行きましょう！（雪を踏み分けて進む足音。離れた位置では杭を打つ音）
エラリー　ニッキイ、足元に気をつけて！　その杭で何をしているのですか、クレイさん？（雪をかきわける音が止まる）
クレイ　（くつくつ笑いながら——近くで）雪だるまを作ってるのさ。（杭を打つ音が大きくなる）これでよし！（杭を打つ音がやむ）まっすぐ立って、しっかりしてるな。
ニッキイ　雪だるまですって！　ステキね。雪だるま作りなんて、子供のときからごぶさただわ！
クレイ　（くつくつ笑いながら）それで、じっと見ていたわけかい、ポーターさん。こっちに来て手伝ってくれねえか。（雪を固める音）
エラリー　実を言うと、ぼくも手を貸したくなってきたよ。（一同、笑う。おしゃべりをしながら雪を固めていく）こんな風に地面に刺さっている杭を見ると、クレイさん、思い出してしまいますね——
クレイ　夏にトウモロコシ畑で見つけた男のことを、かい？　確かに思い出すな。
ニッキイ　あの人がホグスバーグ病院で消えてから、何か噂でも聞いていないかしら？　あら、頭はわたしに作らせてちょうだい！
クレイ　（明るく）何も聞いてないが。……やあ！　どんどんできていくな。
エラリー　ご自分の楽しみのために雪だるまを作ったのですか、クレイさん？

クレイ　（くつくつ笑いながら）おやおや、違うさ。その蔓《つる》の上の方を見てくれ。
ニッキイ　ジュリーだわ！　自分の部屋からこっちを見ている！
クレイ　そうさ。ジュリーは雪だるまが大好きなんだ。外に出られないもんで、おれが彼女のために作ってるわけさ。前庭だと、窓から見えるからな。……これで終わりにしよう、お二人さん。
エラリー　この雪をどうしたものか――（笑う。雪のかたまりがドサリと落ちる）ぼんやりしてないでよけて！
ニッキイ　（笑って雪をふりはらいながら）エラリー・クイーン、わたしの口に雪を放り込んだわね！　けっこうなことをしてくれるじゃないの、ミスター・クイーン――
エラリー　（笑いながら）ちょっとふざけただけじゃないか、ニッキイ！（雪つぶて）うっぷ！
ニッキイ　もっと遊びましょうか、ミスター・クイーン？
エラリー　（雪をふりはらいながら）いや――ぼくは――降参だ！　なんて――冷たいんだ！
クレイ　よし！　立派な雪だるまじゃねえかな？　おい、ジュリー！　お気に召したかい？　ジュリー！（離れた位置で窓が開く）お気に召したかい、ジュリー？
ジュリー　（離れた位置で）おお、ホーマー、すてきだわ！
ニッキイ　はーい、ジュリー！（エラリーもアドリブで続く）
クレイ　ちょっと待っていてくれ、ジュリー。こいつは未完成だった！……ほら！
ニッキイ　それよそれ、麦わら帽子よ！

クレイ　それに目と鼻と口とボタンだ……。
エラリー　(くすくす笑いながら) それは余った石炭くずですね、クレイさん！
ジュリー　(離れた位置で拍手をする) パイプよ、ホーマー！　口にパイプをくわえさせて！　あ、どんなに赤ちゃんが喜ぶか！
クレイ　(小声で——あわてて) 気にしなくていいよ、お二人さん……。そうだな、ジュリー！
ニッキイ　もちろんだわ。パイプをくわえていない雪だるまなんて、聞いたことがないわ！
エラリー　(陽気に) コーンパイプだ、クレイさん。
クレイ　ああ。コーンパイプが要るな……ちくしょう！　コーンパイプは階上《うえ》の自分の部屋に置いてきちまった。——パパ・マシューはわずらわせたくないな——屋根裏部屋に自分のパイプを何本も持っているし、今は部屋にいるんだが——銃をぶっぱなされるのはごめんこうむりたいから……(離れた位置でドアが開く) よう、ジェド！　こっちに来いよ。
ヴェリー　(離れた位置で) 何をやってるんですかい？
ニッキイ　部長さん！　警視さん！　わたしたちがジュリーのために作ったものを見てちょうだい！
警視　(くつくつ笑いながら——登場) ほう、雪だるまか！
ビゲロー　(登場) やあ、ジュリー！
ジュリー　(離れた位置で) ああ、ジェド、すばらしいでしょう？　赤ちゃんが——
クレイ　(すばやく) おまえさんが二本持ってるコーンパイプのどっちかをくれないか、ジェド。

雪だるまにきちんと煙草を吸わせてやりたいんだ。

ビゲロー　はい、どうぞ、ホーマー。こっちはぼくには合わないんで、かまいませんよ。

クレイ　ありがとうよ、ジェド。……よし！　これでどうだい、ジュリー？

ジュリー　（離れた位置で拍手をする）すばらしいわ、ホーマー！

ヴェリー　（笑いながら）貫禄たっぷりの殿方ですな！

警視　エラリー！　見てみろ。——おい、エラリーはどこに行った？

ニッキイ　そういえば、いないわ！　ちょっと前まではここにいたのに……。エラリー！（ドアがバタンと開く）

エラリー　（離れた位置で）ぼくならここだよ！

ヴェリー　（うめく）「ぼくと映画カメラならここだよ」でしょうが！

エラリー　（登場）まあね、部長。雪だるまがこんなに格好良くなったからには、撮影しておかなくてはね！（十六ミリフィルムの回転音にみんなの笑い声が重なる。それが徐々に消えて行き……）

音楽が……冬の夜をイメージするような曲が高まり、犬の遠吠えなども……そこに離れた位置でのヴェリーのいびきが割り込み……しばらく続いて……ベッドで寝返りをうつ音が……

エラリー　（小声で）お父さん？　起きていますか？

警視　（同じく小声で）おまえも寝られんのか、エラリー？　やれやれ、わしは一晩中震えていることになりそうだな。目を閉じていることさえ難しい。

エラリー　この寝室は北極の近くにあるみたいですね。どうやら、ぼくは北極探検隊には向いていないようです。すぐに逃げ出してしまうでしょうからね……。

警視　このベッドの中は老スクルージ（C・ディケンズ『クリスマス・キャロル』に登場する守銭奴）の心の中よりも冷たいな。ヴェリーのいびきを聞いてみろ！　あやつなら墓石の上でも眠れるだろうな。（間）

エラリー　ベッドだけが冷たいわけじゃないですよ、お父さん。冷たいのは……この家だ。

警視　（静かに）うむ……この土地は影におおわれておる……。

エラリー　トウモロコシ畑の案山子の影が……（間）ところで、今、何時ですか？

警視　布団から腕を出すから待っておれ……ううっ、氷みたいだ！　時刻なんてくそくらえだ！　ぶるる……（布団にもぐり込む）

エラリー　ニッキイが眠ることができたか疑問だな……。さあ、お父さん。少しでも眠れるようにがんばってみましょう。（寝返りをうつ）

警視　わかった、やってみるとするか。誰がおまえに逆らえるというのだ？　エラリー、かけ布団を独り占めするんじゃない！（寝返りをうつ。眠そうに）たとえベスビアス火山がここにあっても、噴火が止まってしまうに違いないな……（いびきをかく……間）

エラリー　（鋭いささやき声）お父さん！（すばやく向きを変えて——ベッドのスプリングがきしむ）

警視　うーん。何だ——エラリー、いいかげんにしろ！

エラリー　（同じ口調で）ドアの向こうに誰かいるんです、お父さん！

警視　（警戒するように）本当か？（間。それから不意に、ドアを用心深くノックする音が）（ゆっくりと）ふむ、こんな時間に誰だろう？（再びノックが――用心深そうに。離れた位置のいびきがやんで、鼻を鳴らす音に変わる）

ヴェリー　（離れた位置で――眠そうに）おい、誰がやってんだ？　いくら――叩いても――起きたりはしないからな！（再び、前よりせわしいノックの音）

エラリー　誰かは知らないが、しつこいな。お父さん、この床の南極さながらの冷気に挑む勇気はわいてきましたか？

警視　わしに聞いておるのか？　答えは「ノー」だ。……ヴェリー！

ヴェリー　（ようやく目覚めて）うーん？　おや、何だ？　何ですか、警視？　あたしの目は閉じたままでいたがっているのですがね……

警視　おまえのその大いびきをかいている口の方を閉じたままでいてくれたら、わしはありがたいのだがな、このうすのろ！　ドアに出ろ。（再びノックの音。かなり大きい）

ヴェリー　あたしならいませんぜ、お客さん！（怒りを込めて呼びかける）失せな！（声を低くしてぶつぶつ言う）「ドアに出ろ！」だとさ。ゆっくり眠らせてもくれないで……

エラリー　わかったよ。ぼくが出よう！（ベッドから出る）うう！　床が氷みたいだ！　ローブを取ってください、お父さん！

警視　これだよ、せがれ。スリッパも履いた方がいいぞ。（再びノックの音）

エラリー　お気遣いに感謝しますよ！（すり足で床を突っ切る。ドアを開く）はい？

ニッキイ　（取り乱して）エラリー！　永遠に応えてもらえないと思ったわ！

エラリー　（心配げに）ニッキイ！　入りたまえ。（ドアが閉まる）ニッキイ、そんな薄着だと凍ってしまうよ――

ニッキイ　（すすり泣きながら）ああ、エラリー――たった今、見てしまったの――

エラリー　何を見たんだい、ニッキイ？　どうして泣いているのかな？

警視　（近寄りながら）おやニッキイ！　どうしたのかな？

ニッキイ　（すすり泣きながら）わたし……眠れなかったの。ベッドを出て――部屋の窓から雪だるまを見たら……（エラリーと警視はアドリブで反応）

ヴェリー　（近寄りながら）ポーター嬢さん！　何か起こったんですかい？（ニッキイは泣いている）

警視　さあ、しっかりするんだ、ニッキイ。泣くのをやめたまえ！

エラリー　きみはベッドを出て雪だるまを見たんだね、ニッキイ。それで？

ニッキイ　（すすり泣きながら）雪だるまが……雪だるまが血を流していたの！

ドラマチックな音楽、高まる……そこに忍び足の足音が割り込み……玄関のドアが開き……風の音が大きくなる。

警視　音を立てるんじゃない、ヴェリー！　他の連中を起こしたくはないのだ！

ヴェリー　わかってます、わかってますよ……。雪だるまが血を流している、ですと！（ドアが閉まる）
ニッキイ　（泣きながら）言ったでしょう——雪だるまの胸のあたり一面に、赤茶色の染みが広がっているって……（映画カメラの回転音）
警視　（ゆっくりと）この夏に見た案山子の染みみたいに、か……。エラリー！　一体全体、おまえは何をしておるのだ？
エラリー　（夢中で）雪だるまを撮影しようとしているのですよ！　よし。フィルムは充分残っているな……。（回転音が止まる）さあ、その染みを見に行くとしましょうか。（足音がポーチの上から雪の上に変わる）
警視　そいつをぶち壊せ、ヴェリー。（雪だるまが壊されていく）
ヴェリー　（小声で）もしこいつが血でなかったら——本物の血でなかったら——警察バッジを返上してもいいですな。
ニッキイ　（泣きじゃくりながら）わたし、そんなに驚いてはいないわ……。自分が悪ふざけに引っかかってしまった大ばかだとわかっているからよ……。
エラリー　（やさしく）ニッキイ。家に戻ってくれ。
ニッキイ　でもエラリー——
警視　（ぴしりと）ニッキイ——戻りたまえ。（ニッキイはおびえたアドリブをしながら退場）（離れていく足音）悪ふざけ、だと？　どんな悪ふざけだというのやら。

ヴェリー　（ゆっくりと）こいつは——雪の中に死んだ男がいますぜ、クイーンさん。
エラリー　（重々しく）その通りだ、ヴェリー……。自分のベルトで杭に縛り付けられている！　昔を思い出すじゃないか！　死んだ男——本当に死んでいるのかな？
警視　（むっつりと）冷凍のサバよりも死んでおるな。胸に刺し傷が二つある。これを——見てみろ——
ヴェリー　頭のまわりの雪を取り除いてみますぜ……。（雪を崩す音。一同、息を呑む）こいつは……
警視　同じ男だ！　例の——
エラリー　（当惑して）例の、ホグスバーグ病院から逃げ出した男だ！　案山子男だ！

音楽、高まる……時間は短く……すぐにシーンに入る。

警視　こんな雪の中にいると、わしらは肺炎にかかってしまうな！（足を踏み鳴らす）
エラリー　一体、ヴェリーはどこに行ったのですか？　ここに哀れな被害者を放りだしたままですよ、お父さん……。
警視　（うなりながら）ヴェリーを——行かせたのは——このあたりを調べさせるためと——おまえを待たせて凍死させるためだ！　わかったな。
エラリー　雪の中の死……。せめて被害者が話してくれていたなら！
警視　この世では二度と話してくれることはないだろうな、せがれよ。

エラリー　（途方にくれて）死体が一つ。それなのに、彼が何者なのかさえわかっていないときてる！　お父さん、彼が死んでから、どれくらいたったと思いますか？

警視　難しいな。こんな風に雪に詰められていては……。推測にすぎんが、昨夜遅くに雪が降りやんだ頃ではないかな。

エラリー　そしてその間ずっと、ぼくたちは眠っていた。

警視　犯罪がどこで行われたのかが謎だな。わしらがついさっきここに来たとき、雪だるまの周囲の雪は踏みつけられておったが、家の周辺からここまで続いている足跡は一組しかなかった。これが何を意味しておるのか――

エラリー　ヴェリーが戻ってくれば――わかると思いますよ――そう願いたいものですね。犯行が行われた場所がどこにせよ、犯人はその場所からここまで被害者を運び、ホーマー・クレイが昨日作った雪だるまを崩し、被害者自らのベルトで死んだ男を杭にくくりつけ、死体のまわりに雪だるまを作り直したのです。どれもこれも、かなりの重労働ですね。

警視　だが、どうして雪だるまを作り直したりしたのだ？

エラリー　（むっつりと）明らかではないですか、お父さん。もし男の傷から流れ出た血が表面をおおった雪までにじみ出たりしなかったら、ぼくたちは雪だるまの内部に死体があることに気づいたと思いますか？

警視　うーむ……。だが、殺人者は犯罪を永久に隠しておけるとは思っていなかったはずだぞ、エラリー。遅かれ早かれ、雪だるまは壊されるか崩れるかするからな……。

エラリー　そうです。ですが、そのときにはぼくたちは立ち去っています。犯人はぼくたちに犯行を発見されないように、雪だるまを作り直したのです！（雪の上を歩く足跡が近づいてくる）ほら、部長が戻ってきました！

警視　よっぽど楽しかったらしいな！　こっちの足は凍りついてしまったぞ！　何か見つかったか、ヴェリー？

ヴェリー　（登場）こっちの足は何でできてると思っているんですか――マホガニーですかい？　誓ってもいいですが、あたしのつま先はどっちも凍傷にかかってますな！

エラリー　部長、この一組の足跡はどこから来ているのかな？

ヴェリー　納屋から。そこに血痕も残ってました。それに、格闘の跡も少々。どうやら、この男はあそこで殺《や》られたようですな。

警視　他に手がかりはなかったか？

ヴェリー　それらしきものはなかったですな。

エラリー　この足跡は何も教えてくれないな。誰がつけたにせよ、そいつは大きなガロッシュ（靴の上にはくゴム長靴）を――誰にでもはけるやつを――はいていますからね。

警視　死んだ男の足跡は見つかったか、ヴェリー？――つまり、こやつがどこから来たのかを示す足跡のことだぞ？　どこからこのマシュー家の敷地に入って来たのだ？

ヴェリー　他の足跡はありませんでした、警視。家のまわりにも、納屋のまわりにも、道路とこのあたりの間にも。

エラリー　つまり、被害者は昨夜、雪のやむ前に納屋に隠れたということになりますね。うーむ……

警視　他の足跡がないということは、殺人者はこの家から出て来たということも示しておるぞ！殺人者が納屋に向かった足跡は、吹雪でかき消された。だが、犯人がこの男を殺したときには雪はやんでおり、納屋から雪だるまのある場所まで死体を運んだ足跡は残ったわけだ。

エラリー　（ゆっくりと）そうですね、お父さん……そのように見えます……。

警視　（鋭く）わしらは家の連中を起こして、もう一度尋問をせねばならんようだな！（いかめしく）ヴェリー、この哀れな男に何かかけてやれ。エラリー、仕事に取りかかるとしよう！

音楽、高まる……そこに前と同じ朗読時用の音楽をゆっくりと割り込ませて……ニッキイの独白をかぶせる……。

ニッキイ　（朗読時用の音楽が流れる中──朗読する）何かがあるのです──わたしには適切な表現が思いつかないのですが──あの家に、あの農場に、あの人たちに──そう、みなさんをおびえさせる何かが。マシュー家に一歩足を踏み入れた瞬間に、みなさんも感じ取れるでしょう。──ママ・マシューの熱烈な歓迎や、彼女のトウモロコシパンの美味しそうな匂いにもかかわらず、みなさんは間違いなく感じ取れるはずです。それは、簡素でだだっ広い部屋のそこかしこにあるのです。郵便で注文した家具のすべてに張りついているのです。それは、哀れな女性ジュリーのせいかもしれません——じっと座ったまま、甘ったるく、ぼんやりと、ぞっとするような声で、自分の死んだ赤ん坊についてつじつまの合わない話をしている彼女の。あるいは、老いたるマシューさんのせいかもしれません——くしゃくしゃの白髪とがっしりした肩の持ち主にして屋根裏部屋の住人の。家出した息子ジョナサンのことや、もし放蕩息子が農場近くに再び顔を見せたならば撃ち殺すということを、その哀れな頭から生み出し続けている老人の。

それが何であれ、存在するのです。そしてそれは、雪の殻におおわれた死者が見つかったおぞましき瞬間から、どんどん悪い方に育っていったのです……。マシュー一家は口を固くつぐみました。彼らは何も話してくれなかったのです。警視さんとエラリーは質問して、説得して、声が枯れるほど話しかけたのですが、何の成果もあげられませんでした。——凍てつく夜の間、ぐっすり眠っていて何も聞いていない、と全員が主張したのです。そして、マシュー農場の人たちも、そうでない人たちも、死んだ男の人が誰なのかわかる人は、一人もいませんでした——一度めと同じように。

最後には、あきらめて地元の警察に事件を任せることにしました。エラリーはこれまで見たことがないほどいら立っていました。どういうわけか、彼は解決に失敗したと感じていたのです——その考えはおかしいと、わたしたちは口をそろえて言ったのですが。結局、彼をなぐさめることはできませんでした。数週間が過ぎても、エラリーはこの未解決事件のことを忘れようとはしませんでした。わたしたちの二度にわたる旅行で撮影した十六ミリフィルムを引っ張り出し、その短い映画をくり返しくり返し映写していました——わたしにはわからない何かを探し求めて。その何かが彼にはわかっているとは思えませんが。

さて、ある晩――といっても数時間前のことですが――エラリーは、またしても同じ映画を映写していました。まず、ホーマー・クレイが作った雪だるまの映像を見て……（声がだんだん小さくなり、十六ミリ映写機の音が大きくなる）……続けて、翌朝撮影した血のにじんだ雪だるまの画面を……（十六ミリ映写機の音、高まる）

エラリー　（興奮して）待てよ！（間）ああ、ぼくは何も見えていなかった！（十六ミリ映写機を止める）ニッキイ、明かりを点けてくれ！

ニッキイ　ええ、かまわないけど、エラリー……

警視　どうしたのだ、せがれ？

ヴェリー　どうしてそんなに興奮しているのですかい、クイーンさん？

エラリー　（まくしたてる）なぜ、今までわからなかったのだろう？

ニッキイ　何の話をしているの、エラリー？

エラリー　あの男の――案山子男にして雪だるま男の殺人事件の話さ！　誰があの男を殺したのかわかったのさ！（一同、アドリブで反応）

警視　今、わかったというのか？　何週間もたっておるのだぞ？

ヴェリー　死んだやつが何者かもわかったと言ってるのですかい？

エラリー　あの男が何者かだって？　ああ、それか。ぼくはそのことで頭を悩ませていたわけではないのだよ、部長。ぼくには彼の名前はわからない――おそらく、決してわからないだろう。

だが、あの男がこの事件の構図にどのように当てはまるかさえわかっていれば、問題はないのさ……（一同、アドリブで反応）そういうことです。被害者の正体がぼくを悩ませていたわけではありません。……殺人者の正体こそが、ぼくをお手上げにしていたのです！

ニッキイ　でも、一体どうやって――

エラリー　それは、ぼくがたった今、スクリーン上で見たものが、きみに見えていなかったという意味かな？

警視　どういう意味だ――「たった今、見たもの」だと？　雪だるまが二つ、それしかないではないか！

エラリー　そうです。では、あなたはこの二つの違いに気づかなかったのですか？　あの午後にクレイがジュリーのために作った雪だるまと、翌朝ぼくたちが死んだ男が中にいるのを見つけ出した雪だるまとの違いに。

ニッキイ　違いですって？　そうね、もちろん、二つの大きさや形はまったく同じとは言えないけど……。どんな違いなの、エラリー？

エラリー　違いは二つの雪だるま自体にあるのではなく、二つの雪だるまのまわりの雪に――足元の雪にあるのさ！（一同、アドリブで反応）もしぼくを信じられないのなら、また上映してみましょうか……。

ヴェリー　（あわてて）信じます、信じますぜ！

警視　雪だるまの足元の雪に、どんな違いがあるというのだ？

エラリー　さて、第一の映像では——クレイが作った中まで雪の雪だるまでは——足元の雪は踏み荒らされています。

ニッキイ　でも、それは当たり前じゃないの！　わたしたちみんなであちこち歩き回ったのだから。

エラリー　ところが、血を流している第二の雪だるまの場合は、周囲の雪にシャベルで掘り返された跡が残っているのです！　ぼくは、ようやくこれに気づいたのです。映画を一ダースもの回数くり返して観て、ようやくこれに気づいたのです！

ヴェリー　シャベルで掘り返した跡ですかい、クイーンさん？　あたしには何のことやら。

エラリー　わからないのかな？　作り直した雪だるまの中に死体を隠したあとで、犯人はその周りを片っ端からシャベルで掘り返しはじめたことになるじゃないか！

警視　殺人者は雪の中に何かを落として、それをなかなか見つけ出せなかったのだな！

ニッキイ　犯人は何かをなくして、その何かを探したってことかしら？

エラリー　そうだ、ニッキイ。では、犯人は何をなくしたのでしょうか？　第二の雪だるまの映像を見ると、一つだけなくなっているものがあります！　気づきませんでしたか？　ホーマー・クレイが作った——第一の雪だるまの映像には存在していたものですよ！

ヴェリー　なくなったもの、ですかい？　なくなったものなんて、何もないと思いますがね、クイーンさん。

エラリー　コーンパイプだよ、部長！

警視　（ゆっくりと）こいつの言う通りだ。第一の雪だるまはジェド・ビゲローのコーンパイプを口にくわえておった。そして、わしの記憶では、死体入りの第二の雪だるまはコーンパイプをい、い、い、い、い、くわえてはいなかった。

ニッキイ　あなたが言いたいのは、犯人は第二の雪だるまを作っている最中に、その足元の深い雪の中にパイプを落としてしまった、ということなのかしら、エラリー？

エラリー　そうだ！　そして、犯人はコーンパイプを探すためにまわりの雪を掘り返したのですが、見つけ出すことはできませんでした。なぜそう言えるかというと、もし見つかったならば、犯人はそのパイプを雪だるまの口に刺しておいたはずだからです！

ヴェリー　しかし、どうして犯人は、古くさくて不味いコーンパイプを欲しがったのでしょうな？

警視　雪だるまの口に刺すためだよ、ヴェリー。——そうすれば、クレイが作ったやつと死体が入ったやつが別物であることに、わしらは気づかないからな！　犯行の発見を遅らせるためだ！

ニッキイ　でもエラリー、あのかわいそうな男の人を殺した犯人がわかったって言ったわよね。消えたコーンパイプがそれとどう関係するのかしら？

エラリー　（くすくす笑いながら）お嬢ちゃん、消えたコーンパイプが、殺人者が誰なのかをぼくに教えてくれたのさ！　みなさん、出発の準備をしましょう——マシュー農場に戻るのです！

音楽、高まる……続いて解答者のコーナーに。

聴取者への挑戦

エラリー　さて、紳士淑女のみなさん。この時点でぼくは、論理的な推理に基づき、誰が案山子男を――みなさんがお好みならば、雪だるま男と言いましょうか――殺したのかを解くことができました。……死んだ男は誰だったのでしょうか？　誰が彼を二度にわたって殺そうとしたのでしょうか？　マシュー農場の悲劇を解き明かすみなさんの推理は、どのようなものですか？

音楽、高まる……そこにタイヤにチェーンを巻いて雪道を走る車の音が割り込む……。

警視　見えてきたぞ。
ニッキイ　ずいぶん荒れ果ててしまったみたいね。田畑は雪でおおわれて――木々は裸だし――小屋や建物は凍りついているみたい……
ヴェリー　あたしは自分がここに通勤しているみたいな気がしてきましたぜ。これで三回めの旅ですからな。そうでしょう？
エラリー　（むっつりと）そして、これが最後の旅だよ、部長。さあ、着いたぞ。（車が停まる。車

のドアが開き——雪の中に踏み出す）

ニッキイ　（ゆっくりと）エラリー……何かおかしいわ。

エラリー　（同じ口調で）そうだね、ニッキイ。どうやらこれは……（雪の上を歩く足音）

警視　家の窓や戸に板が打ちつけてあるぞ！（ポーチの上を歩く足音）

ヴェリー　死んだ犬（不要の品）でさえ見当たりそうにないですなあ。

ニッキイ　それに、納屋の戸が開けっ放しだわ……。家畜も見当たらないけど、どこかに見える？

警視　行ってしまったようだな。引き払ったのだ！

ヴェリー　ねえ、ここに看板がありますぜ。「農場売ります」！

エラリー　（うめく）長旅に出たのか——何の理由もなく！

ニッキイ　ということは、あなたはマシュー一家がいなくなっているなんて、予想もしていなかったのかしら？

エラリー　もちろん、予想もしていなかったさ！　想像もできない——ひょっとして——（間）

ニッキイ　（寒気がするように）わたし……寒いわ。でも、天気のせいじゃないの。エラリー……もう引きあげましょう。

警視　同感だ。この土地はいつもわしをぞっとさせるからな。（ポーチを横切る足音）

エラリー　ぼくは、何が起こったのかを突き止めることにしました！（雪を踏みしめる足音）問題は——誰に聞けばいいのか？　マシュー一家が立ち去った今——

ヴェリー　スモールのかみさんはどうです？――覚えているでしょう、案山子野郎について知っていることを話す前に死んでしまった治安判事の女房ですよ。

エラリー　（もぐもぐと）そうだな。スモール夫人か――。（足音が停まる）乗ってくれ、ニッキイ。（車のドアが閉まる）

ニッキイ　もっといい人がいるわ――ホグスバーグのハークネス先生よ！　あの人なら、マシュー一家に何が起こったのか知っているに違いないわ。

警視　ニッキイの方が正しいな。（エンジンがかかる）

エラリー　ホグスバーグ病院だ、部長！（車の走り出す音。だんだん遠ざかっていく）

音楽、高まる……そこにアドリブの会話が割り込む……。

ハークネス　もちろん、マシュー一家に何が起こったのかは知っているとも。きみたちが知らないというのは驚きだな。ありとあらゆる新聞に載ったのに。

警視　ほとんどが地方紙だったのでしょうな、ハークネス先生。

ニッキイ　（熱を込めて）何があったのですか、先生？

ハークネス　（ため息をつきながら）悲しい出来事、悲しい出来事だった。マシューの土地は呪われているのだろうな。（笑う）医学に携わる者がこんなことを言うのはおかしいとは思うがね。

ヴェリー　あそこで二日も過ごしたあとでは、先生――何でもおかしいとは思いませんぜ！

エラリー　（もどかしそうに）話してくれませんか、ハークネス先生。

ハークネス　うむ。きみたちもじいさんのことは覚えているだろう――マシュー老人を……。（アドリブで同意する）もちろん、彼は精神病なのだ。私は家族に何度も何度も警告したのだがね。そしてある日、マシューじいさんは自分のショットガン用の実弾を手に入れた――。

ニッキイ　おお！

エラリー　（ゆっくりと）マシュー老人は自分のショットガンにその実弾を込めたのですね、先生？……誰かを殺そうとしたのですね？

ハークネス　彼は殺したのだよ。（一同、息を呑む。間）彼の狂った頭がばかげた考えに――作男のジェド・ビゲローが、本当は長きにわたって行方知れずの息子ジョナサンだという考えに取り憑かれたのだ。そして彼は、ショットガンを手にしてジェドを探し求めた。

ヴェリー　あの真面目そうな若者を殺してしまったんですかい？

ハークネス　違うよ、部長。ジェドは幸運だった。ばあさんが――マシュー夫人が起こっていることに気づいて、夫がジェドを撃つのをやめさせようと、銃をつかんだのだ。銃は発射され――ああ、彼女が身代わりとなって銃弾を受けて……ママ・マシューは――死んだ。

ニッキイ　なんて――恐ろしい。（一同、低い声でアドリブ）

警視　それで、老人はどうなったのかな、ハークネス先生？

ハークネス　（気が重そうに）マシューじいさんは自分のしでかしたことに気づくと、納屋に駆け込み、ジェドやホーマー・クレイが止める前に、自ら命を断った。（ため息をついて）大いなる悲劇、大いなる悲劇だったよ。不幸な一家だった。

エラリー　そうですね、ハークネス先生。不幸か——ぴったりの言葉だ。（間）

警視　そうだったのか。よくわかった。クレイや細君のジュリーやジェド・ビゲロー青年はどうなったのかな?

ハークネス　ジュリーは自分の部屋の窓ごしに一部始終を見ていたのだ……。（きびしい声で）私はホーマーにはっきり言ってやったよ。奥さんを今すぐ別の環境に移さないと、どうなっても責任はとれない、と。……ジェドはどこかに行ってしまった。

ニッキイ　そうしてあの人たちはいなくなった……。「売ります」の看板を見ましたわ。

ハークネス　うむ、あの土地は代理人が管理しているのだ。きみたちはクレイ夫妻と話したいのかな?　たぶん、居場所をつきとめてあげられると思うが……。

エラリー　（ゆっくりと）結構です、ハークネス先生。そっとしておいてあげましょう。たった一度の人生で味わうにしては、充分すぎるほどの災難に遭ったわけですからね。行くとしましょうか、お三方。ニューヨークに帰りましょう。

ハークネス　だが、きみは彼らと会って何かをしたかったのではないかね、クイーン君?

エラリー　（静かに）大したことではありませんよ。

音楽、高まる……そこに皿の音などが割り込む。

ニッキイ　暖かい建物の中に戻ると、本当にいい気分だわ！
警視　あの火が心地よいな。
ヴェリー　ひどいホテルと言ったら失礼になりますな。あたしらはここで夜を明かした方がいいんじゃないですかね。……コーヒーのおかわりだ、可愛い子ちゃん。
ウェイトレス　かしこまりました。（コーヒーを注ぐ）
ニッキイ　それで、エラリー？
警視　おまえは約束しただろう、せがれ。最初の休憩のときに事件を解決するって……。
ヴェリー　そうですな。あたしの好奇心を満足させてくださいよ、クイーンさん。
エラリー　（ため息をつきながら）やらなければいけないようですね。今回の事件では、ぼくはかなり気が滅入ってしまったのですが……。（元気を出して）さてと。案山子男の身元の謎に関しては、治安判事のサム・スモールがぼくに送ってくれた手紙の中に答えが書かれていました――。
ヴェリー　あなたが言っているのは、あたしらにホグスバーグまで来るように――そうすれば謎の男が誰なのかを話すから、と書いてあった手紙のことですかい？
エラリー　そうだ、部長。スモールがその手紙の中で、ホグスバーグでは〝関係者を除けば二人だけが〟――彼自身と町の記録係だけが――謎の人物が何者なのかを知っている、と言っていたことは覚えているかな？
ニッキイ　ええ。でも、それがどうしたの？　それが手がかりだとでもいうの、エラリー？
エラリー　そうだ、ニッキイ――謎の男の身元を示す最大の手がかりだ！　なぜスモールは、関係者を除けば、彼と町の記録係だけが謎の男が誰なのかを知っている、と言ったのかな？　彼がこんな表現を使ったということは、身元を知っている関係者たちが存在しなければならない、ということになり――そして、その関係者というのは、二つの犯罪が行われた土地に住むマシュー一家以外にはあり得ないということになるだろう？　さて、その手紙を書いたスモールとは何者でしょうか？

警視　スモールはホグスバーグの治安判事だったな。

エラリー　そうです。そして、関係者以外で男の身元を知っていたもう一人の人物は、スモールによれば、町の記録係でした。では、田舎の共同体において、治安判事と町の記録係は知っているが、他の関係者以外の人々が知らないこととは、何でしょうか？（間）ほら、ぼくたちが治安判事のオフィスとかかわり合うのは、何をするときですか？

ヴェリー　結婚ですな！

エラリー　そうだ、部長。――それに、結婚の際には、記録係が関係してくるだろう？　田舎の結婚式は、ほとんどがホグスバーグのような中心地で行われるからね。町の記録係が結婚証明書を発行する場合がほとんどだし――町の結婚記録簿への登録もやるはずだ。

警視　それで、おまえはこう推理したのだな。町の記録係とスモールが謎の男が誰なのかを知っていた理由は、そいつに関する結婚証明書の発行や結婚記録簿への登録をやったからだ、と。ならば、何者かが彼と結婚したことになるな？

エラリー　その通りです。それでは、謎の男は誰と結婚したのでしょうか？　言い換えると、マシューの土地にいて結婚が可能な年齢の女性は誰でしょうか？　ジュリー一人しかいません。

ニッキイ　でも、ジュリーはホーマー・クレイと結婚しているのよ、エラリー！

エラリー　だとすれば、当然の結論として、ジュリーと謎の男が結婚したのは、ジュリーがホーマー・クレイと結婚する前だったということになるわけだ。

ヴェリー　続けて、続けてください、クイーンさん！

エラリー　ぼくたちが泊まった夜、謎の男がマシューの家から出て来た何者かによって殺されたことは、すでにわかっています。家のまわりにも公道に通じる道にも、雪の上には逃げていく足跡がなかったことが、これを証明していますね。では、なぜマシュー家の一人は、謎の男を殺そうと思ったのでしょうか？　今や、被害者について何がわかったでしょうか？　それは、彼がジュリーと秘密結婚をしていたということです――秘密、と言ったのは、もし公《おおやけ》に結婚していたのならば、治安判事以外のホグスバーグの住民にも、写真の男が誰なのかわかったはずだからです。ここで、それらしい動機が出て来ました。マシュー家の一人は、ジュリーがかつて秘密結婚をしていたという事実が公になるのを防ぐためにあの男を殺したのです！

警視　ふうむ。ぴったり合うな。ジュリーと謎の男は秘密裏に結婚したのだが、それを知った父親が、力ずくか金ずくのどちらかで男を追い払った。その男との結婚に、何か許されんものがあったに違いないな。そして、マシュー一家は離婚手続きでジュリーを悩ませることは絶対にやりたくなかったので――謎の男は二度と戻ってこないと信じていたので――

ニッキイ　それだと、ジュリーがホーマー・クレイと結婚したら、重婚者になってしまうわ！

ヴェリー　だから、例の男は彼らが隠しておきたい秘密になったわけですな。

エラリー　想像に過ぎませんが、次のようなことが起こったのでしょう。きっかけが何であれ、夫は再び姿を見せました――今年の七月に。おそらく今回は、男を脅して追い払うことも、はした金で追い払うこともできなかったのです。ジュリーが重婚者になったことにより、男の立場が――そう、圧倒的に強くなったからです。彼が途方もなく厚かましい要求をしたことは間違いないでしょうね……。男の要求が何であれ、マシュー家の一人は、ジュリーはもうすでにあり余るほどの災難に見舞われていると考えたのです。問題の男を殺す方がずっと簡単ではないか、とも。かくして犯人は夏の朝早く、男を刺したのです。太陽の照りつける中で死体を永久に処分するのは不可能なので、夜まで待つしかありませんでした。そこで犯人は、男に案山子の服装をさせて隠し、夜まで時間を稼ごうとしたのです。しかし、案山子の胸の血をジェド・ビゲローが見つけてしまったために、計画は失敗に終わりました。

警視　なるほどな。かくして一命を取りとめた亭主は、ホグスバーグ病院を逃げ出したというわけか。だが、あやつはなぜ、十二月に戻ってきたのだ?

エラリー　復讐のためか――さらなる要求のためか――ぼくたちには決してわからないでしょうね。いずれにせよ、彼は納屋に隠れていたところを同じ犯人に不意打ちされ、またもや刺されたのです。犯人は、今度は死体を雪だるまに隠し、ぼくたちが出発するまで犯行に気づかないようにしました――そして、第二の血の染みがなければ、ぼくたちは気づくことはなかったでしょう。

ニッキイ　でも、誰があの人を殺したの、エラリー！　わたしはそれを知りたいのよ！

ヴェリー　右に同じ！

エラリー　消えたコーンパイプが、誰があの男を殺したのかを教えてくれたのさ。

警視　どうすればそうなるのだ、エラリー？

エラリー　ウェイトレス！　コーヒーのおかわりを頼む。

ウェイトレス　どうぞ。（コーヒーを注ぐ）

ニッキイ　エラリー、じらさないでよ！

エラリー　（気が乗らない様子で）ぼくは、犯人がコーンパイプを深い雪の中に落としてしまったことを、そして、探しても見つけ出すことができなかったことを知りました。なぜならば、もし消えたコーンパイプを見つけることができていたならば、雪だるまの口にくわえさせたはずなのに――そうしなかったからです。では、犯人がホーマー・クレイかジェド・ビゲローかマシュー老人だということは考えられるでしょうか？

警視　考えられるか、だと？　わしの見たところ、三人の誰もが犯人だと考えられるぞ。ひょっとして、ビゲローは除外してもいいかもしれんが。

エラリー　ああ、間違っていますよ、お父さん！　ぼくたちは、三人の男性陣の全員が、第二の雪だるまの口にくわえさせるための代わりのコーンパイプを容易に手に入れることができたと知っているではありませんか！

ヴェリー　どこをどうすりゃ、そんなことが言えるんですかい？

エラリー　事件前の午後に第一の雪だるまを作っているとき、ホーマー・クレイがぼくたちに、自分のコーンパイプは寝室に置いてあるって言わなかったかな？　義父のマシュー老人は、自分のコーンパイプを屋根裏部屋に置いてあるって言わなかったかな？　クレイはジェド・ビゲローに、ジェドの持っている二本のコーンパイプのうちの一本を貸してくれって言わなかったかな？――ジェドの手元には一本残ることになるだろう？　従って、犯人がこの三人の中の誰かということはあり得ません。なぜならば三人の誰もが、コーンパイプを少なくとも一本は、危険も障害もなく、自分の部屋から短時間で手に入れることができたからです！　加えて、忘れてはならないのは――これもクレイがぼくたちに教えてくれましたが――三人の誰もが一人部屋だったということです。――つまり、雪だるまにくわえさせるコーンパイプを取りに家に出入りする際に、誰かを起こしてしまう危険性はほとんどありません。……さて、三人の男性陣ではないとすれば、誰が残るでしょうか？

ニッキイ　（ゆっくりと）エラリー・クイーン、もしかして、あなたが言おうとしているのは……あの家には二人の女性しか残っていないから……

エラリー　（静かに）そうだニッキイ、残るのは二人の女性だ。犯人がホーマーの妻ジュリーだということはあり得るでしょうか？　あり得ません。死体を玄関前まで運び、第一の雪だるまを壊し、死体を杭にくくりつけ、新しい雪だるまを作る――これは、かなりの重労働です。ジュリーは虚弱で――「生まれたての雌牛みたいに弱っちまって」――いつも具合が悪く寝たきりで、体力がありません。いいえ、ジュリーには犯行は無理です。

間。

ヴェリー （ショックを受けて）あのばあさんが！

ニッキイ マシュー夫人が！

警視 ママ・マシューが？

エラリー （静かに）そうです、ジュリーの母親にして最後に残った犯行が可能な人物――ママ・マシューです。ママ・マシューには、二つの犯行やそれに伴う行動をするだけの体力があったでしょうか？　ええ、ありました。ジェド・ビゲローはぼくたちに、彼女が「農耕馬のように頑丈」だと言いました。彼女は掃除や洗濯や炊事や家畜の餌やりをすべて一人でこなし、畑仕事を手伝うことさえあったのですから！　古き佳き農夫の妻の血が流れているのです……。そうです、ママ・マシューは強靱でした――肉体面のみならず、固い意志という精神面においても。

ニッキイ （つぶやくように）ママ・マシューがあの男の人を殺したのは、自分の娘を悪評にさらさないようにして、かわいそうなことだらけの人生の残りを守ってあげようとしたからなのね？

エラリー （やさしく）そうだよ、ニッキイ。Ave atque vale《アウェ・アトゥク・ウァレ》（ラテン語「それでは、お別れだ」）……。ウェイトレス！　勘定を頼む！

音楽、高まる。

姿を消した少女の冒険

The Adventure of the Lost Child

一九三九年十一月二十六日に放送された「姿を消した少女の冒険」において、エラリー・クイーンはいつも通りの推理と高まるサスペンスとを冷酷非情な恐怖に結びつけ、ＥＱのラジオ活動における最も迫力に満ちた一編を生み出した。

登場人物

ヘッセン・クロニクル紙社長の　ハーヴェイ・モレル
その妻の　エルシー・モレル
二人の娘の　アリス・モレル
政治家の　アーサー・リヴィングストン
編集長の　ビル・フリン
モレルの秘書の　ミス・ドーリイ
発明家の　グリーシャ・ドルブニイ
ギャングの　シルキー・バレット
探偵の　エラリー・クイーン
その秘書の　ニッキイ・ポーター
ニューヨーク市警の　クイーン警視
ニューヨーク市警の　ヴェリー部長刑事
新聞社の人々

舞台　ニューヨーク州ヘッセン市。一九三九年

輪転機がうなりを上げる音が高まり……その音が小さくなって消えると……何台もの電話が三種類の音色で鳴る音が高まり……その音も小さくなる。

声1　（声が割り込む）おはようございます——ヘッセン・クロニクル紙です……

声2　おはようございます——ヘッセン・クロニクル紙です——モレル社長ですか？　少々お待ちください——

声3　おはようございます、ヘッセン・クロニクル紙です——申しわけございません、モレル社長は会議中で……

声4　（声が消えていく）おはようございます……ヘッセン・クロニクル紙です……（電話中の声は消える）

テレタイプ（電信機能を持つタイプライター）のカチカチという音と、タイプライターのカタカタという音が高まり……その音が小さくなると、会話のざわめきが大きくなる。

声1　（声が割り込む）地方版編集部だ。何だって？　もっと大きな声で話してくれ。

声2　（少し離れた位置で）坊主。コピーだ。

声1　モレルはつかまらないんだ、わかったか。

声3　おい、ジョニー。三面の割り付けはどうしちまったんだ？

声4　（離れた位置で）コピーです。

声1　よし。その記事は削れ。モレルは第一面をリヴィングストンで埋め尽くしたがっているからな。

声3　（声が消えていく）モレルは本気でリヴィングストン一味をあぶり出す気なのか、ええ？

テレタイプとタイプライターの音も消える。輪転機の音を最大まで上げてから小さくして、電話が一台だけ鳴る音をかぶせて……受話器を取る音。

電話の相手　こちら印刷室。

モレル　（電話からの声）輪転機を待たせろ。

電話の相手　何だって？

モレル　（電話からの声）輪転機を止めろと言ったのだ。

電話の相手　一体、あんたは何様だ？

モレル　（電話からの声）ハーヴェイ・モレルだ。

電話の相手　おっと、失礼しました、モレル社長。わかりました。おい、みんな、そいつを止めろ。

ベルが大きく一度鳴って……以下のシーンの間に、輪転機がゆっくりと止まる。

電話の相手　どれくらい止めておくのですか?

モレル　(電話の向こう側の声からこちら側の声に切り替わる) 五分だ。

電話の相手　(電話のこちら側から向こう側の声に切り替わる) もし路上で売るのでしたら、それ以上は待てませんよ……。

輪転機の音が消える。

モレル　(電話のこちら側で) 差し替え用の第一面が届く。すぐにそいつをぶち込んでくれ。

電話の相手　(電話からの声) わかりました、モレル社長……そのようにします。

モレル　そうしたら、できる限り早く印刷をしてくれ。何があっても止めるんじゃないぞ。

電話の相手　(電話からの声) はい、社長。

モレル　(受話器を叩きつける) (電話が鳴り……受話器を取る) ハーヴェイ・モレルだ……(間)……ありがとう、本部長。ですが、あなたにとっても少なからぬメリットがあるのですよ。私は長年にわたって戦っているので……(受話器を叩きつける) 腰巾着がぬけぬけと……(ドアが開き……背後からタイプライターの音が流れ込む) やあ、ビルじゃないか……(ドアが閉まる)……(またしても電話が鳴る) 電話に出てもかまわんだろうね。

フリン　どうぞ、モレル社長……私は待ってますから……(受話器を取る音)

モレル　すぐ終わらせるからな、ビル……(電話に向かって)……ハーヴェイ・モレルだ……いや。絶対に駄目です……(間) あなたが中央で何を聞いたかなんて、知ったことではありませんね。あなたは自分の雑務に取り組んでいればいいのですよ、判事。私は私の雑務に取り組みますから……そうです、さようなら。（電話機のフックを揺すって）交換手……今から十分間、打ち合わせをするから……。（受話器を叩きつける）これでよし。ビル・フリン、きみはなぜ、にやにや笑っているのかな？

フリン　（新聞のカサカサという音にくすくす笑いが重なる）これが新しい方の第一面の見本刷りです、モレル社長……（さらにカサカサ音を立てる）合戦の旗みたいじゃないですか？

モレル　（くすくす笑う）見事なものだろう、ビル……すばらしいよ……まさにぴったりの出来だ……暴露記事で叩き続けるのだ。投票が始まる来週まで、リヴィングストンへの追求の手をゆるめたりはしないぞ……。

フリン　それは良いのですが……そのう……いいですか、モレル社長？

モレル　かまわんよ、ビル……。

フリン　（ゆっくりと）私が控えめとは縁遠いことは、あなたもご存じと思います……。むしろ好戦的で——特に、自分が信じるもののために戦うことは……

モレル　（笑いながら）いいから、ビル。胸襟《きょうきん》を開きたまえ。

フリン　（大真面目に）あなたがこのヘッセン・クロニクル紙を買い取ってから、私はずっとあなたのために編集長を務めてきましたが……その間、臆病風に吹かれたことは、一度たりともありませんでした。そうでしょう、モレル社長？

モレル　（ゆっくりと）きみは、私に「用心しろ」と言いたいのかな、ビル？

フリン　私は、あなたに「これまでアーサー・リヴィングストンのような男に戦いを挑んだことはないでしょう」と言いたいのです、モレル社長。

モレル　アーサー・リヴィングストンはこれまでハーヴェイ・モレルのような男に……あるいは、モレルが社長を務めるクロニクル紙のような新聞に戦いを挑んだことはないのだろう。

フリン　いずれにせよ、リヴィングストンが危険な男であることに違いはありません。彼は巨大な毒蛇です。言わせてもらいますよ、モレル社長。自分が批判されているわが社のキャンペーンに対する彼の態度は、どうも不自然です。あまりにもおとなしすぎて……

モレル　（軽蔑するように）やつはおびえて引っ込んでしまったのだ……わが社はリヴィングストンを負かしたのだよ、ビル。そして、やつもそれはわかっているのだ。

フリン　（冷たく）もしそう思っているなら、あなたは出版人として最大の過ちを犯したことになります。私はこの町で生まれ育ったのですよ、モレル社長。そして、あなたは実のところ、新参者にすぎません。私は、アーサー・リヴィングストンがマック老の派閥のために票集めをしていた頃から見てきました。彼がやろうとしない……やらなかった汚い手というものは存在しません。警察の記録に残るようなことさえもです、モレル社長……（ひときわ強調する）……警察の記録にも。

モレル　（間を置いてから、静かに）私が殺されると言いたいのかな、ビル？

フリン　（きびしい声で）そして、もっと悪いことも。

モレル　（いぶかしげに）「もっと悪いこと」だって？（間）どういう意味だ、ビル？

フリン　こんなことまで話すつもりはありませんでした。ですが、あなたは自分が戦いを挑んだ

相手が何者なのかを、きちんと知るべきでしょう。ヘッセン中に流れている、ある噂がありま
す。私はわかっているのですが……証明はできませんが、私はわかっているのですが……この
噂は、リヴィングストンが意図的に広めていて……内容は、あなたとあなたの家族についてな
のです……。

モレル 私の家族……（静かに）……私の妻のことだな？　私の娘のことだな？

フリン 不愉快なことですが、モレル社長……この話は……そのう……

モレル 警告してくれてありがとう、ビル。つまり、リヴィングストンは蛇みたいなやつなのだな、そうだろう？　私の家族に手を出して、エルシーや小さなアリスまで巻き添えにして……（さり気なく）外に出たら、私の秘書に伝えてくれ。リヴィングストンを中に入れるように、と……。

フリン （びっくりして）リヴィングストンですって？　彼がここに……あなたに会いに来ているのですか？（口笛を吹く）

モレル やつの頭を冷やしてやろうと思って、一時間ほど外で待たせている。（きびしい口調で）ミス・ドーリーに、あのスカンク野郎を中に入れるように伝えてくれ、ビル。――それから、その第一面をできるだけ早く印刷室にまわしてくれ……。

音楽、高まる……時間は短い……ドアが開く音が割り込む。

秘書　（離れた位置で）リヴィングストン氏をお連れしました、モレル社長……。（ドアが閉まる）

リヴィングストン　（おだやかな低音《バス》の声で……登場）結局、腹をくっておれと会うことにしたようだな、ええ、モレル？

モレル　（そっけなく）それで？

リヴィングストン　モレル、おれにとってヘッセン・クロニクル紙は目障りな存在になってきたのだ。

モレル　（冷淡に）世間一般もそう思っているよ、リヴィングストン。

リヴィングストン　おれは、ありきたりの申し出――そう、広告の契約を保証するといった政治的に高度な申し出などで、おれやおまえの時間を無駄にするつもりはない……。おまえが……（せせら笑う）……買収されるような男ではないことは有名だからな。おまえのようなタイプは……

モレル　（そっけなく）何が望みなのだ、リヴィングストン？　私は忙しいのだが。

リヴィングストン　だがモレル、おまえは勘の良い男でもある。だから、おまえに友好的な忠告をするために来たのさ。

モレル　ほう？

リヴィングストン　おまえの新聞がおれに対してやっているキャンペーンを中止しろ。さもなくば……（間）

モレル　さもなくば、何だ、リヴィングストン？

リヴィングストン　（おだやかに）さもなくば、おまえはこれからの人生を、ずっと後悔して過ごすことになるだろうな……（上機嫌で）そういうわけだ。おれはこいつを言いに来たのさ、モレル。で、今、おれはこいつを言ったのだが――悪く思わないでくれよ、なあ？

モレル　（かっとならないようにして）リヴィングストン、私もおまえに言いたいことがある。おまえは最悪の政治屋だ。シロアリで、詐欺師で、交付金泥棒だ。おまえとおまえの団体は、この州の住人から何百万も搾り取っている。おまえの放つ悪臭は、まともな政治を求めるすべての市民の鼻をついている。誰かが掃除をやらねばならないのだ、リヴィングストン。――そして、私はその臭い仕事を自ら引き受けることにした。リヴィングストン、私は自分の全財産を投げうっても、おまえが上院議員に選ばれることを阻止するつもりだ。そして、おまえができる、あるいはそうほのめかしているどんな脅しをもってしても、私を止めることはできない。わかったか？

リヴィングストン　（おだやかに）おまえは自分が何者に戦いを挑んでいるのかまるでわかっていない、とは思わんよ、ガラハッド卿（円卓の騎士の中で最も高潔と言われる）。だが、おまえは必ず――おまえは必ず思い知ることになるだろうさ……じいさんになる前にな、モレル！

モレル　おまえはもう終わりなのだ、リヴィングストン。そして、隠居生活に導いてくれた私とクロニクル紙に感謝するがいいさ！

リヴィングストン　おまえは、まったく別の口調でさえずるようになるさ……明日にでもな。（立ち去ろうとしながら）元気でな、モレル社長……。

モレル　ちょっと待った！　おまえの貴重な時間をもう少し割いてくれるならば……（社内連絡用のインターホンのスイッチを入れる）

秘書　（くぐもった声で）はい、モレル社長？

モレル　メモ帳を持って入って来てくれ。（スイッチを切る）リヴィングストン、これはおまえも聞きたがるだろうと思ってね。（離れた位置でドアが開いて閉じる）ああ、ミス・ドーリー。メモをとってくれないか。「モレル社長に警告あり――選挙のために」。

秘書　はい、モレル社長。

モレル　「リヴィングストンが示唆したモレル一家の生命に関する噂は――モレル社長に選挙がある結末に近づきつつあることをわからせた――」。リヴィングストン、きみが政治家として過去の人になるときの話だよ。――ミス・ドーリー、どこまで言ったかな？

秘書　「モレル社長に選挙がある結末に近づきつつあることをわからせた――」

モレル　「――その結末とは、リヴィングストンの選挙本部の解散と、アーサー・リヴィングストンが徹底的に叩きつぶされるというものである」

秘書　はい、モレル社長。

モレル　考え直した。「徹底的に叩きつぶされる」を「完膚無きまでに叩きつぶされる」に変えてくれ、ミス・ドーリー。お元気で、リヴィングストン君。

リヴィングストン　（おだやかに）元気でな……この大馬鹿野郎が！（ドアが開いて閉じる）

秘書　（忍び笑いをしながら）ああ、モレル社長、すてきでしたわ！

モレル　（むすっとして）いや、言うべきことを言っただけだよ、ミス・ドーリー。

秘書　あら！　失礼しました、モレル社長。……ところで、かんかんに怒っている小柄な外国人が外にいますが――あなたに会いたがっていて――ロシア人だと思いますが――

モレル　（うめく）グリーシャ・ドルブニイか？　勘弁してくれ！

秘書　ええ、社長。そんな名前でした。お引き取り願いましょうか？

モレル　（うんざりしたように）いや、通してくれ、ミス・ドーリー。けりをつけた方がいいだろう。あいつはここ数日ずっと、私に電話をかけて来ているのだ。

秘書　はい、社長。（ドアが開く。離れた位置で）どうぞ、お入りください、ドーブ――ドルブニイさん？

ドルブニイ　（離れた位置から――興奮した声で――コミカルな発音はしないように）あたしは来ました！　あたしは来ました――急いで！（登場）ははん――モレル！　あたしは電話して――あなたに会おうとして――

モレル　（うんざりしたように）下がっていいよ、ミス・ドーリー。

秘書　はい、社長。（ドアが閉まる）

モレル　さてと。何かトラブルでもあったのかね、ドルブニイ？

ドルブニイ　トラブルとは！　あなたがあたしに「何かトラブルでもあったのかね」と聞くなんて！　あたしの発明の特許権に対する五十万ドルの申し出を断ったというのは本当ですか？

モレル　（辛抱して）そうだ。ドルブニイ。

ドルブニイ　（あえぎながら）よくそんなことができますね！　このあたしに――発明者にひと言の相談もなく、五十万ドルを拒絶するなんて！　よくそんなことができますね！

モレル　いいかね、ドルブニイ。きみにはずいぶん我慢をしてきた。というのも、きみは風変わりな人物で、私はどういうわけか風変わりな人物がお気に入りなのだ。だが、それももう充分だろう。われわれはこの件については一ダースにもおよぶやりとりをしてきた。私はきみの発明に関する特許権を管理しているし、きみもそれは知っているはずだ。

ドルブニイ　しかし、あれはあたしの発明なのだ！　あなたはグリーシャ・ドルブニイから、心血を――心血を注いだ発明を――

モレル　わかってくれないか……私は八年間、きみを援助してきただろう？　他には誰もきみの話を聞こうともしないときから、きみの実験に融資してきたではないか。これは私にとっては五十万ドルの――それ以上の価値があるのだ。

ドルブニイ　（芝居がかった声で）あたしにとっては、人生の八年間もの価値があるのです！

モレル　私は賭けたのだ。もしきみが失敗すれば、私には一銭も戻って来ない。しかし、もしきみが成功したならば――。そう、きみは取引をしたのだ。約束は守りたまえ！

ドルブニイ　あなたはあたしから盗んだのです、モレル！　あなたは哀れなドルブニイをだましたのです！

モレル　（かっとなって）いいかね、ドルブニイ。きみは自分の自由意志で契約書にサインをした――そのときは、私の金をもらえたことに充分喜んでいたではないか！　その契約書は私の弁護士の金庫に入っているのだ、わかったかね？　今ここに来てわめきちらすことは、きみにとって何の得にもならないのだ。

ドルブニイ　あなたは何もかも手に入れた！　あたしは何も手にできなかった！

モレル　スラブ語圏（ロシアも含まれる）でおなじみの誇張表現だな。私が契約によって手に入れたのは七十五パーセントだ、ドルブニイ。そして、きみは残りの二十五パーセントを手に入れている。これを「何も手に入れていない」と言うのかね？

ドルブニイ　しかし、あなたは――あなたは発明を売る権利をあたしから取り上げたではないか！

モレル　きみは売却権を合法的に私に譲渡したのだ、ドルブニイ。契約にそいつを加えることを思いついて良かったよ！（やさしく）さあ、家に帰りたまえ、ドルブニイ。心配しなくていい。きみを大金持ちにしてやるよ――私が満足できる取引が成立したら、すぐにでも。

ドルブニイ　（逆上して）あたしは馬鹿だった！　あたしを騙せたと思っているのだろう！　モレル、この償いをさせてやる！　恨みを晴らして――

モレル　（突然怒り狂って）きみも私を脅すのか？　いいかね、私は脅迫にはうんざりした上に飽き飽きしているのだ！　出て行きたまえ！

ドルブニイ　あなたは思い知る――あなたは思い知るだろう――あたしが罰を与えて――

モレル　（同じ口調で）われわれの契約書が法廷で通用しないと思うならば、ドルブニイ、訴えるといい！

ドルブニイ　（叫ぶ）嘘つき！　泥棒！　アメリカの詐欺師《アメリカンスキー・マシェーンニク》！

モレル　（同じ口調で）出て行くのだ、ドルブニイ――私に蹴り出される前に！

ドルブニイ　（立ち去りながら）出て行く――出て行くとも――だが、見ていろよ――待っていろよ――

ドアが開く。興奮した意味不明のロシア語が少しずつ小さくなっていく。近くで電話のベルの音がする。離れた位置でドアが閉まる。

モレル　ふう！（受話器を取る）もしもし？

エルシー　（くぐもった声で）ハーヴェイなの？

モレル　エルシーか！　元気かい、ダーリン。アリスも元気か？

エルシー　（くぐもった声で）その件で電話したのよ、ハーヴェイ。ダーリン、わたし……不安なの。電話をしたくはなかったけど――あなたが忙しいのは百も承知だけど――それでも……

モレル　（心配そうに）エルシー！　何か良くないことでもあったのか？　アリスが病気になったなんて言わないでくれよ！　今朝は鼻風邪をひいていたような気がしたが――

エルシー　（くぐもった声で）あなたが思いつくのはその程度でしょうね、ハーヴェイ。そうではないの……。ハーヴェイ、アリスがいまだに小学校から帰って来ないの！

モレル　（ゆっくりと）小学校から――帰って来ない、だと？

エルシー　（くぐもった声で）半時間前には帰っているはずなのに。

モレル　何だと。（間。それから無理に明るく）ああ、たぶんアリスは、同級生の家で遊んでいるのだよ、エルシー……。

エルシー　（くぐもった声で）でもハーヴェイ、あの子は今まで一度もそんなことはしなかったわ！　ハーヴェイ、わたし——怖いの。

モレル　（すばやく）おい、取り乱すんじゃない、エルシー。たぶん、心配するようなことは何もないさ。（自分に言い聞かせるようにゆっくりと）心配するようなことは……何も……ないさ……。

エルシー　（くぐもった声で）わかっているわ、ハーヴェイ。でも——今すぐ帰って来ることはできないの？

モレル　（作り笑いをして）かまわないさ、エルシー。子供が半時間ほど遅れたことをやきもきしに帰るさ。……いずれにせよ、学校に電話したらどうかな。少しは不安が解消できるかもしれない。

エルシー　（くぐもった声で）そうするわ、ハーヴェイ。ハーヴェイ……急いで帰って来てね——。

モレル　（明るく）大丈夫だよ、エルシー。大丈夫だ。今すぐここを出るから。それじゃあ。（電話を切る。間。それから重々しいが、冴えないつぶやき）主よ。（インターホンのスイッチを入れる。乱暴に）ミス・ドーリー！　私の車を用意してくれ——今すぐだ！

音楽、高まる……そこにエルシーが静かに泣く声が割り込む……。

ニッキイ　（同情するように）どんな気持ちか、よくわかりますわ、モレルの奥さま。でも、気を確かに持たなくては。そう思うでしょう、エラリー？

エラリー　間違いなく、そうすべきだね。奥さん、アリスちゃんが帰ってこないのは、たぶん、簡単に説明できますよ——。

エルシー　（泣きながら）ハーヴェイはどこなの？　どうして家に帰って来ないの？

ニッキイ　泣かないでください、奥さま。体に良くないわ。

エルシー　（泣きやもうとしながら）わたし……わたし、自分がばかなことをしているのはわかっています、ポーターさん。でも——ああ、なんて日なの！　この家に一人っきりなのに。召使いは三人とも何日も前にやめてしまったというのに、代わりは見つかっていないのよ。今さっき、あなた方二人が立ち寄ってくれなければ、わたしはどうなっていたか、わからないわ……（離れた位置で呼び鈴がしつこく鳴る）ハーヴェイだわ！　（離れながら）すみませんが——失礼させてくださいね——出なければ……

ニッキイ　（すばやく——小声で）エラリー！　どう思うの？

エラリー　（同じく小声で）言いづらいな、ニッキイ。これは……まずい。

ニッキイ　（同じく）これは——恐ろしいことだわ。八歳の子供なのよ。わたし——

エラリー　（同じく）気をつけて！　戻ってくる。ぼくたちがよくないことを考えているのを、彼らにさとられないようにするんだ……。

エルシー　（近づいてくる）——それで、ああハーヴェイ、わたし、気が狂いそうなの！

モレル　（近づいてくる——妻に心配をかけまいと、明るく受け流している）いいかい、エルシー。親は誰でも、自分の子供が学校から帰って来るのが遅くなることはあり得ないと思っているけど……。こんにちは！　エルシー、おまえにこんな友達がいたとは知らなかったよ。……待てよ！　ちょっと待てよ、ひょっとして……なんと、ニッキイ・ポーターじゃないか！

ニッキイ　（笑いながら）こんにちは、ハーヴェイ。

モレル　ニッキイ・ポーターか……。まったく、見違えてしまったよ、ニッキイ。最後にきみに会ったのは――ええと、確か――カンザス・シティにいた頃じゃなかったかな――。

ニッキイ　エラリー、モレルさんの一家は、わたしの家族と古くからの友人なのよ。モレルさん――こちらはエラリー・クイーンさんです。（アドリブで挨拶を交わす――手短に）

エラリー　モレルさん、ニッキイとぼくは、ボストンから――そこで事件を一つ片づけて――車で帰る途中だったのです。――そして、当然のように、ニッキイはあなたに会うためにヘッセンに寄ろうと言い張りました――。

モレル　（ぼんやりと）そう、そうか。きみたち二人に会えて嬉しいよ。……エルシー、アリスのことだが。私の聞きたいのは――おまえは、あの子の足どりをつかめたのかな？

エルシー　（またもや泣き出す）ああ、ハーヴェイ……アリスの担任の先生にも話を聞いたのよ！　アリスは今日、朝から学校に来ていなかったの！　それに、同い年の友達も、誰もあの子を見ていないって。心当たりはすべて電話したけど……

モレル　（困惑して）朝から――学校に――来ていない――

ニッキイ　（小声で）エラリー――わたしたちが助けになるかもしれないわ。もし本当に――よくないことがあった場合だけど……。

エラリー　（静かに）もし、ぼくたちにできることがあったら、モレルさん……ぼくはこういった経験があるので――そう、もちろん、あわてて結論に飛びつく必要はありませんが――

モレル　（耳を傾けている場合ではないといった感じで）そうか……ありがとう。……家を出て……学校には行ってない。（間）じっくり考えてみよう。考えるのだ……エルシー！　おまえは今朝、いつものようにアリスを学校まで送らなかったのか？

エルシー　（すすり泣きながら）送ったわ。あの子を学校前の交差点まで車に乗せて行って、そこで降ろしたのよ――あの子はいつも、そこから先は自分の足で歩いていくと言い張るものだから。あの子は「行ってきます」って手を振って、それから……それからわたしは、ダウンタウンで買い物をするために車を走らせて、それから……ああ、ハーヴェイ――あの子はスキップしながら離れて行ったの。まるで――まるで――（すすり泣く）

ニッキイ　（小声で）今は四時過ぎよ、エラリー。幼い女の子が消えてから、七時間以上たったことになるわ……。

エラリー　（小声で）わかっているよ、ニッキイ、わかっている。これはどうやら――深刻な事態だ。

モレル　（興奮して）待てよ！　ひょっとして……エルシー！　裏庭の遊戯室は見たのか？

エルシー　（困惑して）遊戯室を？　裏庭の……どうして……いいえ、ハーヴェイ。あの子がそこにいるなんて、思ってもみなかったけど――あなたはそう思って――本当にそう思って――

モレル　あの子は家に帰ってくると、そのまままっすぐ裏庭に行ったのかもしれない！　今も外にいて——

ニッキイ　（力を込めて）もちろんそうよ！　お嬢ちゃんはたぶん、眠ってしまったか、それとも——

エルシー　（われを忘れて）わたし、見に行くわ！

モレル　（力強く）エルシー！　待つんだ！

エルシー　（当惑して）でも、ハーヴェイ……

モレル　クイーン君と私が——行くよ、エルシー。いいかね、クイーン？

エラリー　（落ち着いて）かまいませんよ、モレル。ニッキイ……

ニッキイ　（すばやく）奥さま、あなたとわたしは——わたしたちは、ここにいましょう。アリスが行進曲と共に戻ってくるから——

エルシー　（弱々しく）でも——わたしは——アリスを——あなたはそう思って——

エラリー　（小声で）行きましょう、モレル！　早く！（二人の男が木の床を歩く足音につれて、ニッキイのアドリブの声が遠ざかっていく）

モレル　広間を下りてくれ、クイーン——台所を突っ切ろう——ああ、主よ！

エラリー　このドアですね？（ドアが開く）モレル、冷静さを取り戻してください。（ドアが閉まる——リノリウムの床を歩く足音）

モレル　（息を切らしながら）冷静さを取り戻す……わかった。わかったよ。

エラリー　あなたの奥さんは、かなり危ない状態です。あなたが支えてあげなくては。（裏口のドアが開く）この外ですね、そうでしょう？（木の階段を三段下りる）

モレル　（戸外に出て）そうだ。（呼びかける）アリス！（間）アリス！

エラリー　あれが——あの車庫の隣りにある小さな部屋が——アリスの遊戯室ですか？

モレル　（芝生の上を走る足音）そうだ。アリス！

エラリー　アリス！　そこにいるのかい？（足音が停まる。がたがたとドアが開く）

モレル　（がっかりして）空っぽだ！　あの子はここにはいない！　ここにはいないとわかっていたのに。わかっていたのに……ここにいるはずがなかったのに！　おお、主よ——アリス——

エラリー　（少し離れた位置で）モレル！　遊戯室のドアの内側に……メモが一枚、ピンで留めてあります！

モレル　（弱々しく）一枚の……メモが？　一枚の……メ——

エラリー　（少し離れた位置で）鉛筆を使った下手くそな活字体で、子供用の書き取りノートから引き裂いた紙に書かれている——。とにかく、読んでみましょう——

モレル　（つぶやく）メモが。メモが。

エラリー　（近づきながら——重々しく）モレル。これは——悪い知らせです。

モレル　（ついに苦悩が限界を超える）クイーン、後生だ！　そこに突っ立って私を同情するのはやめてくれ！　そのメモには何と書いてあるのだ？

エラリー　（気が重いがきっぱりと）心から同情しますよ、モレル。あなたの小さな娘さんは……

誘拐されました。

音楽、高まる……そこにエルシーの嗚咽が割り込む……。

ニッキイ （哀れみながら）お水をもう一口飲んで、奥さま――エルシー……。

モレル （苦悩に満ちた声で）家内は大丈夫か？　エルシー、大丈夫か？

エラリー 今は元気になりましたよ、モレル。当たり前の話ですが、ショックを受けて――

エルシー （蚊の鳴くような声で）アリス……アリス……（泣き出す）ああ、わたしの可愛い子！

モレル （しゃがれ声で）エルシー――！　ああ、私は気が狂いそうだ！　われわれは何をすればいい？　エルシー！　ダーリン！

ニッキイ （鼻をすする）そっとしてあげましょう、ハ――ハーヴェイ。な――泣かせてあげてください。

モレル クイーン、あれを――誘拐犯のメモを、もう一度読んでくれ。もう一度読んでほしいのだ。まるで悪夢のようなあのメモを。読んでくれ、クイーン！

エラリー （同情して）かまいませんよ、モレル。お安いご用です。こう書いてあります。「おまえたちの娘はわれわれが預かった。娘は無事で、おまえたちが命令に従う限りは、無事でいられることになる――」

エルシー （泣きながら）無事……おお、神よ、本当にそうだったら、本当にそうだったら……

エラリー　「警察に通報してはならない。ＦＢＩに知らせるのも駄目だ。おまえたちの家は見張られている。おまえたちの電話は盗聴されている。われわれは、電話でのすべての会話を聞くことができるから、誰かに電話してもいけない。電話が鳴っても出てはいけない。呼び鈴に応じてもいけない。誰も家を出てはいけない。家の外の者に通報しようとして家からちょっとでも出たら、娘は殺されることになる」

エルシー　（泣きながら）あの子は――犯人たちに――あの子は今、犯人たちにどんな目にあっているの！　きっと、お腹を空かせて――おびえて――アリス……（あとが続けられなくなる）

ニッキイ　（半泣きで）エルシー――かわいそうに――アリスは大丈夫よ。このメモにも「無事だ」って書いてあるでしょう？　さあ、元気を出して……。

モレル　（絞り出すような声で）犯人どもめ、うまくいくと思うなよ！　私は――私は……

エルシー　（悲鳴を上げる）ハーヴェイ、いけないわ！　ハーヴェイ、犯人の言う通りにして！　ハーヴェイ、お願い……（すすり泣く）……どうか、お願いだから……わたしはアリスが戻って来るのが……（すすり泣く）

モレル　（うめくように）私の大事な娘――私の可愛い大事な娘――

エラリー　メモにはまだ続きがあります。読みましょう。「明日の正午、娘の母親は――他の者では駄目だ――受話器を取れ。電話は鳴らないが、ぴったり正午に取るのだ。われわれが仕掛けた盗聴器が、われわれと娘の母親が会話をできるように接続する予定だ。忘れるな――明日の正午、娘の母親が電話に出る。われわれはそこで身代金の支払い方法を指示する。命令に従えば、おまえたちの子供は帰ってくる。従わなければ――娘は死ぬことになる」（間）これで全部です。他には何もありません――署名さえも。

エルシー　（つぶやく）明日の正午まで――丸々ひと晩あって――さらに午前中もある……。わたし――気が狂ってしまうわ。ああ、神さま。（再び泣き出す）

ニッキイ　（小声で）エラリー、わたしたち、何もできないの？

エラリー　（同じく小声で、いたわるように）ぼくたちは無力なのだよ、ニッキイ。こういった事件の場合――父親と母親がすべてを負わざるを得ない。他の者がしゃしゃり出る権利はないのだ。

モレル　（錯乱し、狂ったように叫ぶ）縛り首――電気椅子――八つ裂きの刑――どれも生ぬるすぎる！　無垢な子供なのに――赤ん坊同然なのに――八歳の子供なのに――残酷な仕打ちをして――おびえさせ――（つぶやく）……私に恨みがあるとしたら、こんなことをしたのは大間違いだったな……。

エルシー　ハーヴェイ！　あなたはまさか――まさか――

モレル　（語気を荒げて）「戦う気なのか」か？　そうだ、戦うとも、エルシー！　やつらのハッタリは通用しない――当局に通報するよ――こういった事件のときは、どこに通報すればよいのか、何かで読んだことがある――ワシントンのＦＢＩだ――どう対処するか知り尽くしていて――

エルシー　（パニックを起こして）ハーヴェイ――駄目！（あえぎながらもきっぱりと）駄目よ！

モレル　だがエルシー、やつらに――あの外道《げどう》どもに屈するわけにはいかない！　私たちは戦うのだ！　それが務めなのだ！

エルシー　でも、アリスはどうなるの？　ああ、ハーヴェイ、わたし……あなたが間違っているってわかるわ。わたしにはわかるのよ！　だって、わたしの務めは、もしアリスが……アリスが……。わたしたちがすべきことは、あの――けだものどもの言う通りにすることよ！　何でも！　何でもよ、ハーヴェイ！（再びすすり泣きをはじめる）

モレル　（弱気になって）エルシー……おまえは、私がどんな気持ちだと思っているのだ？　私自身の娘なのだぞ。……おまえは本気で思っているのか？　私がアリスを――アリスを――（声をつまらせる）

エルシー　わたしは、全財産を払うことになってもかまわないわ――。たとえ、家や車を売っても――

モレル　おまえは本気で思っているのか？　私が金のことを気にしていると。

エルシー　ああ、ハーヴェイ、わたしはそんなことは思っていないわ。でも――お願いだから、わたしの考えに従ってちょうだい。ハーヴェイ、お願いだから……（泣く）

ニッキイ　（一緒に泣く）ああ、エルシー……最悪だわ……。エラリー、何とかしてちょうだい！

モレル　（途方にくれて）きみは、こういった事件の経験があると言ったな、クイーン……。私はどうしてよいかわからないのだ！　私たちを助けてくれないか――頼む――。

エラリー　（ゆっくりと）モレル、そうしたいのはやまやまですが……ぼくは、あなた方のために決めてあげることはできません。これはあまりにも個人的な問題ですから。あなた方のお子さんの命が賭け金になっているのですよ。あなた方が決めて、あなた方が責任を負うのです。もちろん、あなた方が決めたならば、それがどんなことであれ――ぼくとニッキイは何も言わず、あらゆる手助けをします。

モレル ニッキイ――きみはどう思う？

ニッキイ （涙声で）これに関しては、質問の余地はないわ、違うかしら？

モレル （沈んだ声で）違う。きみたちの正しい判断を……（間）そうだな。質問の余地はない。（弱気な声で）エルシー、ダーリン――何もかもおまえが言う通りだ。――こっちにおいで、エルシー――。

エルシー ああ、ハーヴェイ！（泣き声は胸に顔をうずめたかのように変わる）

モレル （なぐさめるように）これで大丈夫だ――何もかもうまくいくよ……。

エラリー （ゆっくりと）決めたのですね、モレル？　誘拐犯の指示に従うことにしたのですね？

モレル （短く）そうだ、クイーン。

エラリー では、ぼくたちも全力を尽くして試合に挑むことにします――。

エルシー 「ぼくたちも」ですって、クイーンさん？　でも、あなたたちは――あなたとニッキイはかかわり合う必要は――

エラリー （重々しく）ぼくたちもかかわり合っているのですよ、奥さん。なぜならば、ぼくたちはこの家の中にいて、メモにははっきりと「誰も家から出てはならない」と書いてあったからです。この家は見張られているわけですから、ニッキイとぼくが中に入ったところも見られていたと考えるべきでしょう。つまり、ぼくたちは帰ることができないのです。

ニッキイ　わたしたち、帰る気はないわ！

エラリー　要するに、ぼくたちも籠《かご》の鳥というわけです。（電話が鳴る。何度もしつこく。会話が途絶える）

エルシー　（ヒステリックに）（電話の音にかぶせて）ハーヴェイ！　電話に触らないで！　犯人たちは言っていたでしょう――電話に出ないようにって！（なおも鳴り続ける）

モレル　（声が近寄りながら）出たりはしないさ、エルシー。出たりはしない。（間。電話が鳴りやむ）

ニッキイ　囚人だわ――わたしたちは囚人なのよ！　孤島に流されたみたいに――封鎖されたみたいに――

エラリー　（重々しく）そうだ。外の世界から切り離されてしまった。ずっと外を眺めていることしかできない。数少ないチャンスさえも見逃さなければならない。誘拐犯たちにわずかな口実さえも与えてはならない。もしそんなことをしたら……（口をつぐむ）

エルシー　わたしが続きを言うわ！　そんなことをしたら、あの子は殺されるのよ！（間。電話が再び鳴り出す）ああ、アリス……可愛いアリス……（電話は鳴り続ける）

電話が鳴り続ける中、音楽が高まる――電話と呼び鈴が鳴る音をテーマにして――異常な雰囲気を感じさせるように――そこに、離れた位置での呼び鈴の音が割り込む……。

ニッキイ　（うわずった——ヒステリー寸前の声で）もしあの呼び鈴が、今すぐ鳴るのをやめないと、エラリー、わたし——悲鳴を上げるわ！　午後の間ずっと、夜の間もずっと……ああ、止まって！

エラリー　（やさしく）いいかい、ニッキイ、しっかりするんだ。ヒステリーを起こしていたら、モレル一家を助けることはできないよ。（呼び鈴が鳴りやむ）ほら、止まったよ。駄目だ、ニッキイ！　窓のカーテンに触ってはいけない！

ニッキイ　ごめんなさい、エラリー。こんな風に——待ち続けるのが、待ち続けるのが……

エラリー　（ぼんやりと）ハーヴェイ・モレルはどこに行ったのかな？

ニッキイ　エルシーに睡眠薬を与えようとして、二階に上がって行ったけど……。ここはまるで——死の家の居間だわ！　電話が一フィート先にあっても——生者の世界とつなぐこともできない——そして、わたしたちはここに座って、お互いをじっと見ているだけ。気が狂いそうだわ！

エラリー　わかるよ、ニッキイ……。ぼくがどんな気持ちだと思う？　ぼくは今、鎖でこの椅子に縛り付けられているのさ——小さな女の子の命の重さに押しつぶされて身動きができず——

ニッキイ　（またヒステリックになって）何か考えつかないの？　こういったことは得意でしょう、ミスター・クイーーン！　ねえ、考えて——打開策を考えてよ！

エラリー　（やさしく）ニッキイ……。（彼女は静かに泣きはじめる）考えてはいるのだよ、ニッキイ。でも、いい考えは一度も浮かばない。これまでの人生において、こんな風に文字通りの安楽椅子探偵を演じたことはなかったし——あったとしても、ささやかな問題を解くだけだった……。ＦＢＩの連中に連絡するより賢い方法が存在するとは、信じられないな。

ニッキイ　（泣きながら）かわいそうなエルシー——涙をポロポロ流して——すてきな青い瞳が——筆舌に尽くしがたい苦悩で——真っ赤になって——

エラリー　ニッキイ、黙って！　モレルが来た——。（ニッキイは口をつぐみ、鼻をすすり上げる）

モレル　（登場。ひどく張りつめた声で）クイーン……私は辛抱できない。明日の正午までにできることが、何かあるはずだ！

ニッキイ　座って、ハーヴェイ——あなたは疲れ切っているのよ——。

エラリー　誘拐犯に気づかれずに、外に助けを求めることさえできたら！

モレル　（苦々しく）それは大きな「たら」だな。電話は盗聴され、家は見張られ……

エラリー　連絡できるだけで、それだけでいいのに！　信頼できる人物がいるので——

ニッキイ　エラリー！　警視さんのことね！

モレル　（ぽかんとして）警視？　警視って誰のことかな？

エラリー　ぼくの父ですよ、モレル。——ニューヨーク市警の警視なのです。こっそり父と連絡がとれるならば！　でも、どうやって？　どうやって？　電話は使えない、電報も打てない、ぼくたちの一人が家を抜け出すのも危険だ——（モレルがゆっくりとヒステリックに笑い出す）

ニッキイ　（心配そうに）ハーヴェイ、やめて！　エラリー、彼はヒステリーを起こして——

エラリー　さあモレル——やめてください！

モレル　（息を詰まらせながら）おお、主よ、私は頭がおかしくなっていたようだ。一日中、ここにぼけっと座っていて……。こんなことはこれまでなかったというのに。一度もなかったというのに。（興奮して）（声は落として）クイーン、方法があった！（ニッキイはアドリブで驚きの声を上げる）

エラリー　モレル！　どんな方法です？　さあ、教えてください！

モレル　一緒に来てくれ！（椅子が床をこする音。急ぐ足音）二階だ。私の書斎だ。そこに——方法がある——。

ニッキイ　音を立てないで。エルシーには眠りが必要だから……。ああ、ハーヴェイ、方法さえあれば！

モレル　私の書斎に個人専用電話があるのだ！

エラリー　（間髪容れず）個人専用電話？　どことつながっているのですか？　新聞社のオフィスですか？

モレル　そうだ！　編集長の——ビル・フリンのデスクと直通になっている！　その広間を抜けて……。こちら側も向こう側も鍵がかかる場所に置いてある。向こう側の直通電話の鍵を持っているのはフリンしかいない。……この中だ！（ドアが開く。閉じる）実のところ、エルシーと私を除くと、ビル・フリンは直通電話の存在を知っている唯一の人物なのだよ。（引き出しの鍵を開ける）

ニッキイ　待って！　大丈夫なのかしら、誘拐犯が――盗み聞きできないというのは、ハーヴェイ？
モレル　もちろん大丈夫さ！　これは専用線だって言っただろう！（受話器を取り上げる）
エラリー　モレル、ちょっと待ってください。フリンは信用できますか？
モレル　私の右腕のように。
ニッキイ　ハーヴェイ……もしかしたら……
モレル　（語気を荒げて）洩れる危険はないと言ったはずだ！　考えてもみたまえ、もしそんなものがあったら、私はわが子の命を危険にさらすことになるだろう？（カチャリ。もう一度カチャリ）ビル！　フリン！
フリン　（以下ずっとくぐもった声で）モレル社長！　ありがたい！　何があったのです？　何か問題でも？　一日中、あなたをつかまえようとしていたのですよ。この専用電話も使ったのですが――出てもらえなくて――
モレル　ビル！　こっちの話が先だ！　質問は控えてくれ！　聞くのだ――注意深く！
フリン　（おとなしくなって）聞いています、モレル社長。どうぞ。
モレル　ニューヨーク市警のクイーン警視を呼んでくれ。できるだけ早く、きみのオフィスに連れて来てほしい。わかったか？
エラリー　ぼくの名前を出すようにフリンに伝えてください、モレル。
モレル　ビル、クイーン警視に、これは緊急の用件で、ご子息のエラリーからのものだとも伝えてくれ。いいか?

フリン 子息のエラリーから……。はい、モレル社長。他には?

モレル この呼び出しについては、警視は口外してはいけない。彼が来たら、この専用電話で——ドアにきみの側から鍵をかけてから息子さんに連絡するように伝えてくれ、ビル。

エラリー モレル、電話を少し貸してください。

ニッキイ エラリー、気をつけて。ああ、気をつけてちょうだい。

エラリー フリン。ぼくはエラリー・クイーンだ。もし親父がヴェリー部長も同行させたいと言ったら、それはかまわない。だが、他の者は駄目だ。そして、親父たちがヘッセンに入るときは、名を伏せるように——わかったかな? 偽名を使ってほしいのだ。では、取りかかってくれ、フリン。

フリン (緊張した声で) わかりました、クイーンさん。(カチャリ)

音楽、高まる……そこに、少しずつ大きくなる電話での会話が割り込む。

警視 (以下ずっとくぐもった声で) わかった、わかった、わかったとも、せがれ。すてきにきびしい状況だな。

エラリー これで、今やあなたもこの状況に巻き込まれたわけですよ、お父さん。ぼくたちが見張られていることもわかりましたか?

警視　残念だが、よくわかった。フリンはわしと一緒にここにいる。ヴェリーもだ。この会社は終業したので、こちらは心配ない。この専用線から洩れることはないというのは、間違いないのか？

エラリー　モレルは「ない」と言っています。お父さん――ここではぼくたちは囚人なのですから――あなたとヴェリーは、ぼくたちの目となり、耳となり、手となり、足とならなければいけませんよ。そして、すべての行動は秘密裏に行わなければなりません。あなた方が誰のために、何のためにヘッセンにいるのか、誰にも気づかれてはいけません！

警視　それについては心配無用だ、エラリー。もっとも、実際にやり抜くのは、かなりしんどいことになりそうだがな。子供の特徴を教えてくれ。

エラリー　モレルの私室のデスクにアリスの写真が飾ってあります。彼がそう言っていました。

警視　それならもう、フリンに見せてもらった。写真ではわからない細かい特徴は？

エラリー　身長と体重はあの年齢の――八歳の――子供としては平均的です。茶色の髪に茶色の目。誘拐されたときには、茶色の格子柄の服に、スコットランド風のコートと帽子を身につけていました。右の腕には生まれつきの赤あざがあります。ちょうど肘のあたりです。わかりましたか？

警視　うむ。では、わしらはおまえが教えてくれた政治家のアーサー・リヴィングストン、それに、モレルに腹を立てているロシアの変人発明家のグリーシャ・ドルブニイを当たってみよう――。

エラリー　ええ、その二人が一番太い糸ですから。ぼくに忘れずに伝えてくださいよ、お父さん――あなたが見つけ出したことは、洗いざらい！　ぼくができることといえば、この家に座って、祈ることだけですからね――犯人たちが道義心を保ち続けてくれるように――せめて、エルシー・モレルが明日の正午に、誘拐犯と話すために受話器を取るまでは、と！

音楽、高まる……そこに、ホテルのロビーのようなおとなしめのざわめきを背後に割り込ませ……新聞のカサカサという音をマイクが拾う……。

ヴェリー　（興奮して登場）たった今、あたしがこの〈ヘッセン・ハウス〉のロビーで誰を見つけたかわかりますかい、警視――

警視　（すばやく小声で）声を落とせ、ヴェリー。それに、わしを「警視」と呼ぶんじゃない、い、い、い、この猿が！　で、今、誰を見かけたのだ？

ヴェリー　（声は抑えながらも得意気に）シルキー……バレットでさあ！

警視　シルキー・バレットだと！　シカゴの大物ギャングか？

ヴェリー　いかにも！　向こうにいる男《やつ》を見てください。一人で座ってピンボール・ゲームを眺めているでしょう？　トールドリンク（リキュールにソーダ水や果実を加えたもの）を飲んでいる、両耳がつぶれて唇に傷のあるやつがいるでしょう？　あたしはすぐにわかりましたぜ。

警視　ふうむ。シルキー・バレットだ、間違いない。いつでも誰かしら大物《ビッグM》の下で汚れ仕事をやってておるやつだ。しかし、ヘッセンのような田舎で、大都会の殺し屋が何をしておるのだろう？　腑に落ちんな。

ヴェリー　（意味ありげに）幼児誘拐《スナッチ》が起きたばかりの土地で……。なんと、あなたは腑に落ちない！

警視　（ゆっくりと）ヴェリー、わしらはシルキー・バレット氏と話をした方がよさそうだな。

ヴェリー　ですが、警視――もとい、ディック、怪しまれますぜ！

警視　うまく振る舞えば怪しまれないさ。いいか。わしらはここでは偽名を使うのだ。バレットはわしらのどちらの顔も知らない。そこで、わしらが何になるかわかるかな、トム・ヴェリー？　ギャングだ！（くつくつ笑う）

ヴェリー　（考え込んで）やあ、うまくやらねばならんですな。万が一……

警視　うまくやれるさ。おまえがやりすぎなければな。行くぞ！（足音）おろおろするなよ、トム。わしのやることを真似して――わしに合わせて演技をするのだ。発明家のドルブニイのためにここに来ていることにしよう。よく見ていろよ……。やつをだましに行くぞ！

ヴェリー　（ぼそぼそと）うまくいって欲しいものですな。子供のためにも！（足音が停まる）

警視　ここにいたのか。（ギャングらしく口の横から声を出す）おい！　バレット！

バレット　（びっくりして）何だ？　おい――

警視　（声を抑えて）よう、シルキー……いや、顔を上げるんじゃねえ。おれたちは目立ちたくねえんだ。（声を上げて）マッチを貸してくれねえか、兄弟？

バレット　（軟化して）おい、これは何だ、お二人さん？
ヴェリー　（声を上げて）火を貸してくれ、いいだろう、相棒？（声を落として）さあさあ、シルキー……合わせてくれよ！　ホテル探偵《ディック》が目を付けてやがるんだ。たまたま出会ったように見せかけてくれ。
バレット　ああ……そうか。（声を上げて）いいとも。ほらよ、ご同輩！（マッチをする音）（声を落として）それはそうと、あんたら二人は何者なんだ？
警視　（声を上げて）ありがとうよ、ダチ公。なあトム、おまえは、何でここでこの殿方と相席しようって言わねえんだ？　このしみったれた町のホテルの中で、ずっと寂しかったというのに！（声を上げてしつこく笑う）
ヴェリー　（警視に合わせて）やあディック、まったくその通りだな。席を空けてくれねえか、わが友《ダチ》よ？
警視　（声を落として）けっこう！　いいかシルキー、おまえさんがおれたち二人を知らねえのはわかってるさ。だが、おれたちはあっという間におまえさんが誰かわかったぜ。「シルキー・バレットだ」とおれが言う。するとこのトムが「やあ、シルキーのような顔役が、こんな田舎町で何をしてるんだ？」とぬかすわけだ。
ヴェリー　で、このディックが「その質問はおれたちがやつにすりゃあいいじゃないか、トム！」とぬかすわけだ。（警視とヴェリーは白々しく笑う）
バレット　（うさんくさそうに）ちょっと待て。ちょっと待てよ、ゴロツキ二人組さん。あんたらは何者なんだ？　何の用があるんだ？

警視　（声を落として）おれはディック・スカールピノ。こっちは相棒の〈殺し屋〉トミーだ。太平洋側《コースト》から来た。わかったか？　東に来たのは——仕事のためだ。

バレット　（うさんくさそうに）どうしておれを知ってるんだ？

ヴェリー　「どうしておれを知ってるんだ」と彼はぬかしました。（げらげら笑う）シルキー・バレットが「どうしておれを知ってるんだ」だとさ！（まるでバレットが冗談を言ったかのように笑う）

警視　わめくな、トム！　誰にも目をつけられたくねえからな。ドルブニイの仕事を片づけるまでは——

ヴェリー　（叱る）おい、あんたはばらしちまったじゃないか！　このまぬけな猿が。偏屈じいさんと仕事をすると、こんな目にあうわけだ。

バレット　（抜け目なく）それは——どんな仕事かな？　あんたらは仕事でヘッセンに来てるんだったな？　どんな種類の仕事だと言うのかな？

ヴェリー　（叱る）ディック、誰も仲間にしねえって話じゃなかったのか？

警視　（声を落として）ちょっと待ちな、トム。意固地になるんじゃねえ。このシルキーは一つか二つ、知っていそうだ。たぶん、取引か何かができるんじゃねえか——。おれたちの仕事のためには、確かな腕のやつが——表に出てくれるやつが必要なんだ——。

ヴェリー　気にくわねえな！　おれは二人だけでやって、手に入れた現ナマ《ドウ》は二人だけで分けると思ってたんだぜ！　今のあんたはバレットを仲間に入れようとしてるが――気にくわねえな！

警視　ああ、シルキーには分け前をやることになるさ、トム。わかってるだろう。だいたい、一ダースの仲間と分けても、まだ充分あるじゃねえか。まだ何か言いたいか、トム？

ヴェリー　（不機嫌そうに）言わねえさ。気にくわねえだけだ。

バレット　（餌に食いつく）なあ、おい、お二人さん。もし、あんたらが本当にホットな仕事を抱えているなら……。実はな、おれは自分のちょっとした商取引のためにこの町にいるんだよ。……だが、三人の賢き野郎が手を組んじゃいけねえ理由はないな……。

警視　今度はおまえさんが話す番だ、シルキー。

バレット　だが、ここは仕事の話にふさわしいとは言えねえな。そこの通りを五分ほど歩いたところにハンバーガー屋がある。そこで待ち合わせようぜ。

警視　わかった。おれたちもそこに行くことにしよう。

バレット　（立ち去りながら）それじゃあな、お二人さん。楽しかったぜ。

ヴェリー　またな！（声を落として）あたしの演技はどうでしたか――ディック？

警視　うまいぞ……うまかった……。（いきなり怒る）だが、わしを「偏屈じいさん」と呼んだことだけは許せんな。

ヴェリー　おおっと、警視。

音楽が短い時間だけ高まる……そこに電話の会話が割り込む。

エラリー シルキー・バレットですって？　有望のように見えますね、お父さん。そいつが餌に食いついてからは、何があったのですか？

警視 （以下ずっとくぐもった声で）大したものはなかった。やつがリヴィングストンの汚い仕事のためにヘッセンにいるのは、まず間違いないと思っておる。だが、あやつは用心深くてな。

エラリー ふーむ。ヴェリーは今、バレットと一緒だと言いましたね？

警視 うむ……。（くつくつ笑いながら）目下、ネズミ野郎に不快の念を見せながらも信頼を勝ち取るというしんどい仕事の最中さ！　それはともかく、わしの方は首尾よくリヴィングストンに会うことができたぞ。うまく策を弄してな。だが、釣り上げることはできなかった。あいつは頭の良いお客さんだな、エラリー。

エラリー そうですか。わかりました。ロシア人のドルブニイとは会えましたか？

警視 わしが見張ってみた。今のところ――収穫なしだ。

エラリー （ため息をつきながら）まあ、あきらめずに続けてください、お父さん。そのうち、何かが見つかりますよ。ニッキイとぼくの方は、モレル夫妻が絶望に陥らないようにするだけで手一杯でしたけどね。

警視 わしの手の方は、こんなひどいことをする腐れ外道を捕まえたくてたまらんのだが……。（てきぱきと）この専用電話を使って、明日、連絡するよ、エラリー。――誘拐犯が電話をかける予定の正午を三十分過ぎてからな！

エラリー　そうしましょう、お父さん。（むっつりと）もし、ぼくたちがそのときまで正気を保っていられたら、ですけどね！

音楽、高まる……そこに家の時計が十二時を打つ音が割り込む。

エルシー　（つぶやく——時計の音を数えている）二、三、四……

モレル　（うわずった声で）エルシー——後生だから——今はくじけないでくれ。あと数秒で、おまえは電話を受けるのだから——

ニッキイ　（緊張して）エルシー——今は、何もかもがあなたにかかっているのよ……。

エラリー　（鋭く）正午を打ち終わった！　奥さん、受話器を取って！

エルシー　（つぶやく）はい、クイーンさん……。（受話器を取る。間。それからおどおどと）も—もしもし。（間）はい——こちらは……モレルの……妻です……。（間）（叫び出す）でも、娘は！あの子は無事なの？　そこにいるの？　アリスと話をさせてちょうだい——お願い！　お願いだから！（間。のろのろと）わかりました。もう言いません……。わたしが言いたいのは——ああ、お願い！（長い間。おびえながら）はい……はい……はい、はい、理解しています。（間）はい……。（間）はい……。（間）わかりました。（間）はい、わたしたち、ちゃんと——ちゃんと、言われた通りにします。でも、お願いだから——わたしの可愛い娘を——傷つけないで——ど

うか……（言葉を切る。つぶやくように）犯人は――電話を――切ったわ。（受話器を戻す。泣き出す）

モレル　（取り乱して）エルシー！　やつらは何と言ったのだ？　アリスは無事か？　あの子は――おまえは――エルシー、頼むから話してくれ！

ニッキイ　どならないでください、ハーヴェイ！　エルシー、かわいそうに――

エラリー　（ぴしりと）しっかりしてください、奥さん。ぼくに教えてください――今話したのは、男でしたか、女でしたか？

エルシー　（泣きながら）男……男の人でした……。

モレル　そいつは誰だ？　声に聞き覚えは？

エルシー　（泣くのをやめて――ぼんやりと）わからないわ。聞いたことがあるような気もするし、そうでない気も……。ハーヴェイ、わからないの。声が――おかしな感じで……

ニッキイ　作り声をしてたのね！（がっかりして）残念だわ！

モレル　犯人はおまえに何と言ったのだ、エルシー？

エラリー　犯人が言ったことを、全部話してください――全部です、奥さん！

エルシー　（のろのろと）あの人は、わたしがモレルの妻かを尋ねました。アリスは……アリスは無傷だと言いました。

モレル　（ぼそりと）ありがたい！

エルシー　あの人は……アリスと話をさせてくれませんでした。それから彼は――指示を始めました。ハーヴェイ、あなたは今すぐ銀行に行ってちょうだい。あなた自身で。一人きりで。

モレル　（うわずった声で）それで？　それで、エルシー？

エルシー　そこで十万ドルをおろして……小額紙幣――五ドル札や十ドル札や二十ドル札で……銀行には理由を説明せずに……印のついていない札で。あの人はこう言ったわ。従わなければ、彼らは――彼らは――（苦しげに）ハーヴェイ、あの人の言う通りにしなければならないわ！

ニッキイ　もちろん、ハーヴェイは言われた通りにするわ、エルシー。もちろんよ。

モレル　（うわずった声で）それから何を言った、エルシー？

エルシー　それから、あなたは……お金を持って、すぐに家に戻ってくるの。そして……行き帰りの間、誰とも口をきいてはいけない――あなたは見張られることになっている、とあの人は言ったわ。――そして、ここで真夜中まで待機しているの。それから……

エラリー　それで、奥さん？　あなたのご主人は、真夜中に何をするのですか？

エルシー　ハーヴェイはお金をスーツケースに詰めて、一人で車を運転して、〈旧北通り〉を通って、〈三柏記念館〉に行きます。そこで車を降りて、ルート62の古い空家――あの人は「マコーレイ荘」だと言いました――までの道のりを歩いて行きます。彼らはそこで待っているそうです――アリスもそこに連れて来るそうです――。

モレル　（考えをめぐらすように）マコーレイ荘か――何年も前から廃屋だったな――まわりに何もない古いあばら屋だが――〈三柏記念館〉からそれほど離れてはいない。……よし、行ってくる。銀行に行ってくる。今すぐに。（立ち去りながら）銀行に行ってくる……。

エルシー　（苦悩に満ちた叫び）ハーヴェイ！　ああ、ハーヴェイ、気をつけて！　何もかも犯人の言う通りにしてちょうだい！

エラリー　（やさしく）あなたのご主人は気をつけますよ、奥さん。（小声で）ニッキイ、彼女から目を離さないでくれ。今にも倒れそうだ。ぼくは二階に上がって、親父が専用電話をかけてくるのを待っているよ！

音楽、高まる……時間は短く……そこに電話での会話が割り込む。

警視　（以下ずっとくぐもった声で）ふむ。それでは、わしらができることは、夜中まで待つことだけだな、エラリー。声が誰のものか夫人にわからなかったのは、かなり痛いな！

エラリー　（陰気に）背後に潜んでいるのが誰にせよ、そいつは何もかも計算しているようですね。

警視　ところで、わしらの方はまずいことになった。ヴェリーが――あやつの魂に呪いあれ！――シルキー・バレットを逃がしてしまった。

エラリー　（ぞっとしたように）お父さん、まずい！　もしバレットが疑いを抱いたら――

警視　わしはそう思わん。――少なくとも、誘拐については怪しまれておらんはずだ。もっとも、どう思えばいいのかはわからんのだが。それでも、バレットがヴェリーから逃げ出したことは間違いない。ヴェリーは今も外でやつを捜しておる。

エラリー　まずい……まずいですよ！

警視　わしらは夜中まで何をすればいいのだ？　わしはＦＢＩに連絡したくなってきたぞ。マコーレイ荘を包囲してもらって、一緒にけりをつけるのだ！

エラリー　（苦しげに）ぼくたちには、それはできませんよ、お父さん。犯人は子供を殺してしまいます。

警視　（冷静さを失って）やつらはどうせそうするさ、げす野郎だからな。エラリー、もしおまえがわしの両手を約束という紐で縛っていなかったなら――断言するが、Ｇメンのところに向かっただろうな。これは、二人の男には荷が重すぎる仕事だ。間違っておるぞ、エラリー――。

エラリー　わかっています、お父さん。でも、モレル夫妻が決めたことなのです。そもそも、あの二人の子供ではないですか。そうでしょう。（すばやく）一つ、計画があります。ぼくは今夜、モレルと行動を共にするつもりです！

警視　おまえが？　だが、モレルは家から出てしまうのだろう。――今の彼の精神状態では、事態を悪化させるようなことは、決して許してもらえないぞ――。

エラリー　モレルが知ることはありません。彼の車にはランブルシート（後部の折りたたみ補助席）が付いています。ぼくは病気になったふりをして、部屋に行きます。それから、そこをこっそり抜け出して、モレルが車を出す前にランブルシートの格納スペースに隠れるのです。――彼は不審に思わないはずです。ニッキイには、モレル夫人に気づかれないようにしてもらいます。それから、モレルが〈三柏記念館〉に着いて車を降り、マコーレイ荘に歩いて行くとすぐ、ぼくは車を降りてそこで待っています。あなたもそこに来てください、お父さん！

警視 わかった、せがれ。ヴェリーとわしは、記念館のあたりに隠れていよう。だが、仮病の演技は慎重にな！

エラリー やってのけますよ、お父さん。真夜中に会いましょう！

音楽、高まる……そこに割り込んだのは、

エルシー （ひどく神経質に）今、何時かしら、ニッキイ？ ハーヴェイはもう、記念館に着いたと思う？ ああ、何も手違いがありませんように！ クイーンさんが病気にならなかったら！ あの方なら、何をすればいいのかわかるのに！ わたし、あの方を心の底から信頼しているみたいね――

ニッキイ いい、エルシー。あなたの神経は参ってきているのよ。エラリーはかなり具合が悪かったけど、わたしが二階のベッドに寝かしつけておいたわ。そもそも、どんな手違いが起こるというの？ もうすぐハーヴェイは、マコーレイ荘でお金が詰まったスーツケースを手渡して――犯人たちはアリスを返してくれて――それから――

エルシー （語気を荒げて）あの人は着くのが遅れてしまうのよ！ もう少し早めに家を出るように言ったのに！ あの人はきっと、タイヤがパンクしたりとか、何かそんな目にあうのよ！ 犯人たちは待っていてくれないわ。彼らは――こう考えるのよ――

ニッキイ でも、奥さま――彼はそんな目にあったりしないわ。あなたは少し――混乱しているのよ。こっちに来て、エルシー――わたしの隣りに座って――

エルシー　（さらに語気を荒げて）誘拐犯たちは自分の言ったことなんて守らないわ！　彼らはアリスを殺す――殺してしまうの！（間）（つぶやくように）ニッキイ、わたしはあそこに行くわ。今すぐ。今すぐよ、わかった？

ニッキイ　（たしなめるように）エルシー――いけない！　何もかも台なしにしてしまうわ――エルシー、あなたは気が変になっているのよ――

エルシー　（ほとんど絶叫のような声で）わたしは行くの！　犯人たちはわたしの言葉を聞いてくれるわ！　彼らは娘を殺したりはしない……わたしが行けば！

ニッキイ　（うろたえて――おびえて）エルシー――そんなことはできっこないわ！　あと少しの辛抱じゃないの――ハーヴェイを信じて――エラリーを信じて――

エルシー　（わめきながら離れていく）じっとしていられないのよ、ニッキイ！　クイーンさんの車を借りて……行ってくるわ！　行って――

ニッキイ　エルシー、戻ってくるのよ！　エル――（ドアがバタンと閉まる。音楽を小さく。うろたえながら独り言をつぶやく）ああ、なんてこと。ああ、なんてことでしょう。わたしはどうすればいいの？　わたしはどうすればいいのよ！（泣きながら――離れていく）エルシー！　おお、エルシー――戻って――戻ってきて――

音楽、高まる……そこに夜の田舎でコオロギなどの鳴く音が割り込む……。

ヴェリー　（うっとうしそうに）コオロギか！　紙ヤスリみたいな音を立てずにいられないのか！　まったく、誰がコオロギなんか造ったんでしょうな？　頭がおかしくなりそうですぜ。

エラリー　（小声で）頭をおかしくしている暇はないよ、部長。ぼくたちができることは、記念館に停まっているモレルの車のそばで待っていることだけさ――モレルが自分の幼い子供を解放してもらう機会を与えなくてはいけないからね。

警視　（いらいらして）だがエラリー、モレルは三十分も前に向かったのだぞ！　何かまずいことが起きている、と言わねばならんな！

ヴェリー　そうですな。で、ペルーのクッキーを賭けてもいいですが、二十分ほど前にここをすっ飛んで行った車は、あなたの車でしたぜ、クイーンさん。言わせてもらいますが、何かおかしなことが起きていますな！

エラリー　（ぶつぶつと）確かに、ぼくの車のように見えたが……ちくしょう、ただここに座っているだけなんて！　ぼくの人生において、これだけ無力な思いをしたのは初めてだ！（車の疾走する音が、遠くから急速に近づいてくる）

警視　（鋭く）待て――車がこっちに来る――（車の爆音）

ヴェリー　でも、町の方から来ましたぜ――（車がすぐそばまで近づく。ブレーキの音）

エラリー　ニッキイだ！（アドリブで反応。車のドアが開き、走る足音が近づいてくる）ニッキイ、頼むから教えてくれ！　どうしてここに？

警視　（間を置かず）それに、モレル夫人はどこにいるのだ、ニッキイ？
ニッキイ　（息を切らして――泣きながら――登場）ああ、エラリー、警視さん……。エルシーは爆発してしまったの――緊張に耐えきれなくて――家を駆け出して――エラリー、あなたの車に飛び乗って、マコーレイ荘に向かって行ったの――。彼女は何か手違いが起きたと思い込んで
――
エラリー　（うめく）ということは、ここをすっ飛んで行ったのは、ぼ、く、の、車だったのか！
ヴェリー　あたしがそう言ったじゃないですか、クイーンさん！
ニッキイ　（息を切らしながら）わたし、錯乱してしまって。どうすればいいのか、わからなくなってしまったの。専用電話でフリンさんと話そうとしたけど、誰も出てくれなくて。最後には、貸自動車屋から車を借りたの――
エラリー　モレル夫人が、何もかも台なしにしてしまうぞ！　車に乗るんだ！（走る足音……車に乗り込み……ドアが閉まり……遠ざかっていく――すごい勢いで）
警視　だが、彼女を止めるのは手遅れかもしれん。アクセルを踏むんだ、ヴェリー！
ヴェリー　（緊張して）この車の限界まで走らせてますぜ、警視。
エラリー　そんなに遠くではない――ヴィクトリア時代風の大きな家だとモレルは言っていた――あたり数エーカーには何もない土地にポツンと建っていると――
ニッキイ　もっと速く、部長さん！　ああ、もっと速くならないの？
ヴェリー　あたしの足は、もう床に着いてますぜ、ポーター嬢さん。（くいしばった歯の隙間から）

走れ、このーー役に立たないーーおんぼろ車め！

警視　(叫ぶ) 家があるぞ！　あそこだ、ヴェリー！

エラリー　(同じように叫ぶ) ヴェリー、正面玄関前の汚い車回しに乗りつけろ！　ぼくたちは今から、ありとあらゆる機会をとらえなければならないぞ！ (路肩に乗りつけるときのブレーキの金切り音)

ニッキイ　エラリー、正面玄関の前に、あなたの車があるわーーエルシーが乗って行ったのが！　車がここにあるということはーー彼女もここにいるわ！ (ドアが開き、どたばたと飛び出る)

警視　静かに！ (間……コオロギの鳴き声) 明かりがついておらん。家の中は真っ暗だ。おまえの懐中電灯を貸してくれんか、ヴェリー？　ほらーーエラリー、こいつを持ってーー

エラリー　ニッキイ、ここに残ってくれ。ここに残るんだ！

ニッキイ　(息を切らしながら) いやよ。わたしも行くわ！　エルシーにはわたしが必要なの。わたしも行くわ、エラリー！ (全員で木のポーチを駆け上がる)

警視　行こうーーおしゃべりで時間を無駄にするな！ (さらに駆け上がる足音)

ヴェリー　(離れた位置で) 正面玄関のドアは大きく開いてますなーーうわっ！ (人が倒れる音)

エラリー　ヴェリー！　どうした！

ヴェリー　(少し離れた位置で) いまいましいーーここに何かありますぜ。あたしはそれにーーつまずいて転んだのですーー。ドアの内側のここを照らしてくれますかーー。

警視　(鋭く) エラリー、懐中電灯で照らせ！ (スイッチを入れる音……間……ニッキイの耳をつんざ

くような悲鳴——）ヴェリー、家の中を調べろ！　気をつけてな！

ヴェリー　（立ち去りながら）見つけ出すんですな。子供と——モレル夫人を——

エラリー　（ゆっくりと）ニッキイ……泣くのはおやめ。

ニッキイ　（すすり泣きながら）ああ、エラリー……

エラリー　ハーヴェイ・モレルは……ハーヴェイ・モレルは頭を叩きつぶされてここに横たわって……。お父さん、ぼくたちは遅すぎたようです。遅すぎた！

ニッキイ　（すすり泣きながら）死んでいる。ハーヴェイは死んでいるわ……エラリー。エルシーはどこなの？　女の子はどこなの？　ああ、エラリー……

警視　確かに彼は死んでおる。凶器は、この——ニッキイ、外に出たまえ。車の中にいるのだ。（鋭く）さあ、行きたまえ！（ニッキイは泣きながら退場）凶器はこのハンマーだな、エラリー。背後から襲いかかって——後頭部に強烈な一撃を見舞ったわけだ——。

エラリー　（離れた位置で）そうですね。そして、こっちの床に、モレルの眼鏡がありますよ、お父さん。（声が近づく）粉々になっています。彼が殺されたとき、外れて飛んだに違いありません。

警視　モレルはいつも、このサングラスをかけていたのか？

エラリー　ええ。目が弱くて……強い光には耐えられなかったそうです。彼がそう教えてくれました……。（間）彼が教えてくれたのです。そして今——彼は死んでいる。

警視　（突然、あたりちらすように呼びかける）ヴェリー！　ヴェリー、二人はまだ見つからんのか！

ヴェリー　（離れた位置――上の方から）まだです、警視！　ここは空っぽのようですな――。

エラリー　（陰気に）モレルの見開かれた青い目を見てください、お父さん。こんなに苦悶の色を浮かべた目を、あなたは見たことがありますか？

警視　かわいそうな男だ……。死体はまだ温かいな。ほんの少し前に殺されたのだ……。

ヴェリー　（離れた位置――上の方から）見つけましたぜ！　二人はここです！

エラリー　お父さん！　行こう！（木の階段を踏み鳴らしながら上がっていく）

警視　（叫ぶ）ヴェリー！　どこにおる？　二人はどこだ？

ヴェリー　（少し離れた位置で）ここです――この部屋に――あたしの懐中電灯を目印にして――

（さらに駆け足……すぐ近くで……停まる。こわばった声で）二人はここです。

半狂乱のエルシーがヒステリックに笑っている。人のものとは思えない声で、絞り出すように、果てしなく、「アリス……アリス……アリス……」と。

エラリー　（ぞっとするような声で）子供は彼女の腕の中で――きつく抱かれて――

ヴェリー　（歯の隙間から）そして、子供は……死んでいる。もう硬くなって。

警視　（やさしく）モレル夫人。（エルシーは何の注意も払わない。ぴしりと）モレル夫人、泣きわめくのはやめたまえ！（彼女はめそめそと泣きはじめる）頭がおかしくなったようだな、かわいそうなことだ。ヴェリー、死んだ子供を彼女から取り上げろ。モレル夫人をヘッセン病院に連れて行け――おまえとニッキイ・ポーターで――。ニッキイ自身も医者が必要だからな――。

ヴェリー　（ぼそりと）わかりましたよ、警視。（やさしく）モレル夫人――あなたの――ちっちゃな娘さんを――あたしに渡して――これから出かけましょう――あなたのちっちゃな娘さんを――あたしに任せて。もう大丈夫ですから、どうか――

エラリー　子供の死体はぼくがあずかろう、部長。（やさしく）これでいい。それでは、モレル夫人をここから連れ出してくれ。

ヴェリー　（やさしく）行きましょう、モレル夫人――。どうやら、あたしが運んでやらないと駄目みたいですな。さあ、立って……（ヴェリーがアドリブでやさしくふるまう声と、エルシーの狂った笑い声が遠ざかっていく……）

音楽、高まる……そこに現場を調べる物音が割り込む……。

エラリー　そっちは何か見つかりましたか、お父さん？

警視　（少し離れた位置で）何一つない。大広間にとりかかろう。

エラリー　ええ。（足音）今でも、あの子の姿が……殺された姿が……頭に焼きついて……うう！

警視　（足音を立てながら）少なくとも三十六時間前には死んでおったな、エラリー。一日半だ！つまり、子供は誘拐された直後に殺されたことになる……。エラリー、わしは今まで数多くの犯罪を見てきたが、ここまで非道なものはなかった。こんなことをしたネズミ野郎は捕まえねばならん。（足音が停まる）着いたぞ。わしは暖炉を調べるとしよう。（中をつつく音）

エラリー　アリスはもう、生きて帰ってくることはない……。哀れなモレルの目があんな風に見開かれていたのも不思議はないですね！　彼は身代金を払うためにここにやって来て——わが子がとっくに死んでいる姿を見つけたのです。彼は、すぐに二階から降りて、ぼくたちに連絡しようとしたに違いありません。——そしてその途中、待ち伏せしていた誘拐犯に、背後から殴られたのです……。

警視　（つっく音を立てながら……離れた位置で）それに、この家の内も外も、役に立つ手がかりはなかったたな。車はニッキイが借りたやつとおまえの二台だけで——家のまわりには他の車のタイヤの跡はない——わしが自分の目で確かめたからな。（煙突の開口部から暖炉の中にスーツケースが転がり落ちる音）エラリー！

エラリー　（興奮して）お父さん！　何があったのですか？

警視　（近くで）スーツケースだ——つついていたら落ちてきた——煙突の途中に置いてあったのだな……。（力んで）重いぞ。

エラリー　そいつは、ハーヴェイ・モレルが今夜、身代金を詰めて持っていったカバンです！

（スーツケースを開ける）

警視　そうか……おい、金はまだ中に入っておるぞ！

エラリー　（熱のこもった声で）そう、そうです。

警視　わしの考えでは、誘拐犯はモレルを殺したあと、夫人がおまえの車でやってくる音を聞いて、びっくりしたのだろうな。警察だと思ったのだ。となると、単独犯だったように思えるな。

そやつは小額紙幣が何百枚も詰まった重いスーツケースを運んで逃げることはできなかったわけだからな。それで、あとで取りに戻るつもりで、そこに隠したわけだ。

エラリー　（ぼんやりと）そう――あとで――

警視　（きびしい声で）となると、今わしらができることは、このスーツケースを煙突の中に元通りに戻しておいて、どこかに潜んでいることくらいか。スカンク野郎が血の報酬《ブラッド・マネー》を取りに戻って来たところを、引っ捕らえるわけだ！

エラリー　（小声で）お父さん、ぼくたちはそんなに長く待つ必要はありませんよ。

警視　何だと？　エラリー、今、何と言った！　まさか、おまえはこう言いたいのではなかろうな――

エラリー　（きっぱりと）ぼくはなんと間抜けだったのだろう！　丸二日もあの家に座って、考えて、考え抜いたというのに――ぼくは馬鹿で盲目だった――ちゃんと考えれば、ハーヴェイ・モレルはこの瞬間にも生きていられたのに！

警視　（あえぎながら）おまえの言いたいのは……続けろ。あとを続けろ！　誘拐犯が誰だかわかったのか？　どうしてわかったのだ！　わかったのだろう、エラリー？

エラリー　わかりましたよ、お父さん――誘拐犯にして殺人犯が誰なのかを！　これは単独犯によるものでした――そして、ぼくはその単独犯が誰なのかわかりました！

音楽、高まる……続いて解答者のコーナーに。

聴取者への挑戦

連続殺人の恐怖のあとだが、エラリーはかなり陽気に解答者たちに向き直る――。「そうです、紳士淑女のみなさん、ぼくはこの時点で、誘拐犯が誰なのかわかりました。――みなさんはどうですか?」

音楽は続き、そこに次のようなニュースを読み上げるシーンを組み合わせたものを割り込ませる。

声1 (登場)そっちのクロニクル紙の朝刊を見せてくれ……。一面は二重殺人の記事が占有してるじゃないか。

声2 (読み上げる)「ハーヴェイ・モレル、誘拐事件で殺害」……一面はこの記事だけだな。

声3 「昨夜、新聞発行者とその娘が殺された」

声1 「さびれた一軒家で二人を殺した犯人を警察は捜査中」……(声が小さくなっていく)そっちのヘッセン・クロニクル紙を見せてくれ……

声 (少しずつ大きくなる)「極悪非道の殺人鬼については何の情報も寄せられていない。この殺人鬼は幼いアリス・モレルを誘拐して殺害し、昨夜遅くには父親でヘッセン・クロニクル紙発行者のハーヴェイ・モレルも殺した。警察は二十四時間以内の解決を約束……」。こっちの記事はヘッセン病院のやつで（救急車のサイレンが声に合わせて流れ、消えていく）「モレル夫人の容態は予断を許さない」と述べている……

救急車のサイレンが高まり、それから低くなると、以下の声に消される。

声1　（くぐもった声で。登場）こちらはヘッセン病院です。……申しわけございません、ハーヴェイ・モレル夫人については、どんな情報もお教えすることはできません……。

声2　（くぐもった声で）こちらはヘッセン病院です。……申しわけございません、モレル夫人とお話しすることはできません。

声3　（くぐもった声で）こちらはヘッセン病院です。（声を高く）クイーン警視ですか？……少々お待ちください。

モレル夫人の病室近くの待合室の中に移る。

声　（登場）ねえ、いいでしょう、部長さん。大目に見てくださいよ……。まあまあ、あたしたちにモレル夫人の姿をおがませてくださいよ。いいでしょう？　……いったい、あんたは何様のつもりなんですかい――いつまでも隠しておけないのは、わかっているでしょうに……。夫人に一つ質問をしたいだけですよ……。

ヴェリーはこういった声を浴びながら、記者たちを追い出し――彼らは外に出て――ドアがバタンと閉まる……。

ヴェリー ふーう！　あたし一人じゃ手に余りますなあ。警視はどこですか、クイーンさん？

エラリー 医者や看護婦と一緒に、モレル夫人の病室にいるよ、部長。夫人から供述をとろうとしているところだ。

ニッキイ （疲れ切った声で）わたし、とても……疲れたわ。

エラリー （やさしく）ここに座りたまえ、ニッキイ。

ニッキイ （同じ口調で）かわいそうなエルシー。かわいそうなエルシー……。

ヴェリー （ぶつぶつと）彼女が死んだ子を腕に抱えている姿——それに、彼女の絞り出すような笑い声……（ぞっとするように）あたしは、自分が死ぬ日まで覚えているでしょうな。

ニッキイ （同じ口調で）あのおぞましい怪物には——それが誰であろうと——どんな罰でも軽すぎるわ……。たった八歳の女の子を——冷酷にも殺すなんて——。人間じゃないわ、怪物よ……狂人だわ！

エラリー （やさしく）そうだね、ニッキイ。さあ、リラックスして——休んで——

ヴェリー ここに腰を下ろして、待って、待って……。どうして何もしないのですかい！　あたしは誓いますよ——幼児殺しをこの手に捕らえたら……

エラリー その先は警察官が口にしていいことではないよ、部長。

ヴェリー （ぶつくさと）犯人のことを考えると、怒りがこみ上げてならないのですよ。犯人は誰なんです、クイーンさん？　警視が教えてくれたのですが、あなたは解決したそうですな。なぜここで待っているのですかい？　なぜ撃ち殺そうとしないのですかい？
ニッキイ　（少し生気が戻って）エラリー！　解決したの？
エラリー　（おだやかに）解決したよ。それでは、親父がモレル夫人と話し終わるのを待つ間に、何がわかったのか、どうしてわかったのかを、一から説明するとしよう……。きみたちに、誘拐犯の立場になって考えてほしいのだが——
ヴェリー　（うなる）お断りですな。遠慮しますぜ。
ニッキイ　（震えながら）考えろというのかしら——狂犬の立場で？
エラリー　いいかい。昨夜、誘拐犯があの空家の中にいたことはわかっているね。モレルが昨夜、あそこで殺されたからだ。だが、誘拐犯があの家に来たとするならば、仕事を片づけたあとで家から逃げ出す手段も、前もって考えていたに違いないということになる。
ヴェリー　そりゃあ、そうでしょうよ。どんな阿呆だって、逃げ出す算段は考えておくでしょうからな。そして、このふざけた野郎は、どう見ても阿呆とはほど遠い！
エラリー　正解だ、部長。だが、どうやって？
ヴェリー　（ぽかんとして）「どうやって」とは？
エラリー　そうだ。どうやって、だ！　今夜、身代金をせしめたあと、誘拐犯はどうやって家から逃げ出すつもりだったのかな？
ニッキイ　（理解できないように）犯人は歩いて逃げることもできたし——走って逃げても——
エラリー　犯人は、重いスーツケースを持って歩いたり走ったりして逃げる計画を立てていたのかい、ニッキイ？　小額紙幣での十万ドルは――小額紙幣で運ぶというのは、誘拐犯自身がモレルに指示したことは覚えているだろう――かなりの重荷になる。いいや、ニッキイ。こういった用意周到な犯罪を企む人物ならば、少なくとも、身代金を持って安全確実に逃げ出すための、きちんとした計画を立てるはずだ。

ヴェリー　決まってるじゃないですか！　何が問題なんですかい、クイーンさん？　犯人が逃げた手段はわかりきってますぜ。車で来て、車で帰ったんでさあ。

エラリー　ああ！　もっともだね、部長。しかし、犯人はそうしていない。車は使っていないのだ。

ニッキイ　（弱々しく）わたしの頭の中はぐるぐるしているわ……。エラリー、車は使っていないの？

エラリー　車は使っていない。なぜそれがわかるのか？　理由は二つある。一つめ――昨夜、紙幣の詰まったスーツケースを見つける直前に、親父はぼくにこう言ったのだ。家の内にも外にも手がかりはない、と。――実のところ、親父はまぎれもなく「車はニッキイが借りたやつとおまえの二台だけで――家のまわりには他の車のタイヤの跡はない」と言ったのだ。だから、ぼくはこう言えるわけだ。「誘拐犯が逃げ出すときに使う三台めの車は存在しなかった」と。

ヴェリー　じゃあ、もう一つの理由とは何ですかい、クイーンさん？

エラリー　いいかい、部長。もし誘拐犯が逃亡用に車を用意していたのなら、身代金の入ったスーツケースを家の中に隠すだろうか？

ヴェリー　（ぶつぶつと）だから犯人は車を使わなかった――車で逃げる計画は立てていなかった――もちろん、歩いて逃げる計画でもなかった――（わめきだす）そんな馬鹿な。どんな誘拐犯が、車で逃げる計画も立てず、身代金を隠して出て行くんですかい？

エラリー　（おだやかに）いい指摘だ、部長！　どんな誘拐犯だろうか？　明らかに、あの家を出て行くつもりがない誘拐犯だよ！

ニッキイ　（当惑して）あの家を――出て行く……つもりが……なかった……

エラリー　そうだ、ニッキイ。あの家を出て行くつもりがなかったのだ。――なぜならば、あの家を出て行く必要がなかったからだ！

ヴェリー　（困惑して）ですが……あたしらが車で乗りつけたとき、誰がそこに残っていたというのですかい？　モレル――モレル夫人――女の子――それで全員じゃないですか。あなたは間違ってますな、クイーンさん。間違ってますぜ。

ニッキイ　（ゆっくりと）それに、ハーヴェイも――アリスも――二人とも死んでいたじゃないの……（緊張した声でささやく）エラリー、あなたは何を言おうとしているの？（間。恐怖がこみあげてくるような声で）エラリー！　あなたは、わたしたちに何を教えようとしているの！

エラリー　落ち着いてくれ、ニッキイ。お願いだ。ショックだということはわかるが――

ニッキイ　（ほとんどヒステリー状態で）でもエラリー――あなたは間違っているわ。間違っているのよ！　わたしを納得させるなんて、できっこないわ！　わたし、信じないわ！　絶対に。（泣き出す）絶対に……

エラリー　（おろおろと）部長、水を持ってきてくれ。頼む。
ヴェリー　（当惑して）あたしの方も――いささか――妙な気分ですな。（立ち去りながら）ええと……水は……
エラリー　（やさしく）ニッキイ、しっかりするんだ。ニッキイ、ダーリン――これは真実なのだ。たとえきみがこれに対してどんな思いを抱こうが、真実なのだよ。二人のまぎれもない犠牲者によって――モレルだけでなくその娘まで死ぬことによって、誰が利益を得るのかな？　一人しかいないのだよ、ニッキイ――たった一人の人物しか存在しないのだ……。
ニッキイ　（すすり泣きながら）いいえ……いいえ……わたしは信じないわ。信じたくもないわ、そんな――そんなこと――
ヴェリー　（登場）水ですよ、クイーンさん……なんということでしょうな！
エラリー　さあ、ニッキイ――これを飲んで――
ニッキイ　（弱々しく）待って、エラリー。あなたが言いたいのは――あなたが本当に言いたいのは――すべてを――誘拐のメモも――お昼の電話の会話も――ハーヴェイの……殺人も――アリスの……殺人も――すべてを――やったのは……
エラリー　（やさしく）そうだよ、ニッキイ。すべてをやったのだ。最初から最後まで。（ニッキイは息絶えるかのような弱々しい叫びをもらす）
ヴェリー　（警告するように）気をつけて！　気絶しますぜ――しましたぜ！
エラリー　（取り乱して）ニッキイ！　きみにこんな残酷なことを話すなんて、ぼくは人でなしだ

った――ショックをやわらげようとはしたのだが――ニッキイ――（離れた位置でドアが開いて――閉じる）

警視　（登場）おい、あの女は全面降伏したぞ。信じられん話を何もかもしゃべってくれた――（心配そうに）ニッキイはどうしたのだ？

ヴェリー　クイーンさんが話したら、失神して倒れたんでさあ。あたしの方も……胃痛やら何やらを感じてきましたな。あの女は本当に折れたんですな、へえ？

警視　（理解しがたいといった口調で）わし自身も信じられんよ。だが、この耳で彼女の告白を聞いたのだ。すべての犯行は――すべての犯行だぞ！――エルシー・モレルによってなされたのだ！

音楽、高まる……そこにドアが開閉する音が割り込む……。

警視　（声をかける）エラリー、ニッキイはどうだ？

ヴェリー　（同じく声をかける）もう大丈夫ですかい、クイーンさん？

エラリー　（登場――疲れた声で）ええ。彼女のアパートの部屋まで送ってきました。医師と看護婦を一人ずつ付けて……。大丈夫でしょう。医師が睡眠薬を彼女に処方していましたから。……むしろ――ぼくの方こそ――必要かもしれませんね。

警視　座ったらどうだ、せがれ。わしら全員にとって、しんどい二日間だったからな。

エラリー　（腰を下ろすように）うーん。この椅子は気持ちいいですね。（間）この部屋も気持ちいい。空気まで澄んでいるみたいだ。（間）

ヴェリー　（不意に）あなたに一つ言わせてもらいたいですな。もし、あたしがモレルだったならば、あたしは死ぬことを望んでいたことになりますな。狂気に憑かれた女と結婚するなんて――

警視　（陰鬱な声で）もちろん、あの女は狂っておる。しかも、その狂気は驚くべきものなのだ。狡猾さと捨て身の大胆さ、それに完全に欠落した道徳心といったものから成り立っておる。あんなことをしたのだからな！　犯罪計画を立て――残酷きわまりない手段で――自分の夫と娘を取り除き――夫の財産を誰にも邪魔されずに使えるようにして――すべての罪を免れて――

ヴェリー　なんて見事なカモフラージュだったんでしょうな！　あなたはあの女に――あのけだものに――手を貸したんですぜ！　不幸な目にあった母親を演じて――すべての人の同情を四方八方から得て――

警視　あの女が殺人に手を染める決意をしたとき、演劇界は偉大な女優を失ったわけだ。

エラリー　（疲れた声で）ええ、彼女の犯罪の巧妙な点は、自分を心理的な盲点に置くことにあったのです。当たり前のように、ぼくたちは彼女の得たものではなく、〝失ったもの〟のことしか考えられなかった。

警視　あの女は実に利口だったな――利口だった。彼女の自白によると、学校前の交差点では子供を車から降ろさなかったそうだ。アリスをそのまままっすぐマコーレイの廃屋に連れて行き、そこで殺したのだ……。ニッキイから逃げ出したあとは、あの家で夫と会って、殺害した。彼女は苦悩する妻そして母として、疑いを逃れようと企んだのだ。多額の身代金を要求したのは、誘拐を本物らしく見せかけるためだった――が、わしらがあの家を調べて金を発見するとは思ってもみなかったらしい。あとでスーツケースと金を回収しようと計画していたのだ。

ヴェリー　あの電話の呼び出しはどうやったのですかい？――盗聴の仕掛けを利用したやつは。あの女は誰と会話したのですかね、クイーンさん？　あの女があなたに伝えた指示は、誰が話したのですかい？

エラリー　誰もいなかったのだ、ヴェリー。すべてがまやかしに過ぎなかった。彼女は何者かと会話しているふりをしたのさ！　当たり前のことだが、電話線はこれっぽっちも盗聴されてはいなかった。そして、モレル家は一度たりとも見張られてはいなかった。忘れてはならないのは、電話でのやりとりや受け渡しの指示に関してぼくたちが得た情報は、すべてエルシー・モレルからだということだ。――彼女は、犯人のメモに〝電話に触っていいのは母親だけだ〟と言い張る文を書いておくくらい、頭が切れたわけだ。

ヴェリー　（納得いかないように）なるほど、何もかもわかりましたよ。犯人はモレル夫人で、すべてがぴったり当てはまる。ですが――今でも、あたしは信じられませんな。信じがたいですな。狂っていようがいまいが――自分の子供を殺すなんて――

エラリー　（静かに）ああ、あの女性は狂っていたよ、部長。だが、きみや親父が考えているほどではない、というか、きみが今まで経験してきたことと何も違わないのだよ。この犯罪について、きみたちの――きみと親父の両方の目を開かせる説明がある。――それに、きみの――そう、母性に対する信頼を回復することにもなると思うよ。

警視　（かみつくように）どういう意味だ、エラリー？　わしらがまだ知らない何かがあるというのか？　皆目見当もつかんぞ！

エラリー　お父さん、ぼくがモレルの専用電話であなたと話したとき――フリンがあなたたちをニューヨークから呼び出して最初にした会話を覚えていますか？

警視　何だと？

エラリー　あなたがぼくに、幼いアリスの特徴を尋ねたことは覚えていますね？　ぼくは、アリスの目は何色だと言いましたか？

警視　茶色だ。

エラリー　そう、茶色です。そしてもちろん、ぼくはエルシー・モレルの目の色も知っています。特に気にしてはいませんでしたが、ニッキイがこの点についてこう言って、ぼくの注意を惹いてくれましたからね。「涙をポロポロ流して――すてきな青い瞳が」……と。

ヴェリー　なるほど。子供は茶色の目だったし、母親は青い目だと。それがどうしたんですかい、クイーンさん？

エラリー　それから、ぼくたちが空き家の床にハーヴェイ・モレルが死んで倒れているのを見たとき、彼の眼鏡は外れて砕けていました。――お父さん、ぼくはあなたに、彼は何色の目だと指摘しましたか？

警視　青だ。エラリー、おまえはこれまで数多くの代物を帽子から取り出してきたし、取り出した物のほとんどが、わしの期待に応えてくれたことは認めよう。だが、今回おまえが取り出そうとしている物が何であれ――影すらも見ることができんぞ。

ヴェリー　（ぶすっと）トム・ヴェリーも右に同じ。

エラリー　（疲れた声で）さて、父親と母親の双方が青い目で――子供は茶色でした。覚えていますか、ぼくは父親が殺されるまで、青い目であることに気づかなかったのです――彼はいつもサングラスをかけていましたからね。その時点まで――モレルとその子供が殺されるまで、ある事実を疑わなかったために、手遅れになってしまったのです。

警視　教えてくれ、どんな事実だ？

エラリー　部長、そこの本棚に手を伸ばして、本を一冊、取ってくれないか――二番めの棚の――後ろから五冊めだ――

ヴェリー　（離れた位置で）これですかい、クイーンさん？

エラリー　それでいい、部長。（間）ありがとう。さて、この本は『法医学と毒物学』という題で、著名な三人の権威者によって書かれています――モーガン・ヴァンス、ミルトン・ヘルパーン、それにトーマス・ゴンザレスです。

警視　ゴンザレス博士か？　ニューヨーク市の現職の監察医主任のことを言っておるのか？

ヴェリー　やあ、ゴンザレス博士なら、あたしも知ってますぜ！

エラリー　さて、今からお二方にこの本の一節を読んであげましょう。（ページをめくる音）このあたりに書いてあったはずだが……（めくる音が止まる）ここだ！　三十四ページ。（ゆっくりと）引用。「二人の青い目の人から茶色の目を持つ子供が生まれることはない。青い目の子供だけである」（おだやかに）引用終わり。

警視　（はっとして）おまえが言いたいのは――

エラリー　（鋭く）エルシー・モレルが誘拐犯にして殺人犯に違いないと推理したとき、ぼくもまた、母親が自分の子供を殺すことができたという考えに抵抗を感じました。そこで、ぼくは自分に問いかけたのです。「彼女が母親ではないということはあり得るだろうか？」と。そしてぼくは、目の色の違いという糸をたぐり、医学的事実に基づいた確証を得たのです。エルシー・モレルはアリスの実の母親ではないことが――エルシーはモレルの二番めの妻に違いないことが――アリスはモレルが別の女性と最初の結婚をしたときの子供だったことが――エルシーはアリスの継母だったことが、わかったのです――。（間）継母だったのです！

ヴェリー　（打たれたように）子供の継母！……

警視　話が違ってくるな、エラリー。（気が楽になったように）かなり違う。わしらがこれまでかかわってきた残虐で恐ろしい事件の一つに過ぎなかったわけか。

エラリー　そうですね、お父さん、それはわかるのですが……少なくともぼくだけは、モレル誘拐事件のことを、死ぬまで忘れないでしょうね。

音楽、高まる……そして番組終了へ。

解説

飯城勇三（エラリー・クイーン研究家）

エラリー・クイーン自らが脚本を書き下ろしたラジオ版「エラリー・クイーンの冒険」は、その人気と質の高さゆえに、何作も活字化されている。しかし、その活字化のやり方は、決して満足できるものではなかった。

一九四〇年にはラジオのガイド誌にクイーン以外の作家の手による小説版が掲載。半分以下の長さに縮められたため、伏線や手がかりや推理がカットされてしまっている。

同じ一九四〇年には「〈生き残りクラブ〉の冒険」が、一九四二年には「殺された百万長者の冒険」が単行本として刊行。大きなカットはないが、脚本を小説化した作家の未熟さが目についてしまう。

一九四二年からは、ＥＱＭＭ（エラリー・クイーンズ・ミステリマガジン）で脚本の連続掲載が開始。第一作（春号）の「怯えたスターの冒険」に添えたコメントで、クイーンはこう語っている。

これは編集上の一つの実験です……ラジオ・オリジナルの探偵ドラマを活字の形でみなさんにお目にかけるという。もしみなさんがこの新方式を――内容も同じように――お気に召したならば、今後の号でも提供したいと思います。意見を聞かせてください。

掲載脚本はカットされていないが、ページ数の都合なのか、三十分バージョンしか採用されていない。しかも、過去の長編や短編で使ったアイデアのバリエーションが多いのだ。ひょっとしてクイーンは、ラジオ版オリジナルのアイデアは、いずれ小説で利用しようと考えていたのだろうか？　また、出来の良さではなく、ＯＷＩ（戦時情報局）のプロパガンダのために掲載したと思われる脚本もある。

同じ一九四二年から四五年にかけて、四冊のアンソロジーに脚本が収録されているが、これまた三十分バージョンしか選ばれていない。

一九四五年に刊行された*The Case Book of Ellery Queen*は、クイーンがセレクトした短編集と思われるが、三作収録された脚本は、すべて三十分バージョンだった。

一九四六年からは、クイーン自身が脚本を小説化した『犯罪カレンダー』シリーズがＥＱＭＭで開始。一時間バージョン五作が小説化されているが、（おそらくは当時の小説版クイーンの読者向けに）挑戦状を外す等の変更が行われ、パズル性が弱くなってしまっている。また、〝犯罪歳時記〟の趣向を優先したためか、必ずしも本格ミステリとして出来の良い脚本を選んだわけではないようだ。

その後の『クイーン検察局』の短編にもラジオドラマのプロットや手がかりは使われているが、元の脚本は三十分バージョンばかりだった。また、「七月の雪つぶて」のように、ラジオなら良いが、小説で使うのはいささか問題の多いトリックを使用した作もある。

その他、映画やコミックにも脚本は利用されているが、私の見た限りでは、これまたパズル性は弱くなっている。

こういった不満は、二〇〇五年にクリッペン&ランドリュー社から出た*The Adventure of the Murdered Moths and Other Radio Mysteries*によって解消された。この本には一時間バージョンの脚本が、そのままの形で九作も収められていたからだ。

本書は、この中から一時間バージョン五作と三十分バージョン二作を翻訳したものである。他の脚本は既に『聴取者への挑戦I　ナポレオンの剃刀の冒険』として〈論創海外ミステリ〉で刊行されているので、未読の方は、ぜひこちらも読んでほしい。その第一集の解説で述べた通り、各作品の頭に付いているコメントと登場人物一覧、それに〈聴取者への挑戦〉の文は、原書の出版者ダグラス・G・グリーンによるものである。

ここで内幕を明かすと、第一集と第二集の収録作品は、意味なく分けたわけではない。初期の国名シリーズ的な要素が多い脚本を第一集に、中期のライツヴィルもの的な要素が多い脚本を第二集に収めたのだ。いや、正確に言うと、第二集に収録した脚本は、のちに中後期の作品で使われる要素が先行して組み込まれているのだ。この点については、各作品の解説で触れさせてもらおう。

ただし、この第二集の収録作が、パズルとして第一集より落ちるというわけではない。むしろ、一つの作品で、国名シリーズのパズルとライツヴィルもののドラマを楽しめるのだ。特に「死せる案山子の冒険」や「姿を消した少女の冒険」は、初期作のファンも中期作のファンも、どちらも楽しめるのではないだろうか。

というわけで、第一集同様、これから本編を読む読者には、〈聴取者への挑戦〉を受けるようにお勧めする。ただし、残念ながら、「〈生き残りクラブ〉の冒険」と「死を招くマーチの冒険」の二編だけは、アメリカの風俗や英語の知識が必要になっているため、日本人には難しい部分もある。それでも、前者は他のデータから犯人を特定できるし、後者は犯人を二人に絞り込むところまでは可能なので、ぜひ挑戦を受けてほしい。

なお、今回の私の戦績は（別バージョンの初読時を含めると）二勝五敗というもの。みなさんの成績はどうだろうか？

以下、収録作についての解説を行う。**犯人やトリックに触れているので、本編読了後に読んでほしい。**

〈生き残り《ラストマン》クラブ〉の冒険

本作はラジオ版「クイーンの冒険」の第二作。一作めの「殺された百万長者の冒険」がスタンダードな——クイーンらしからぬ普通の——犯人当てだったのに対して、こちらはクイーンらしさ全開である。最後に残った者が大金を得るサークルという設定、色盲の手がかり、死者という意外な犯人、おまけに（『オランダ靴の謎』などでおなじみの）事件を複雑にするだけのギャングまで登場。おそらく、これを第一話として放送すると、クイーン風の入り組んだパズラーに免疫のない大多数の聴取者が置いてきぼりになったに違いない。クイーンもそう考えて、基本形に忠実な「殺された百万長者」を最初に据えたのだろう。

そして、本作に濃厚にただよう国名シリーズらしさについては、一つの仮説を提示したい。この脚本のプロットは、本来は『インド倶楽部の謎』として国名シリーズで使われるものだったのではないだろうか？

クイーンが『ドラゴンの歯』（一九三九年）の次に書こうとしていた長編のプロットが、雑誌連載中のクリスティー『そして誰もいなくなった』に先を越されたため没になったという話は、ファンならご存じだろう。そして、クイーンが「使えなかった幻のタイトル」として挙げている『インド倶楽部《インディアン・クラブ》の謎』が、この長編のためのものだという可能性が高いことも（『そして誰も――』にはマザーグース「十人のインディアン」が出てくるので）。

ただし、国名シリーズと言っても、『ドラゴンの歯』の次の長編なので、第二次国名シリーズということになる。クイーンの人気は国名シリーズ後半はアメリカでトップクラスだったが、ハリウッドものでは下降し、『ドラゴンの歯』は、ついに高級誌「コスモポリタン」から掲載を拒絶されたらしい。ならば、国名シリーズの復活をもくろんだということは、あり得ない話ではないだろう。

その『インド倶楽部の謎』のプロットを想像してみると、「〈インド倶楽部〉の十人の会員が、マザーグース『十人のインディアン』の歌詞に合わせて、一人また一人と殺されていく」となる。連続殺人の動機は、「倶楽部の基金は生き残った最後の一人が手に入れる規則になっているため」が、一番可能性が高い。

もうわかってもらえたと思う。この想像が当たっているならば、クリスティーに先を越されたために、『インド倶楽部の謎』からマザーグースを外してシンプルにしたものが、「〈生き残りクラブ〉の冒険」ということになるのだ。『そして誰も——』タイプのプロットの場合、〝生き残りが少なくなるに従って読者が犯人を当てやすくなる〟という問題が生じるのだが、本作のアイデアではそれがきれいに解決されている点も、この説の裏付けになるだろう。いや、正確に言うと、「生き残った者の中に犯人がいるはずだ」という読者の思い込みを逆手にとって犯人を隠しているのだ（実は、クリスティーも……ゴホンゴホン）。しかも、クイーンの場合は、〝自分は助からないとさとった犯人が警告しようと発した言葉が探偵と読者をミスリードする〟というだめ押し付き。かなりのクイーン・ファンでも、引っかかったに違いない。クイーンもそう考えたらしく、後年の短編でも「犯人がリキュールに毒を入れたあとに交通事故で死ぬ」というプロットを用いているのだ。

余談だが、泡坂妻夫が、本作の「時限式の殺人をもくろんだ犯人が殺人の前に事故死する」というアイデアをさらに発展させた長編を書いている。こちらの作が日本ミステリの傑作として高く評価されていることは、クイーンのアイデアがいかに優れているかの証明になるだろう。

また、クイーン警視の推理も——間違いではあっても——なかなか面白い。そう、〈生き残りクラブ〉から利益を得ることができないフレイザーやママ・ロッシを犯人として指摘する推理のことである。前者もなかなか優れているが、後者はその上をいく。〝同一人物による連続殺人(未遂)と思わせ、実は犯人は別。第一の殺人の被害者の親が、復讐のために容疑者全員を殺そうとしていた〟という真相は、盲点をついていて、秀逸と言える。クイーンもそう考えたらしく、後年の中編でも、このプロットを用いているのだ。

もう一つ国名シリーズらしさを感じさせるのが、色盲の手がかり。ラジオという音だけの媒体で、色という手がかりを実に巧みに提示しているのだ。赤毛のニッキイが「緑の帽子に赤い羽根をつける」という色盲検査表みたいなファッションをさせられるのは、手がかりのためとはいえ、いささか気の毒だが、これはクイーンお気に入りのO・ヘンリーの短編「赤い酋長の身代金」へのオマージュなのかもしれない。

ただし、これらの手がかりの中には、日本人にとっては難しいものもある。コーディアル(リキュール)は使われている果実の色がそのまま酒の色になっているので、チェリーなら赤、ハッカなら緑というのは、日本人にもわかりやすい。だが、郵便ポストが緑というのは、知らない人が多いのではないだろうか。まあ、ビル以外の人物は全員消去できるように組み立てられているので、消去法で犯人を当てることは可能になってはいるのだが。

ところで、クイーン・ファンならば、国名シリーズの一作と初期の短編でも、赤緑色盲の手がかりが使われているのを覚えているだろう。ただし、そちらは「赤と緑を逆に認識する」となっていて、本作の「赤と緑の区別ができない」とは異なっている。一般的な赤緑色盲といえば本作の方だが、認識はできても名前を間違えるという症状も別に存在し、そちらは「色名呼称障害」と呼ぶらしい。国名シリーズ当時は、この二つが混同されていたのだろうか？　そういえば、現在の眼科学書では、〝「赤緑色盲」とは「赤色盲」と「緑色盲」という別個の症状が混同されたもの〟となっていたっけ……。

　他に国名シリーズがらみでは、常連のプラウティ博士が登場し、相変わらずの毒舌とポーカー好きを披露してくれるのが嬉しい。しかし、検死官のプラウティが瓶の中の毒物を調べるというのは――本人も言っているように――畑違いだろう。実は、プラウティ役がレギュラー声優陣に加わっていたのは、一九四〇年四月まで（第一集のエピソードリストの40―13まで）なのだ。ひょっとして、初期のエピソードでは、声優に出番を作るために、無理にプラウティを出していたのかもしれない。

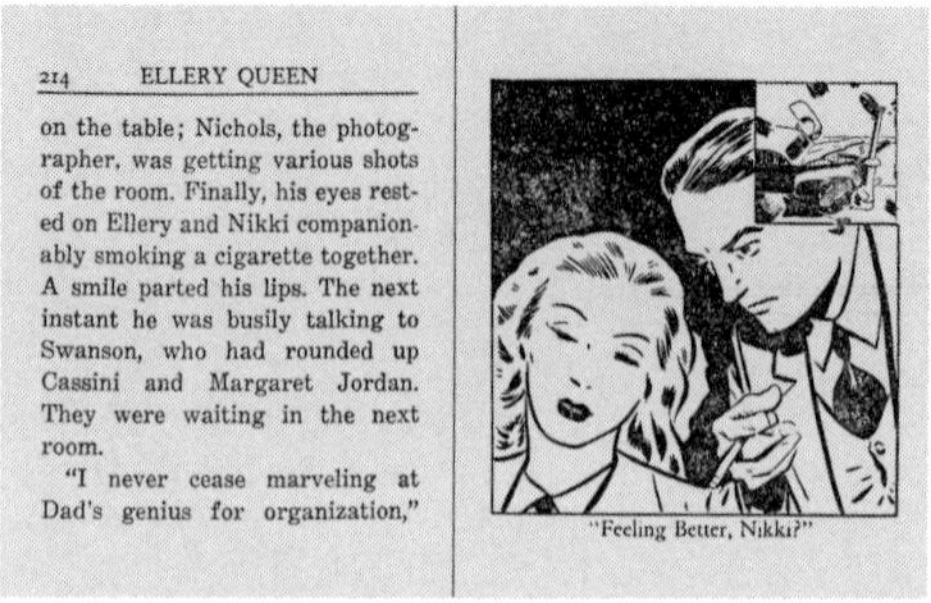
214　ELLERY QUEEN

on the table; Nichols, the photographer, was getting various shots of the room. Finally, his eyes rested on Ellery and Nikki companionably smoking a cigarette together. A smile parted his lips. The next instant he was busily talking to Swanson, who had rounded up Cassini and Margaret Jordan. They were waiting in the next room.

"I never cease marveling at Dad's genius for organization,"

"Feeling Better, Nikki?"

　なお、本作は一九四〇年にホイットマン社から小説版が出ている。私はこの本は所持していないが、同じシリーズの「殺された百万長者の冒険」を見た限りでは、子供向けの本らしい。左ページが大きめの活字で右ページが挿絵という構成や、挿絵の右上がパラパラマンガになっていることや、わかりにくい言い回し（ママ・ロッシのイタリア語やヴェリー部長のセリフなど）がカットされている点も、これを裏付けている。——と言いながらも、この小説版は、「殺された百万長者」と併せ、挿絵はカットされたが文章はそのままの形で、一九六八年にピラミッド・ブックスから大人向きとして再刊されているのだ。クイーンのラジオ・シリーズが子供から大人まで楽しめる内容であることの証明だろう。

脚本と比べてみると、小説版はト書きの部分を地の文にして補足した程度で、セリフもほとんど同じだった。なぜか赤毛のニッキイが金髪に変えられているが、これは、赤色を表現できない挿絵に合わせたのだろうか？

死を招くマーチの冒険

第一集の「呪われた洞窟の冒険」の前週に放送されたエピソードなので、ニッキイは旅行中となっている。F・M・ネヴィンズによると、ニッキイ役のマリアン・ショクリーが番組プロデューサーのジョージ・ザカリーと結婚したので、新婚旅行に行けるように、ニッキイ不在中の事件という設定にしたらしい。ついでに書くと、一九四七年からニッキイを演じたケイ・ブリンカーの方は、マンフレッド・リーと結婚している。つまり、「ニッキイがエラリーと結婚した」ことになるのだ。作中のニッキイのいかず後家ぶりとは、えらい違いである。

そして、ニッキイが不在のため、ヴェリー部長の出番がかなり多くなっている。例えば、三月《マーチ》の誕生石がジャスパーであることから執事のジャスパー・ベイツが犯人だと推理するのは、本来ならニッキイの担当だったに違いない。そして、この推理を聞いたクイーン・ファンは、ある初期短編を思い出して、ニヤリとしたに違いない。

ヴェリー部長といえば、104ページのセリフに「マリー」という名が出てくる。前後の文からすると、これはヴェリーの妻の名前の可能性が高い。小説版では妻がいることは書かれているが、名前までは登場していなかったと思うので、ヴェリー・ファン（？）には、貴重なデータと言えるだろう。

内容の方は、正統的なダイイング・メッセージもの。クイーンはダイイング・メッセージの大家と言われるが、メッセージが偽物だったり、解決編までダイイング・メッセージであることを伏せていたり、という作も多く、本作のようなスタンダードなタイプは意外に少ない。

そして、

①犯人がメッセージを消したというデータから、メッセージは書き残された部分だけで犯人が特定できることを推理。

②「もし犯人が～なら被害者は～というメッセージを残したはず」という背理法で犯人を二人に限定。

③メッセージの二文字めが大文字であることから一人に特定。

――という理詰めの推理展開はまさにクイーン風。恣意的な解釈を押しつけるだけの他の作家のダイイング・メッセージものとは、雲泥の差と言えるだろう。

また、残念ながら翻訳で伝えることができなかったのだが、ロバートの綴りはRobert、ロバータの綴りはRobertaである。つまり、マーチ老人の立場で考えると、犯人ロバートの名を書き残した場合、ロバータと書こうとして途中で力尽きたと思われる危険性があるのだ。このロジックはエラリーの推理には出てこないが、作者クイーンは、そこまで考えて双子の名前を決めたに違いない。こういった点もまた、本作を優れたダイイング・メッセージものに高めているのである。

しかし、もっとクイーン風と言えるのは、物語中盤で、エラリーが容疑者を一人ずつ「マーチ」にこじつけていくシーンだろう。クイーン警視はあきれているが、このエラリーの姿は、「菊花殺人事件」や「結婚記念日」などの中後期の作品では、おなじみのものなのだ。また、言葉に取り憑かれたかのように推理が暴走するエラリーは、国名シリーズでは『チャイナ橙の謎』でしかお目にかかれないが、中後期の作品では、何度も何度も登場することになるのである。

とは言うものの、ダイイング・メッセージだけでは一時間はもたない。そのため、クイーンはさまざまな要素を加えているのだが、どれもこれも興味深いものになっている。

最も興味深いのは、被害者マーチ老人のキャラクター。周囲の人々から嫌われ、その周囲の人々を苦しめる遺言状を残す暴君のような大富豪は、クイーンの小説では珍しくないが、本作では一般のラジオ聴取者向けに、より戯画化されている。そして、こういった戯画化された人物像は、『悪の起源』や『帝王死す』といった中期の作で、たびたび描かれることになるのだ。

次に興味深いのは、ラジオの特性を巧みに利用したプロット。自国なまりの交換手同士の会話

を重ねて居場所を絞り込んでいく場面の面白さ。電話でダイイング・メッセージの情報を得ただけのエラリーが、なかなか真相に気づかないというテクニックの巧妙さ。警視が電話の向こうで犯人に襲われるというショッキングな展開。そして、エラリーたちの目の前にいる犯人が一言も発しないため、聴取者には誰だかわからないという叙述トリック。まだ小説的な書き方が残っている「〈生き残りクラブ〉の冒険」と比べると、クイーンがラジオドラマの書き方を自家薬籠中のものとしたことが、はっきりわかるだろう。

もっとも、ラストで犯人のセリフがない点には、別の理由も考えられる。ネヴィンズによると、このラジオドラマでは、最終リハーサルまで声優に脚本の解決編部分を渡さなかったらしいのだ。となると、解決編はできるだけ登場人物を絞った方が、最終リハーサルは楽になるわけである。解決編にエラリーたちレギュラー陣だけしか登場しないエピソードが多いのも、このためだと思われる。

声優の話が出たところで、珍しい写真をお目にかけよう。右の写真は、エラリー役のヒュー・マーロウとニッキイ役のマリアン・ショックリーで、ラジオ宣伝用と思われる。左の写真は、右側はマーロウとショックリー。左側はヴェリー部長役のテッド・デ・コルシア。顔が切れているのはクイーン警視役のサントス・オルテガ。テッド・デ・コルシア関係記事に使われた写真のため、サントス・オルテガの顔が切られたらしい。

話を戻すと、興味深い点の最後は、エラリーが犯人に仕掛ける罠。〝推理で犯人を特定できても証拠がないためエラリーが犯人に罠をかける〟というアイデアは、『ローマ帽子の謎』『ギリシア棺の謎』『アメリカ銃の謎』『シャム双子の謎』と、国名シリーズには何度も登場している。本作でも、遺言状を巧みに利用して、エラリーが冴えた罠を仕掛けるのだ。

ダイヤを二倍にする男の冒険

本作はＥＱＭＭ一九四三年五月号に脚本が掲載されたあと、二〇〇五年八月号にも再録されている。こちらを本書の脚本と比べてみると、ほとんど違いはなかった。しいて挙げるならば、ＥＱＭＭ版でのラザルスが、自分の発明のアピールにフランスの化学者アンリ・モアッサン（ノーベル化学賞受賞者）を引き合いに出していることくらいだろうか。ちなみに、モアッサンの人造ダイヤ製造は、助手のすり替えによるイカサマだったことが明らかになっている。クイーンはこれを知っていて、真相のヒント（化学者本人ではなく別の人物が犯人）として、モアッサンの名を入れたのかもしれない。

一九八七年にD・G・グリーンとR・エイディー編の不可能犯罪アンソロジー*Death Locked In*に収録されていることからもわかるように、本作は秀逸な密室ミステリである。ラザルスが持ち出した方法の検討は、読者が思わず「そんな説まで考えなくてもいいんじゃないか」と言いたくなるほど徹底しているが、これがクイーン流なのである（トイレの可能性がスルーされているのは食事中の聴取者のためかな？）。ファンは後年の短編「小男のスパイ」（『クイーン犯罪実験室』収録）を思い出したのではないだろうか。そして、完璧すぎるほど完璧な金庫室の密室では、『帝王死す』（一九五二年）を思い出したに違いない。

また、不可能を可能にする手段のスマートさもクイーン流である。クイーンの密室ものには巧みなミスリードによって不可能状況が生まれているものが多いのだが、本作もその一つ。読者は「ダイヤを盗んだのはラザルス」という先入観にとらわれている限り、真相を見抜くことはできないだろう。

特に巧妙なのが、挑戦状直前のエラリーのセリフ。ニッキイの「どんな難問に（十時間も）苦しんでいたの？」と聞かれて、「『ラザルスがどうやって七人の検査役をかいくぐってダイヤをこっそり持ち出したのか』だよ」と答えるシーンを読み直してほしい。素直に読むと、〝エラリーは十時間の推理の末にラザルスがダイヤを盗んだトリックに気づいた〟という意味にとれる。しかし、解決編を読むと、これは〝エラリーはラザルスがダイヤを盗んだと思い込んでいて十時間を費やしたが、考えを変えたらすぐ真相がわかった〟という意味だったのだ。しかも、ニッキイは「あなたが十時間も苦しんだ難問は何だったの?」と尋ねているので、このエラリーの答えを嘘だと批判することはできないということになる。それにしても、「ラザルスはどうやって不可能を可能にしたのだろうか?」と推理をめぐらす読者に対して、「ラザルスには不可能だったので彼は犯人ではない」という推理を提示するクイーンは、なかなか意地が悪い。第一集の「ナポレオンの剃刀の冒険」でも似たようなことをやっているので、確信犯なのだろうなあ……。でも、読者からすると、第一集の「呪われた洞窟の冒険」のような〝不可能を可能にする方法が存在した〟という解決のエピソードもあるので、どうしてもミスリードに引っかかってしまうのかもしれない。――って、私自身がそうだったのだが。

また、ブライスのダイヤだけを現場に残したのも上手い。組合の四人のうち、ケニヨン以外はすべて同格に描かれているので、ミステリを読み慣れた者なら、「この三人は扱いが並列なので犯人ではないな」と思うはずである。ところが、ブライスのダイヤが残っていたことにより、三人が同格ではなくなってしまうのだ。読者の推理は、「ブライスが犯人だから、自分のダイヤだけは買い叩かれる心配のない表のルートで売るために残したのではないか?」「いや、ヴァン・ホーテンかマッセがそう思わせるために残したのではないか?」と、堂々巡りをしてしまうに違いない。

ただし、エラリーの推理には大きな穴があることも、指摘しておくべきだろう。それは、ケニヨンとラザルスの共犯説が、まったく検討されていないこと。可能性としては、無視できないはずである。もちろん作者は百も承知で、冒頭にケニヨンとラザルスの会話を入れて、二人に共犯関係がないことを明らかにしている。しかし、これは聴取者や読者に対してのみ与えられたデータなので、エラリーには使えないはずなのだ。

中期作とのからみでは、本作の〝エラリー導入プロット〟に注目すべきだろう。

犯人ケニヨンの計画の最大の欠点は、殺人事件だけを捜査されると自分が危うい、ということである。137ページで警視が言っているように、動機が実験がらみだとすると、容疑者が組合の四人に絞り込まれてしまう。今回はブライスたち三人にもアリバイがなかったので容疑が分散されたが、これは偶然そうなっただけで、犯人には予想できるものではなかったはずである。

だからこそケニヨンは、エラリーを事件に引きずり込んだのだ。つまり、捜査陣が盗難の不可能性にとらわれ、殺人に専念しないようにしたわけである。これが中後期のクイーン作品にたびたび見られる「犯人がエラリーの存在を組み込んだ犯行計画を立てる」アイデアであることは、言うまでもないだろう。

ただし、本作ではそのアイデアが上手く料理されているとは言い難い。そんな計画を立てるより、ラザルスがダイヤを持って逃げ出したように見せかける方が、ずっと楽だからだ。また、それ以外でも、ケニヨンの計画は行き当たりばったりの部分が多い。例えば、殺すつもりでホテルに行くなら、拳銃を持参するのが普通である。もちろん作者としては、一対一の格闘があったというデータを入れることによって、組合の四人が共犯である可能性を消去したかったのだろうが……。まあ、おそらくはケニヨンが食事の最中にささっと思いついた計画なので、穴が多いのだろう。クイーンが本作のプロットを小説で使わなかったのも、そのあたりが原因なのかもしれない。

黒衣の女の冒険

本作は〈呪われた一族〉にまつわるオカルト・ミステリ。第一集に収録されているオカルト・ミステリ「呪われた洞窟の冒険」は、不可能状況をこれでもかと強調していたが、本作は違う。声だけというラジオドラマの特性を巧みに利用し、フィリップが実際に何かを見たのかどうかをあいまいにして、聴取者を宙ぶらりんの状況に追い込んでいるのだ。同じアイデアを映像で処理した映画「ガス燈」と比べると、その上手さがわかると思う。

一方、本格ミステリとしての読みどころは、幽霊説や幻覚説さえも論理的に検討していくエラリーの推理。よく考えると、リボルバーの弾数の推理だけで偽者説に絞り込めるのだが、それをわざと後回しにして、一つずつ鮮やかに消去していく手際は、初期クイーン——特に『フランス白粉の謎』——らしいと言える。

ところで、挑戦状に添えられたグリーンのコメントに「真相を見抜いたと思った——が、それが間違っていた」とあるが、これは映画説のことだろう。なぜかというと、私も同じだったからだ。エラリー・クイーン・ファンクラブで朗読会をやった時も、やはり映画説が多かった。あずまやに面した二階の映写室、スクリーンのような白い壁、弾丸が通り抜ける幽霊と、作者は明らかに聴取者がこの解決にたどり着くようにミスリードしている。さて、みなさんもひっかかっただろうか？

一方、中期を感じさせる要素としては、フィリップの造形が挙げられる。いささかステロタイプとはいえ、身を削りながら創作に打ち込む、芸術家肌の作家らしさが鮮やかに描き出されているのだ（「フィリップは純文学作家なのでミステリ作家のエラリーより上」という自虐的なセリフをニッキイに言わせるのはいかがなものかとは思うが）。ついでに書いておくと、体育会系のヴェリーが、作家を馬鹿にして、エラリーに「あたしの言葉を肝に銘じておいてくださいよ、クイーンさん。いつの日か、あなたも同じように（ノイローゼに）なるんですからな！」と説教するシーンに注目してほしい。エラリーは笑っているが、後期の『第八の日』（一九六四年）では、このヴェリーの予言が的中し、ハードな執筆でノイローゼになってしまうのだ。

また、本作では未遂に終わっているが、「心理的ショックによる殺人」というアイデアも、興味をそそる。そもそもオカルト・ミステリでは、「警察が幽霊の仕業だと思うはずがないのに、犯人は必死に不可能状況を演出しようとする」不自然さがつきまとうことが避けられない。「呪われた洞窟」では、〝地元の警察官は迷信深くて幽霊を信じている〟という設定を入れてこの問題を回避しているが、これはいささか苦しいと言える。しかし、本作の犯行計画では、幽霊が存在すると思わせたいのは、フィリップ一人なのだ。むしろ、警察が幽霊を信じないで、フィリップが幻覚を見たと考えてくれた方が都合がよいのである。犯人がオカルト現象をでっちあげる必然性としては、かなり優れているのではないだろうか。

ショック死を狙ったこの犯行計画の興味深い点は、もう一つある。それは、犯人を殺人の罪に問うことが難しいという点である。ジャーニイ夫人が喪服を着てあずまやの中をうろついたからといって、ランシング医師が銃に空砲を詰めたからといって、殺人罪で死刑にすることはできないだろう。本作では犯人が直接手を下してしまうので、この問題は検討されることはない。しかし、中期の『悪の起源』（一九五一年）では、被害者は実際にショック死に追い込まれ、エラリーは〝罪のありか〟に苦悩することになるのだ。

また、本作から連想する中期作として『緋文字』（一九五三年）を挙げるクイーン・ファンも多いだろう。〝ノイローゼの作家をめぐる事件を探るためにニッキイが秘書として潜入する〟というプロットは、まったく同じだからである。

最後に、本作で重要な手がかりとなる、ワイルドの「カンタヴィルの幽霊」について。

クイーンは一作品を特定の国の色合いで染めることがしばしばあり、第一集の「ナポレオンの剃刀の冒険」はフランス、本書の「〈生き残りクラブ〉の冒険」はイタリアとなっている。そしてもちろん、本作はイギリスに他ならない。ワイルド自身がイギリス作家であるのみならず、「カンタヴィルの幽霊」という作品は、大昔からイギリスの古屋敷に棲む幽霊と、そこに引っ越してきたアメリカ人一家とのユーモラスなやりとりを描いたものなのだ。

なお、エラリーが引用したオーティス公使のセリフは、本来は「一家の誰かが死ぬ前に幽霊が姿を見せるらしいが、家のかかりつけの医者だって、誰かが死ぬ時にはそばについているさ」という意味。それをクイーンは、「一族の誰かが死ぬ前に幽霊が姿を見せるのは、家のかかりつけの医者の仕掛けたトリックさ」と読み替えているわけである。自分の文章のみならず、著名な文豪の文章までダブル・ミーニングにしてしまうとは、クイーンおそるべし！

忘れられた男たちの冒険

第一集の「ショート氏とロング氏の冒険」を読んだ人なら、クイーンがシャーロック・ホームズもの「銀星号事件」の〝吠えなかった犬の手がかり〟がお気に入りであることに気づいたと思う。本作はその手がかりのバリエーションと、初期短編「双頭の犬の冒険」（『エラリー・クイーンの冒険』収録）の〝犬を連れた宝石泥棒〟という設定を組み合わせたプロットを持っている。と言っても、ドイルよりはるかに巧みな使い方をしているので、意外な真相ならぬ意外な手がかりに驚いた読者が多いだろう。そもそも、被害者が手袋をしていたことを推理しないと手がかりに気づかないため、大部分の読者はそこまで考えが及ばないのだ。特に、「被害者の手が汚れていない」というデータを提示した場面では、指の長さのデータの方に注意が向くような書き方をしているので、読み落とした読者が多いはずである。

この手がかりの唯一の欠点は、犯人が汚れた被害者の手袋を処分せず、洗って自分で使っていた理由が説明されていないこと。エラリーが「犯人が愚かだったから」と言うだけなのだ。犯人は、手袋が文字通り手がかりになるとは——読者と同様に——思ってもいなかったのだろうか？ それとも、「もったいない」と思ったのだろうか？

一方、クイーン・ファンにとって興味深いのは、ホームレスたちが本来の名前を使わず、都市の名前で呼び合っている点。おそらく、彼らにトムやディックやハリーといった名前をつけると、ラジオの前のトム氏やディック氏やハリー氏が不快に思うから、といった程度の理由に過ぎないのだろう。しかしクイーンは、後年の「ペイオフ」（『クイーン犯罪実験室』収録）で、再び都市の名をあだ名に持つグループを登場させ、そちらでは、あだ名の意味を解決に結びつけているのである。

本作において、都市名のあだ名以上に中後期を感じさせるのは、ホームレス（原文もHomeless）を取り上げていること。クイーンの後期に〈推論における現実的問題〉というシリーズがあり、教育の荒廃、駐車場不足、住宅不足、生活苦などが扱われているが、本作はさしずめ「就職難」と改題して加えてもおかしくない。最近の日本では、他国の話でも過去の話でもない、まさしく〝現実的問題〟になってしまったが……。

もちろん、ホームレスを登場させたのには、床が土になっている住居が必要だというプロット上の都合はあるだろう。しかし、それだけなら、物語の三分の一を彼らの描写に費やす必要はない。空き地の掘立て小屋に住みながらも自尊心を失わずに仲間と助け合うホームレスたち。食事と宿を与えたヤンクを追放する際に一セントも取らないという彼らの公正な態度。そんな彼らを追い立てずに見守るマックやヴェリー部長（213ページの「親切なおまわり」とは彼のことだろう）。廃材を気前よく譲る工事現場の監督。そしてエラリー、ニッキイ、警視の温かい目。マンハッタンの「人間らしさこそが未来を摑むことができるのだ！」という叫びを聞いて、クイーン最後の作品『間違いの悲劇』の「人が生きのびるために必要なものは、真実や正義や公正、さらには愛や慈善なのだ」というセリフを思い出さないだろうか？　本作のメッセージ性は、一般聴取者を意識してか、シンプルなものに留まっている。しかし、根底にあるものは、クイーンが最後までこだわってきた、本格ミステリによる社会との対峙なのだ。

死せる案山子の冒険

本作のミステリ要素は、まぎれもなく国名シリーズのものである。消えたパイプの手がかりにより犯人を特定する推理は、消えた帽子の手がかりにより犯人を特定する『ローマ帽子の謎』。案山子や雪だるまという奇抜な死体の隠し場所は、収納ベッドに死体を隠す『フランス白粉の謎』。雪だるまを撮影した映画フィルムによる真相発見シーンは、ロデオ・ショウを撮影した映画フィルムによって真相を見つけ出す『アメリカ銃の謎』。解決編まで正体不明の被害者は、やはり解決編まで正体不明の被害者が登場する『チャイナ橙の謎』。そして、国名シリーズではないが、初期長編で使われている「女性はパイプを吸わない」というロジックまで……。

しかし、読み終えた読者が思い浮かべるのは、中期作、特に『災厄の町』（一九四二年）だろう。マシュー家の悲劇はライト家の悲劇に、ジュリー・クレイの痛々しい姿はノーラ・ハイトの姿に重なり合う。先祖代々の土地を耕し、家具を通販で買い、夜は家族全員でラジオを囲んで聴き、大学出が自慢の種になるマシュー家を鮮やかに描き出す手際は、まぎれもなく中期のものなのだ。本作のドラマ性が中期の長編小説に匹敵するほど豊潤なため、ラジオ版「クイーンの冒険」には珍しく、ナレーションで物語を進めている部分があるくらいである。

ひょっとして、クイーンは中期の傑作を生み出す前に、ラジオドラマで試行してみたのかもしれない。だとすれば、本作は聴取者に好評だったということになるが……。（もし不評だったら、ライツヴィル・シリーズではなく、前述の第二次国名シリーズになっていたのだろうか？）

しかし、この初期と中期をミックスした作風によって、いくつか欠点も生じてしまった。最も大きい欠点は、グリーンのコメントにもあるように、犯人が当てやすくなっていることだろう。

クイーンの初期作と中期作の違いに、容疑者の数がある。一ページに収まりきれない登場人物表や、市電や劇場やスタジアムにいる全員が容疑者という設定の初期作に対して、片手で足りる容疑者しか出てこない中期作。あるいは、個性のない大量のチェスの駒を描く初期作と、個性的な少数の人間を描く中期作。本作の五人しかいない容疑者たちは、明らかに中期の描かれ方をしている。その上、ジュリーは体力的に不可能、マシュー老人は死体を隠す理由がない——と考えると、犯人候補は三人しかいないのだ。これでは真犯人の指摘が容易になるはずである。中期作の場合は、絶妙のミスディレクションで読者を迷わせて犯人を当てさせないのだが、本作ではそのたぐいのテクニックを使っていないので、さらに当てやすくなっている。その上、パイプの推理も挑戦状の前でかなりの部分を明かしているため、さらにさらに容易になっているのだ。「〈生き残りクラブ〉の冒険」の、会員以外も容疑者に含め、真犯人を巧みに隠し、すべての推理を挑戦状の後で明かすやり方とは、対照的と言えるだろう。

被害者の正体に関する謎も同じである。被害者の性別や年齢から読者が真っ先に考えるのは、ジュリーとのつながりなのに、作者はミスリードしようとしていない。家出中のジョナサンなど、うまく使えば読者を誤導できるのに、あっさり除外している。これは、聴取者に〝マシュー家の悲劇〟をじっくり味わってほしかったからだろうか？　それとも、三十もの脚本を書くうちに、「ここまで明かしても聴取者は見抜けない」という自信を得たのだろうか？

なお、本作には三十分に縮められたバージョンがある。こちらも活字化されているので比べてみたが、登場人物名の変更以外の大きな違いは以下の二点だった。

・ジェドに該当する人物が存在せず、案山子に隠された重傷者はホーマーに該当する人物が発見する。

・映画を見て真相に気づいたエラリーはその場で犯人を告げ、物語は終わる。従って、マシュー農場への三度めの訪問はない。

いずれも長さを縮めるためのものだが、ジェドをカットしたことによりドラマとしてのふくらみがなくなり、マシュー家の崩壊をカットしたことにより悲劇性が弱くなっている。犯人当てを楽しむだけなら三十分バージョンで充分だが、悲劇のドラマも味わうなら一時間バージョンということだろう。……と言っても、短縮版にはジェドが登場しないため、ずっと犯人が当てやすくなっているのだが。

ちなみに、私が「ＥＱ」誌で三十分バージョンを訳した時は、訳者付記に「『災厄の町』の萌芽が見られる」と書いていた。しかし、一時間バージョンを読んでみると、〝萌芽〟どころではなかった。ラジオという媒体で、中期作に匹敵する悲劇のドラマを描ききったクイーンには、ただただ感嘆するだけである。

小さな違いの中では、以下の二点が興味深い。

一つめは、エラリーが死体入り雪だるまの撮影をする際に、「月あかりで充分だ」というセリフが追加されていること。おそらく、一時間バージョン放送時に、聴取者から「夜は暗くて撮影できないのではないか」というツッコミが入ったのだろう。実際には、ニッキイが窓から雪だるまを見て血痕を見つけたくらいだから、かなり明るかったというデータはあるのだが……。

二つめは、エラリーとニッキイのいちゃいちゃ雪合戦がカットされていること。おそらく、初放送時に、女性聴取者から「わたしのエラリーをニッキイとべたべたさせないで」という苦情が入った——のではなく、単に、時間の都合なのだろうなあ。

また、この短縮版は一九八一年にラジオラ社で〈クライム・シリーズ〉No.15としてレコード化されている。残念ながらB面で、A面は「ネロ・ウルフの冒険」になっているのだが、放送から四十年近くたっても、クイーンのラジオドラマに人気があることがうかがえるだろう。

姿を消した少女の冒険

「死せる案山子の冒険」以上に中期を感じさせる作品。エラリーが無力感にさいなまれるシーンを読み、プロット全体が読者をミスリードするように組み立てられていることに気づいた読者は、中期のさまざまな作品を思い出したに違いない。

私が最も中期らしさを感じたのは、犯人エルシーの行動。ハーヴェイがFBIに連絡するのを必死に止め、「誘拐犯の指示に従って」と泣きつく姿は、愛娘を心配する母親のように見える。しかし、真相がわかってみると、彼女の行動は、自分の犯罪を成功させるためだったのだ。つまり、彼女の必死さは演技ではなく本心からのものなのだが、その理由がエラリーや読者の考えとは違っていたというわけである。そして、このタイプの巧妙なミスディレクションは、中期の作では何度も使われているものなのだ。

また、冒頭では地方の新聞社が生き生きと描き出されているが、これを読んで、ライツヴィル・レコード紙を思い出したファンも多いだろう。加えて、その新聞社が悪徳政治家と戦っている点も、中期を彷彿とさせるではないか。……残念ながら、この設定はプロットとの結びつきが弱く、単なる容疑者増やしにしか役立っていないのだが。まあ、おかげでクイーン警視とヴェリー部長がギャングを演じる愉快な一幕を読むことができたので、よしとしよう。

もちろん、初期風パズルの方も怠りない。日本ミステリのファンならば気づいたと思うが、一九七〇年に出た「国産誘拐ミステリの傑作」と言われる長編が、本作とほとんど同じプロットを持っているのだ。つまり、この作のプロットは、日本の本格ミステリ小説における傑作に勝るとも劣らないとも言えるのである。

また、手がかりもお見事。特に、誘拐ものでお約束の「身代金は小額紙幣で」という指示が手がかりになるとは、気づかなかった読者が多いのではないだろうか。

加えて、犯人の計画も巧妙きわまりない——と書くと、「いや、かなりリスクの大きい計画じゃないか」と反論する読者もいると思う。しかし、エラリーとニッキイがモレル家を訪れたのは、犯人の予期せぬ出来事だったという点を考えてほしい。もし二人が訪問せず、ハーヴェイと犯人の二人きりで（犯人は夫と二人だけの状況を作り出すために召使いをクビにしている）誘拐事件に対応していたら、どうなっていただろうか？　もちろん、完全犯罪だったに違いない。

——と書くと、今度は「そんなに頭のいい犯人なら、エラリーたちが訪ねてきた時点で、犯行を中止するはずじゃないか」という反論が出るかもしれない。しかし、犯人は中止したくてもできなかったのだ。なぜならば、エラリーたちが訪ねて来た時点で、既にアリスを殺害していたからである。娘をマコーレイ荘の中に閉じこめただけならば、中止は可能だろう。しかし、殺した後では、名探偵が訪ねて来ようが、専用電話で外部と連絡されようが、計画を進めるしかないのだ。

言い換えると、作者はエラリーの目の前で犯人に犯行を続行させるためだけに、小さな女の子を殺してしまったわけである。ラジオの聴取者層を考えるならば、アリスは助かるという結末にした方が良い。しかし作者クイーンは、パズルの都合を優先して、罪もない少女を殺してしまったのだ。冷酷と言えば言えるが、こういうクイーンの姿勢が、質の高いパズルを生み出しているのだろう。

ただし、パズルとして見た場合、疑問点が一つだけある。

ハーヴェイ一家がカンザスからヘッセンに引っ越して来たのが（314ページのセリフによると）八年より前で、アリスは八歳と書かれている。ということは、前妻はアリスを生んで間もなく亡くなり、ハーヴェイは「赤ん坊には母親が必要だ」と考えて再婚し、その直後にヘッセンに引っ越して来たのだろう。この場合、ヘッセンの住民が、アリスはエルシーの実子だと思い込んでもおかしくないし、エルシーがそれを織り込んだ犯行計画を立てるのもおかしくない（ハーヴェイがアリスのことを「われわれの娘」ではなく「私の娘」と言っているのは、伏線なのだろうか？）。おかしいのは、ヘッセンでのハーヴェイの住所を知っているくらい親しいニッキイが、結婚や再婚の話を知らないことである。おそらく、ニッキイがカンザスの両親に住所だけ聞いて訪問したのだろうが、そうだとしたら、けっこう厚かましい。ひょっとして、エラリーを見せびらかしたかったのか?

ところで、モレル一家の目の色についての推理を読んだクイーン・ファンは、『クイーン検察局』収録の「タイムズ・スクエアの魔女」を思い出さなかっただろうか(**以下、この作のオチに言及**)。この短編の中で、エラリーは「二人の青い目の人からは青い目の子供だけが生まれる。茶色の目を持つ子供が生まれることはない」と、本作と同じセリフを言っている——が、なんと、その後で、「本にそう書いてあった時代もありましたが、今ではもうそんな本はないでしょうね——清廉潔白な青い目の両親から生まれた茶色の目の子供がごまんといますから」と、否定しているのだ! おそらくクイーンは、脚本を書いた一九三九年から「タイムズ・スクエアの魔女」を書いた一九五〇年の間に、自分の間違いに気づいたのだろう(あるいは一九三九年当時は専門家もそう信じていたのかもしれない)。それにしても、自分の過ちをネタにして短編を一つ書いてしまうとは、クイーンもしたたかではないか。

もっとも、青い目の推理は犯人の特定には使われていないので、エラリーの解決が間違いというわけではない。犯人がアリスの実母だとしても、真相は変わらないからである。しかし、犯人がアリスの継母だと知ったときの警視やヴェリーの安堵のセリフを読むと、この二人が、そして当時の聴取者が「母親が自分の腹を痛めた子供を殺すはずがない」と思い込んでいることが、よくわかると思う。つまりクイーンは、この思い込みを利用して犯人を容疑圏外に逃したのだ。これもまた、作者が幼いアリスを殺さなければならなかった理由なのだろう。

では、現在の読者はどうだろうか？　私は本作の犯人を当てることができたし、エラリー・クイーン・ファンクラブの朗読会でも正解者は多かった。しかし、これは私たちの推理力が優れているからではないのかもしれない。ただ単に、「母親が自分の腹を痛めた子供を殺すはずがない」という思い込みがないから、犯人を当てることができただけなのではないだろうか……。

七十年前に書かれたクイーンの脚本は、犯人当てパズルとして、現在の日本でも通用する強度を持っている。第一集と本書を読んで、国名シリーズのような犯人当てのわくわく感を味わった人は多いだろう。

そして、それと同時に、放送当時のアメリカ社会を感じ取った読者も少なくないはずだ。もちろん、クイーンは小説でも同じことをやっている。しかし、小説では挑戦状を外し、クイーン警視やヴェリー部長を登場させないといった具合に、国名シリーズ的な要素をカットしてしまったのだ。

クイーンのラジオドラマのすごさは、この二つの要素を両立させているところにある。当時のアメリカの聴取者は、クイーンが作り上げた精緻な犯人当てパズルを楽しみながら、クイーンが鮮やかに描き出した時代や社会を味わっていたのだ。だからこそ、絵空事のパズルにならず、千五百万の聴取者に受け入れられたのだろう。

本書を読み終えたであろうみなさんも、その二つを味わってくれたと信じている――クイーンの精巧なパズルと、そのパズルが映し出す社会を。

解説の執筆にあたり、F・M・ネヴィンズ・ジュニア＆レイ・スタニック著*The Sound of Detection*（Brownstone Books, 1983）を参考にさせていただいた。また、380ページの写真は川上光弘氏、393ページのレコードは町田暁雄氏、第一集405ページの脚本は兼城律子氏に提供してもらったものである。ここで感謝したい。

クイーン氏のアメリカ発見

法月綸太郎（推理作家）

一九三九年から九年間にわたって放送された伝説のラジオドラマ「エラリー・クイーンの冒険」――その中から最良のシナリオを厳選した『ナポレオンの剃刀の冒険』『死せる案山子の冒険』は、ラジオの世界に飛び込んだクイーンの「本気度」がありありと伝わってくる、素晴らしいアンソロジーだ。

これまでも『犯罪カレンダー』や『クイーン検察局』、代作者によるいくつかのノベライズ、あるいは断片的なシナリオの紹介といった形で片鱗はうかがえたものの、その実像が日本の読者の目に明らかになったのは、今回が初めてだろう。私も長い間、クイーンの小説を愛読してきたけれど、この二冊のシナリオ集は予想をはるかに超える驚きだった。正直、これほど高い水準をキープしているとは思っていなかったからだ。

挑戦パズラーの書き手としてのクイーンの底知れぬ実力を、あらためて思い知らされただけではない。実はもうひとつ、驚きのポイントがあった。三〇年代後半から第二次世界大戦後にかけて、クイーンの作風が大きく転換していく中で、一連のラジオドラマが想像以上に重要な役割を果たしていたことが見えてきたのである。その役割を「国名シリーズ」や「悲劇四部作」と、中後期の作品を結ぶミッシング・リンクと呼んでもいい。

挑戦パズラーとしてのテクニカルな分析に関しては、訳者による解説が言を尽くしているので、私はもう少し俯瞰的な視点から、一連のラジオドラマがクイーンに何をもたらしたか、という問題について考えてみたい。結論から先に言うと、その答は一九四二年に発表された中期の代表作『災厄の町』の最初の頁に書いてある。

すなわち、「クイーン氏のアメリカ発見」――。

石上三登志は『名探偵たちのユートピア』の中で、ヴァン・ダインのファイロ・ヴァンス・シリーズが、きわめて個人的な「ヨーロッパ憧憬」と、「アメリカの現実」の徹底拒否から生み出された「ユートピア小説」だったと指摘している。

その際、ヴァン・ダインは彼がモデルにした英国探偵小説から、その血肉となっている国民感情や風俗を削ぎ落とし、探偵小説がどこにも属さないものだからこそ、ヨーロッパ人でなくても一流の作品を書きうると宣言した。ニューヨークのど真ん中に出現したグリーン家やディラード教授の邸宅を、クロスワード・パズルのマス目と同等に扱うことで、謎解きの舞台がヨーロッパ、特にイギリスからの「輸入品」であることに目をつぶろうとしたといってもいい。しかし「アメリカの現実」は、ヴァン・ダインが夢想したユートピアを一時的な流行として食いつぶし、シリーズ後半でアメリカ大衆への歩み寄りを余儀なくされたファイロ・ヴァンスの権威は、あっという間に地に墜ちる。

同じユートピアの住人だった青年クイーン（「悲劇四部作」のドルリー・レーンは、英国コンプレックスの塊のような人物だった）にとって、ヴァン・ダインの凋落はけっして他人事ではなかったはずだ。したがって、三〇年代後半の婦人向け高級雑誌《スリック・マガジン》とハリウッドへの進出も、「国名シリーズ」という楽園を追放されたエラリーが、「アメリカの現実」に着地するまでの試行錯誤期間だったと見なすことができる。しかし、スリック・マガジンと映画は、「理」にかなった推理プロセスを最重視するクイーンの資質と相性のいいメディアではなかった。

むしろ決定的な転機になったのは、ラジオドラマの方だろう。「エラリー・クイーンの冒険」の放送が始まったのは、一九三九年六月十八日の「殺された百万長者の冒険」からだが、ヴァン・ダインがこの世を去ったのは、その二か月前、四月十一日のことである。すでに過去の人になっていたとはいえ、彼の死がひとつの時代の終わり――ゲーム探偵小説の異常なブームの終焉――を告げていたことはまちがいない。

この年は、一九二九年のデビュー作『ローマ帽子の謎』から数えて、ちょうど作家活動の十周年にも当たる。だとすれば、ハリウッドで目に見える成果を上げられなかったクイーンは、本業の小説を離れた片手間の仕事どころか、背水の陣に近い意気込みで、ラジオドラマの脚本に取り組んでいたのではないだろうか。とりわけ、一九三九年から四〇年にかけての、一時間バージョン作品の質の高さとアイデアの充実ぶりは、ラジオというメディアを通じたハリウッドに対する雪辱戦という感じがする。

ここでもう一本、『名探偵たちのユートピア』から補助線を引いておく。「横溝正史の不思議な生活」と題された章で、石上三登志は戦時中の探偵小説規制という難局に突き当たった正史の対応について、中でも一九三八年にスタートし、代表シリーズのひとつとなった「人形佐七捕物帳」に注目しながら、次のように述べている。

だからつまりは、横溝正史がここでとうとう「捕物帖」にもチャレンジしたということの意義ですよね。つまり、前にも触れたように、〈ホームズ〉物に続くあの英米の色々な「名探偵」物の短編シリーズの、その日本的な継承こそが、まさしく「捕物帖」だったということの確認です。実にこの国の探偵小説界は、そういうことをきっちり継承していなかったくせに、長編的な「成熟」期の、とりわけヴァン・ダインなんかに突然うつつを抜かしたから、ヘンになっちゃったんじゃないですか。「論理」がどうの「謎とき」のフェアプレイがこうのという前に、「犯罪」に、そしてそこにある「謎」に、果敢に挑んでゆくという「理知」のキャラクターの、その存在感とか役割論とかから、まず入るべきだったんですよね。

「捕物帖」というと、どうしても前近代的なイメージが付きまとうけれど、これは要するに欧米からの「輸入品」である探偵小説を、あらためて日本語と日本の風土になじませるというモダンな作業である。西洋近代と母国語が切り結ぶ関係を、ジャンルの根本から問い直すことだといってもいい。

一九七〇年代に都筑道夫が提唱した「名探偵復活論」にも、実はこれと同じようなモチーフがある。都筑の名探偵論の出発点となったのは、自称詩人のアメリカ人が日本の風俗に同化していくキリオン・スレイ・シリーズと、「半七捕物帳」への原点回帰を目指した「なめくじ長屋捕物さわぎ」にほかならないのだから（これは余談だが、都筑が「黄色い部屋はいかに改装されたか?」を連載していた一九七〇年から七一年にかけて、音楽界では日本語ロックの是非をめぐる「はっぴいえんど論争」が起こっていた。サブカルチャーの分野で、輸入文化と母国語の関係を洗い直す気運が高まっていたことの傍証である）。

したがって石上の「捕物帖」観は、洋の東西を越えて、同時代のクイーンが突き当たっていた難局にも応用できると思う。程度の差こそあれ、ヴァン・ダイン流の本格探偵小説が、先進国イギリスからの「輸入品」だったという事実に変わりはないからだ。「ヴァン・ダインなんかに突然うつつを抜かしたから、ヘンになっちゃった」のは、日本の探偵小説界だけではなかったということである。

だからこそ「『犯罪』に、そしてそこにある『謎』に、果敢に挑んでゆくという『理知』のキャラクターの、その存在感とか役割論」をアメリカの風土に落とし込んでいく、という作業があらためて必要とされたのではないか（野崎六助が示唆しているように、二度目の世界大戦が、国内の探偵小説作家たちにも、ナショナル・アイデンティティの再構築を要求したという側面も無視できないが）。そうした意味において、クイーンのラジオドラマは「捕物帖」——キャラクターの役割を固定した一話完結型の連続シリーズ——のアメリカ版というべき性格を備えている。

「捕物帖」という言葉にこだわりすぎると、『犯罪カレンダー』も「季の文学」とか言われかねないので、別のたとえに言い換えてみよう。これはいわば英国紳士のスポーツであるクリケットを、アメリカの「国技」であるベースボールに作り替えるようなものだ（正確には、クリケットは野球の直接のルーツではなく、同じ起源を持つ兄弟みたいな関係らしいが、ここでは俗説に従っておく）。興味深いのは、クイーンがラジオドラマに着手した一九三九年、それと並行して「人間が犬をかむ」「大穴」「正気にかえる」「トロイヤの馬」の四編からなる、いわゆるスポーツ・シリーズの短編を雑誌に発表していることである。

ハリウッド物のヒロイン、ポーラ・パリスとのユーモラスなかけ合いや、アクティヴなストーリー進行など、ラジオドラマと共通するムードが感じられる連作だが、ここで取り上げられているのは、野球、競馬、ボクシング、アメリカン・フットボール——いずれも近代スポーツ発祥の地であるイギリスに由来する競技が、アメリカで独自の発展を遂げ、アメリカの国民性と社会にしっかりと根を下ろしたものばかりである。

これらのスポーツは、「フェアプレイ」という理念をイギリスから輸入した、探偵小説のありかたと重ね合わされている。つまりクイーンは、単に探偵小説を大衆化するためではなく、探偵小説をアメリカの風土に根づかせるための参照枠として、意識的にスポーツというテーマを導入したようなふしがあるのだ。

回り道が長くなった。本題のラジオドラマに話を戻そう。ラジオドラマという形式が、小説や映画ともっとも異なる点は何か。それは音楽や効果音を除いて、ほぼ話し言葉のみによって物語が進行するということだろう。したがって、ラジオドラマで「聴取者への挑戦」を行うのは、「アメリカ口語による純粋な謎解きは可能か？」という問いに真正面から取り組むことを意味する。

要するにクイーンは、イギリスからの「輸入品」である探偵小説と日常言語の関係を見直すことによって、「アメリカの現実」へのアクセスを迫られたわけだ。話し言葉によるキャラクターの差異化が、人種のるつぼであるアメリカ社会の具体的な日常描写を呼び込んでしまうことは、第二回放送「〈生き残りクラブ〉の冒険」のママ・ロッシの例からも明らかだろう。探偵小説のアメリカ化という難題を、言葉のレベルに絞り込むことができたのは、やはりラジオというメディアの特性に負うところが大きいと思う。

同じ頃、クイーンはEQMMの創刊に向けて、過去の探偵小説——その中には「ヴァン・ダイン以前」のアメリカ探偵小説も含まれる——の体系的な読み直しに着手している。おそらくクイーンはそうした作業を通じて、「アメリカ口語探偵小説」の創始者であるダシール・ハメットの意義（『クイーンの定員』のハメットの項を参照）を再発見したのではないだろうか。

ハメットの再発見は、口語文体のレベルだけでなく、名探偵の役割論にも影響を及ぼしているようだ。特に後者に関しては、三〇年代後半のクイーンがハリウッドで映画のシナリオを書いていた経験と切り離すことができない。というのも、ラジオドラマにおけるエラリーとニッキイ・ポーターのやりとりは、当時ハリウッドで量産されていたスクリューボール・コメディへの傾倒を強く感じさせるからである。

スクリューボール・コメディとは、一九三〇~四〇年代に流行した映画のジャンルで、加藤幹郎『映画ジャンル論』によれば、「自由闊達なヒロインが、世界の既得権にあぐらをかいている男たちを、ほとんど攻撃といってもいいくらいの強引さで性的かつ社会的に解放する物語」とされている(ただし、当時の映画製作倫理規定によって、露骨なセックスの暗示は禁じられていた)。スクリューボールというのは、野球で用いられる変化球から転じて「常識はずれの変人」を指す俗語だが、かつて「論理のユートピア」の住人だった名探偵エラリーが、この言葉にぴったり当てはまることに異論は出ないだろう。

このジャンルの起源について、加藤幹郎は同書の中で、次のように述べている。

さて一九三四年の『或る夜の出来事』(フランク・キャプラ監督・法月註)とともにSC(スクリューボール・コメディの略・同註)ははじまるのだが、この年はまたキャロル・ロンバードとジョン・バリモアの『特急二十世紀』(ハワード・ホークス監督)、そしてのちに長期シリーズ化されるウィリアム・パウエルとマイナ・ロイの探偵夫妻もの『影なき男』第一作(W・S・ヴァン・ダイク監督)が公開された年でもある。

いうまでもなく『影なき男』はハメット最後の長編で、ニックとノラのチャールズ夫妻が活躍する都会派夫婦探偵小説の元祖だ。フランシス・ネヴィンズ・ジュニアによれば、ハリウッド時代のクイーンは、この映画版シリーズの脚本に（ノンクレジットで）関わっていたらしいが、『クイーン談話室』のリーフ14「紳士探偵の性生活」の記述を読むと、エラリーとニッキイのコンビが、ニックとノラの関係を意識した設定であることがうかがえる。

だとすればクイーンは、ハメットが（心ならずも）生み出したロマンティックな夫婦探偵小説を足がかりにして、ハリウッドのスクリューボール・コメディに深く傾倒していったのではないか。

スクリューボール・コメディの影響は、キャラクターの設定だけにとどまらない。たとえば、「スクリューボール・コメディの女王」、キャロル・ロンバードの出世作となった『特急二十世紀』後半のドラマは、シカゴ発ニューヨーク行きの特急〈二十世紀〉号の車内で進行する。「ナポレオンの剃刀の冒険」が、大陸横断列車を舞台にしているように。

あるいは、「ショート氏とロング氏の冒険」に出てくる小道具のアイデア。前巻の解説では『フロント・ページ』が引き合いに出されているけれど、『フロント・ページ』はハワード・ホークス監督によるスクリューボール・コメディの傑作『ヒズ・ガール・フライデー』（一九四〇年）のリメイクなのである（いずれもオリジナルは、一九三一年の『犯罪都市』にさかのぼる）。前記エッセイ「紳士探偵の性生活」にも『ヒズ・ガール・フライデー』への言及があるので、ラジオドラマの着想がホークス作品を始めとする、同時代のスクリューボール・コメディにインスパイアされている可能性は高い。

本書には、ホームレスを主題にした「忘れられた男たちの冒険」という脚本もある。この作品を特徴づける隣人愛の精神は、スクリューボール・コメディの巨匠フランク・キャプラ監督が発表した人民喜劇（スクリューボール・コメディに社会性を加味したもの）三部作――『オペラハット』『スミス都へ行く』『群衆』――の空気に近い。また「エラリー・クイーンの冒険」には、戦時情報局のプロパガンダのために書かれた脚本があるけれど、キャプラ監督も戦時中、政府の要請で戦意高揚映画を撮っている。

時局に強いられた面は否定できないとしても、この時期のクイーンとキャプラはアメリカの大衆に向けて、同じようなメッセージを送っているように見える。紙数の都合で詳述はできないが、キャプラの『群衆』（一九四一年）と『毒薬と老嬢』（一九四四年）のねじれた関係は、クイーンの『災厄の町』と『靴に棲む老婆』（一九四三年）のそれを思わせるところがあるからだ。キャプラがそうであったように、クイーンもまた、アメリカの大衆と真摯に向き合いながら、希望と悲観の間を揺れ動いていたのである。

余談だが、当時のアメリカ探偵小説の中で、もっともスクリューボール・コメディ色が濃いのは、クレイグ・ライスのジャスタス夫妻とマローン弁護士のシリーズだろう。ライスの酔いどれ探偵トリオ＋ダニエル・フォン・フラナガン警部という常連メンバーは、クイーン父子とニッキイ、それにヴェリー部長刑事を加えた四人編成を思わせる。しかもフォン・フラナガンが初登場するのは、ラジオ業界を舞台にした『死体は散歩する』(一九四〇年)なのだから、ライスのレギュラー陣は「エラリー・クイーンの冒険」の後塵を拝しているわけである。

「〈生き残りクラブ〉の冒険」では、ニッキイがナイトクラブのボスに誘拐されたり、「姿を消した少女の冒険」にも、クイーン警視とヴェリー部長がギャングを相手に珍妙な芝居を打つ場面があるけれど、ここらへんの軽いノリはライスの小説とそっくりだ。ライスはクイーンのファンだったそうだし、クイーンがラジオドラマに導入したスクリューボール・コメディの要素が、ジャスタス夫妻とマローン弁護士シリーズに影響を与えていると見なしても、年代的な矛盾は生じないと思う。

ところで、本書の中でいちばん興味深い作品は、表題作の「死せる案山子の冒険」だろう。訳者も指摘しているように、このシナリオには『災厄の町』の〝萌芽〟以上のものがある。ただし『災厄の町』の舞台となるライツヴィルが、ニューイングランドの地方都市だったのに対して、本編の舞台となるのは中西部の人里離れた農場だ。この「地方性」のちがいを無視することはできないと思う。

案山子や雪だるま、トウモロコシ畑といった道具立てから見て、この作品は前年に公開された映画『オズの魔法使』にインスパイアされているのではないだろうか。『オズの魔法使』のヒロインは、中西部カンザス州の農場で暮らすドロシー。カンザスという土地は、アメリカの保守的な田舎の象徴であり、見渡す限り何もない平坦なトウモロコシ畑は、アメリカ人にとっての原風景のひとつといってもいい。

ステロタイプ的なところも目につくけれど、「死せる案山子の冒険」には、中西部の保守的な風土や「ふるさと」への郷愁と同時に、無知と因習にとらわれたアメリカの田舎のブラックホール的な怖さがしっかりと描かれている。エラリーは理性によってそのブラックホールと対峙しようとするが、真相にたどり着いても、知的な勝利とは程遠い。荒涼としたアメリカの原風景を前にして、立ちすくむ名探偵……。

放送開始からわずか半年の間に、クイーンはこのような地点まで来ている。ハリウッドでは起こらなかった化学反応が、三九年から四〇年代初頭のごく短期間のうちに生じたのは、ラジオというメディアを通じて「アメリカ」を発見したことのまぎれもない証拠だろう。だからこそ、クイーンは『災厄の町』の冒頭で、自らをコロンブス提督になぞらえることができたのだ。

『Xの悲劇』『Yの悲劇』『ギリシア棺の謎』『エジプト十字架の謎』を立て続けに発表した一九三二年の奇跡の年に比べると目立たないし、著作リストの中でも回り道的なエピソードとして軽く扱われがちなラジオドラマだが、クイーンを「アメリカの探偵小説そのもの」へと大きく成長させた起爆剤は、おそらくここにひそんでいる。

クイーンを、そしてアメリカ探偵小説を愛する者は、ゆめゆめこれら二冊のラジオドラマ集を読み過ごしてはならない。

〔訳者〕

飯城勇三（いいき・ゆうさん）

1959年宮城県生まれ。東京理科大学卒。エラリー・クイーン研究家にしてエラリー・クイーン・ファンクラブ会長。編著書は『エラリー・クイーン　Perfect Guide』（ぶんか社）およびその文庫化『エラリー・クイーン　パーフェクトガイド』（ぶんか社文庫）。訳書はE・クイーンの『エラリー・クイーンの国際事件簿』と『間違いの悲劇』（いずれも創元推理文庫）。編纂書は『ミステリ・リーグ傑作選』（論創社）。解説はE・クイーン『クイーン談話室』（国書刊行会）、D・ネイサン『ゴールデン・サマー』（東京創元社）など。クイーン関係以外では、編著書に『鉄人２８号大研究』（講談社）もあり。

死《し》せる案山子《かかし》の冒険《ぼうけん》　聴取者《ちようしゆしや》への挑戦《ちようせん》Ⅱ
——論創海外ミステリ　84

2009年3月15日　　初版第1刷印刷
2009年3月25日　　初版第1刷発行

著　者　エラリー・クイーン
訳　者　飯城勇三
装　丁　栗原裕孝
発行人　森下紀夫
発行所　論 創 社
〒101-0051 東京都千代田区神田神保町2-23　北井ビル
電話 03-3264-5254　振替口座 00160-1-155266

印刷・製本　中央精版印刷

ISBN978-4-8460-0892-5
落丁・乱丁本はお取り替えいたします